KB077750

요 동 치 는   세 계

개벽

박모은
장편소설

개벽

박모은
장편소설

요 동 치 는 세 계

2
下

맑은샘

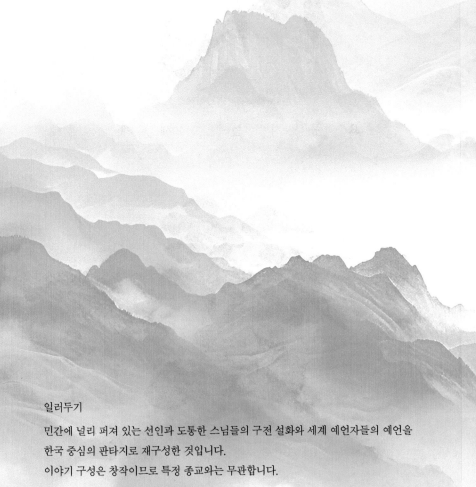

일러두기

민간에 널리 퍼져 있는 선인과 도통한 스님들의 구전 설화와 세계 예언자들의 예언을
한국 중심의 판타지로 재구성한 것입니다.

이야기 구성은 창작이므로 특정 종교와는 무관합니다.

차례

구출

무영은 미르왕 신자들의 영역에서 벌어진 사건에 대해 막 들어온 정보를 보고 있었다. 미르왕의 신자들이 여행하던 한국 신들을 납치했다는 정보였다. 납치범들은 어떠한 요구도 하지 않고 한국 신들을 억류하고 있었다.

'이게 뭐야? 죽이지도 않고 뭘 요구하지도 않으면서 납치라니……. 이것들이 뭐 하자는 거야. 외무부에 계신 두 분이 바빠지시겠네.'

즉시 윤시표 비서관에게서 수십 장의 홀로그램이 전달되었다.

'미르왕국' 산하에 있는 '하브'라는 단체의 소행으로 억류한 한국 신은 둘이었다. '하브'에서 보내온 홀로그램에 의하면 '한국 영역에 빛나는 신이 있다고 들었는데 보기를 원한다'라는 것이었다.

무영은 기가 막혔다. 자신의 행방을 모르니 이젠 공개적으로 한국의 신을 볼모로 잡고 행방을 알고자 하는 것이었다. 무영은 밖에서 자신의 행방을 알기 위해 어떠한 일이 벌어지고 있는지 전혀 알지 못했다. 천왕과 자연왕의 첩자들은 서울 곳곳에서 눈에 불을 켜고 다니며 소위 '빛나는 신'을 찾기 위해 혈안이 되어 있었다.

'하브'는 미르왕 신자가 아니면 잔인하게 죽이는 것으로 악명이 높았다. 만약 자신이 그들 앞에 나서지 않는다면 납치된 두 명의 신은 그들의 방식대로 소멸될 것이 자명했다.

무영이 고민하고 있던 중 홀로그램이 떴다.

나라신이 잠시 보자는 내용이었다. 나라신이 있는 곳으로 가니 윤검군과 서금화도 있었다. 나라신이 빙그레 웃었다.

"우리 보안 수준은 어떤 영역의 특출한 신도 뚫지 못하는 막강한 수준이요. 이곳은 극히 소수의 관리신만이 알고 있는 비밀 공간이요. 김 부장이 있는 공간을 비롯해서 여러 개가 있는데 이럴 때 매우 유용합니다. 기술력이 참 자랑스럽지요."

"지금 그런 말씀 하실 때가 아닌 것 같은데요. 우리 영역의 신 둘의 목숨이 달려 있습니다. 저 때문에요."

무영의 말에 서금화가 동조했다.

"맞아요. 우리 영역의 신들이 잡혀 있어요. 무사히 구출해 올 때까지 웃으실 때는 아닌 것 같아요."

나라신이 정색했다.

"어이쿠! 죄송합니다. 그런 뜻이 아니었어요. 전 김무영 부장을 잘 감추었고, 외부에서 전혀 찾을 수 없을 만큼 우리 보안 시스템이 철벽인 것이 자랑스럽고 좋아서 그만……."

"정말, 다행입니다. 신들도 찾을 수 없는 공간이라서요. 이곳은요?"

윤검군의 질문에 나라신이 대답했다.

"이곳 또한 외부와 철저히 차단된 곳입니다. 제가 특별한 대화가 필요할 때만 오는 곳이지요. 이곳에서의 대화는 누구도 듣지 못하니까 안심하십시오."

"아, 그럼 집무실에서 하시는 말씀은 누군가가 들을 수도 있다는 겁니까?"

윤검군이 물었다.

"그럼요. 신계가 어떤 곳입니까? 잔잔한 소리도 주변에서 듣는걸요. 그래도 보안 장치는 되어 있어서 외부로는 안 나가요."

"잔잔한 소리가 외부로 나가는데 이곳과 김 부장이 있는 곳은 어떻게 모든 게 차단되어 있지요?"

이번에는 서금화가 물었다.

"김 부장이 있는 곳은 우리 영역의 가장 고급 정보가 다뤄지고 있는 곳입니다. 그래서 그곳과 이곳, 또 몇 곳 있지요. 김 부장에게 제공된 공간은 몇 군데 중 하나인데 우리의 기술이 총동원된 매우 특수한 구역이지요. 바로 옆에 누가 있어도 그곳에서 말하는 거나 어떤 일을 하는지 전혀 듣지 못하니까요. 알고 있었지만 이번 일을 계기로 이 구역의 대단함을 새삼스럽게 느끼는 중이고 자랑스러워한 겁니다."

윤검군이 물었다.

"다른 영역에는 이런 기술력이 적용된 구역이 없습니까?"

"있는 영역도 있고 없는 영역도 많지요. 기술이 발달한 영역에는 있어서 천왕, 자연왕, 그리고 유럽의 몇몇 영역이 있어요."

서금화가 말머리를 돌렸다.

"두 명의 우리 신들을 구출하려면 나라신의 전폭적인 지원과 신뢰가 필요합니다. 우선 주변 영역들에 한국 신 구출에 관한 도움을 요청했는데, 반응들이 안 좋습니다. 그들 모두 한마음 한뜻으로 김무영 부장 보기를 원하는 것 같아요. 상황이 이러니 도움받는 건 포기하고 우리 군대의 능력을 믿어야 합니다. 그러니 이곳에 국방 대장신을 불러 주십시오."

서금화의 요청에 나라신이 허공에 홀로그램을 띄우더니 어딘가로 보냈다. 금방 이성순이 나타났다.

"이쪽은 외무부에 계신 신들이시오. 지금 우리 영역 두 명의 신이 '하브'라는 단체에 억류되어 있어서 오시라 한 겁니다."

나라신의 말에 이성순이 고개를 숙여 인사하면서 윤검군과 서금화, 무영을 훑어보았다.

"그 일은 전해 들어서 알고 있습니다."

"김 부장을 불러내는데 한통속이라서 주변 영역들이 우리에게 협조적이질 않아요. 그래서 부득불 군대를 동원해야 할 것 같습니다."

나라신의 말에 이성순이 고개를 갸웃거렸다.

"일단 외교적으로 시도해 보고 나서 안 됐을 경우 최후의 수단인 군대를 써야 하는 거죠. 그쪽 영역에서도 우리와 매우 돈독한 관계인 영역들이 있잖습니까?"

"이미 이 두 분이 시도해 봤는데 반응이 안 좋아요. 주변 영역들만이 아니라 이 일만큼은 모두가 '하브'와 한통속인 걸로 나왔어요. 김 부장을 강력히 원한다는 거지요. 우리로서는 절대로 들어줄 수 없는 말도 안 되는 요구입니다."

나라신의 말을 서금화가 지원하고 나섰다.

"맞아요. 어느 영역이든 종교의 왕신을 받들지 않는 영역이 없으니까요. 그런 이유로 '하브'가 내세운 명분에 이의를 달지 않는 거고 우리를 돕지 않는 겁니다. 평상시에 한국 말이면 무조건 들어주던 영역까지 돕지 않고 있어요. 경제적인 이권이면 협상이 얼마든지 가능하지만, 자기들 믿음이 걸린 문제라 협상의 대상이 아예 안 되는 겁니다. 따라서 이번 일은 우리 영역이 스스로 해결해야 해요. 김 부장에 대한 일이라면 외교적으로 해결할 수 있는 루트는 막혀 있다고 보면 됩니다. 신계 전체가 김 부장의 적이고 우리의 적이라고 해도 과언이 아니거든요. 지금 내부에도 천왕, 자연왕의 신들이 외교를 가장하여 들락거리고 있습니다. 이곳 어디에 김 부장이 있을 것 같다는 짐작까지 하는 것 같아요. 정확히 어디에 있는지 모르니까 관리신들을 매수해서 위치를 알아내기 위해 혈안이 되어 있습니다. 모르는 신이 접근하면 모두 조심하세요. 특히 김 부장의 비서진들 주의시켜 주세요."

나라신이 걱정했다.

"난리군요. 아이고~ 걱정입니다. 내가 빨리 '정화의 숲'에 가고 김 부장이 나라신이 되어야 할 텐데……."

윤검군이 심각한 표정을 지으며 무영을 보며 말했다.

"김 부장은 답답해도 각별히 조심하세요."

무영은 대답 없이 고개만 끄덕였다. 광범위하게 조여 오는 압박에 자신을 지켜 주기 위해 모인 자리였고 그럴수록 부담되는 것은 어쩔 수 없었다.

"두 신을 구해 내는 건 어떻게 할 건가요? 제가 이렇게 꽁꽁 숨어 있으면 이들을 구한다 해도 또 다른 신을 납치할 수 있는데, 그럴 때마다 구해 와야 하는 건가요?"

자신에게 쏠린 부담감을 누르고 무영이 질문했다. 이성순이 무영을 보며 말했다.

"그럼 어쩌겠소. 한 번이 아니라 열 번이라도 구해 와야지요."

"김 부장, 쓸데없는 생각 마시오. 잡혀 있는 신이 있다면 그때마다 구해 올 것이오. 우리 영역의 힘은 그만큼 크고 신계 어디서도 우리의 힘을 얕잡아 보는 곳은 없습니다. 그러니 신경 쓰지 마세요. 정보를 봤을 것이고 신경 쓸 것 같아서 부른 거요."

나라신이 무영을 빤히 쳐다보면서 말하자 무영도 시선을 피하지 않았다.

"저 때문에 일어난 일인데 신경 쓰지 말라고 하시는 건, 저더러 이기적인 신이 되라는 말씀이네요. 그럴 수 없습니다."

서금화가 나섰다.

"김 부장님, 그럴 수 없다는 건 무슨 뜻이죠?"

"말 그대로입니다. 나라신께서는 제가 이 일에 관여하지 않았으면 좋겠다는 의도로 말씀하시잖아요. 저는 그럴 수 없으니 두 신을 무사히 구출하는 데 기여할 방법이 있다면 관여하겠다는 거예요."

"여보시오, 김 부장!"

이성순이 버럭 소리를 질렀다. 모두 놀라서 이성순을 바라보았다.

"잡혀 있는 두 신도, 이렇게 모인 이유도 모두 김 부장을 지키기 위함이오. 설령 두 신이 희생되고 우리 측 손실이 발생하더라도 김 부장은 우리가 무조건 지켜야 할 희망의 원천이란 걸 인식하시오. 아셨소?"

무영이 잠시 머뭇거리다가 입을 뗐다.

"하지만 나 때문에 일어나는 일에 나를 배제하는 건 옳지 않다고 생각해요. 나를 위해 누가 희생되는 것도 싫습니다. 비굴하게 숨어 있으라고요?"

이성순의 눈꼬리가 치켜 올라갔다.

"정말 화나게 하는군. 그렇게 누누이 얘기했건만, 나를 못 믿겠다는 건가? 아니면 나라신을 못 믿겠다는 건가?"

존댓말을 써 오던 이성순의 말투가 거칠어지자 나라신이 만류하고 나섰다.

"어, 이러지들 맙시다. 일을 잘 해결하자고 모인 건데 이러시면 안 되지요. 국방 대장, 진정하시오."

"제가 진정하게 됐습니까? 김 부장이 자기 양심만 얘기하고 있잖아요. 양심 때문에 다른 신에게 피해 가는 게 싫다고 얘기하고 있습니다. 이게 말이나 됩니까? 신이라고 다 같은 신이 아니요. 신계에서 신은 절대 평등하지 않아요. 딱 봐도 알잖아요. 여기서 무슨 양심 고백을 한답니까?"

이성순이 씩씩거리며 말하는 것을 들으며 서금화가 무영의 옆으로 가서 등을 쿡쿡 찔렀다. 더 이상 논란을 키우지 말라는 무언의 주문이었다.

윤검군이 이성순의 말을 거들었다.

"국방 대장의 말이 맞아요. 신이라고 다 같은 신이 아닙니다. 미르왕과 미르왕의 신자들을 동격으로 볼 수 없잖아요. 김 부장은 자신의 가치를 일반 신과 같이 생각해서는 안 돼요. 지금도 우리 영역이 잘 나가지만 왕신을 배출한 적은 없어요. 왕신을 배출하는 영역이야말로 신계에 절대적인 영향력을 가지기 때문에 매우 중요해요. 영역의 영광이기도 하고요. 이런 막중한 임무가 김 부장의 사명이란 걸 제대로 알고 더 이상 개인적인 감정으로 큰일을 그르치지 맙시다. 김 부장이 그 정도로 멍청하진 않잖아요, 그렇죠?"

윤검군의 말에 서금화가 함박웃음을 지었다.

"아이고, 그럼요. 제가 알기로 지금까지 김 부장만큼 현명한 신을 본 적이 없어요. 그러니 우리가 지금껏 함께해 온 것이 아니겠어요."

서금화의 말에 무영의 어깨가 축 늘어졌다. 더 이상 반박할 여지를 만들 수 없게 쐐기를 박는 말이었다.

윤검군이 손가락으로 무영의 어깨를 다독이는 시늉을 했다.

"걱정 말아요. 우리가 김 부장을 믿는 만큼, 김 부장도 나라신과 우리를 믿으면 돼요. 다 잘 해결될 거고요."

서금화가 윤검군에게 말했다.

"제가 지금까지 본 윤 부장님 모습 중에서 오늘이 가장 멋졌어요."

윤검군과 서금화가 마주 보고 웃었다.

"맞아요. 열 번 잡아 놓으면 열 번 가서 구출해 오면 됩니다. 제가 그렇게 할 겁니다. 우리 군대는 충분히 그럴 역량이 있거든요. 김 부장! 나를 믿어요."

목소리를 누그러뜨린 이성순이 말하면서 윤검군에게 엄지를 치켜들었다. 여전히 구겨진 얼굴을 하고 있는 무영에게 나라신이 말했다.

"이미 알고 계셔서 오시라 한 거요. 혹시라도 뛰쳐나갈까 봐요. 모르셨으면 우리가 그냥 알아서 했을 겁니다. 이 비밀 공간만큼이나 뛰어난 기술력이 우리에게 있으니 잘 해낼 겁니다. 걱정 마세요, 김 부장."

시무룩한 무영을 뒤로 하고 두 명의 신을 구출하기 위해 본격적으로 작전을 짜기 시작했다. 이성순의 작전 설명을 듣고 있던 무영의 표정도 조금씩 밝아져 갔다. 우리 영역의 기술력이 생각 이상으로 엄청난 수준임을 보여 주는 작전을 설명하고 있었던 것이다.

그래도 무영의 마음은 편치 않았다. 무영을 지켜 주려는 마음은 알지만, 자꾸 자신으로 인해 주위 신들이 곤란을 겪고 있었고 앞으로도 계속 문제가 생길 것이기 때문이었다. 무영은 자신의 존재와 능력에 대해 부담감을 느꼈다.

'이따위 능력을 얻어서 무엇 하려고 그렇게 수도를 했을까. 주위 신들에게 이렇게 민폐를 끼칠 줄 알았다면 애당초 수도 따위 하지 않았을 거야. 이러지도 저러지도 못하는 내가 딱하구나.'

비밀 공간에 앉아서 쏟아져 들어오는 정보를 유심히 들여다보며 무영은 구출 작전에 대한 정보가 있는지 신경을 곤두세웠다.

태양이 쨍쨍 내리쬐는 한낮이면 인간계는 활발하게 활동할 시간이지만 햇볕에 치명적인 신들은 최대한 빛이 들어오지 않는 곳에 웅크리며 잠을 잔다. 그러다 태양이 지고 어둠이 찾아오면 신들의 활동이 시작되었다. 아직 태양이 서쪽 중간에 걸려 있는 하늘에 동쪽에서 나타난 투명한 비행 물체가 서쪽으로 순식간에 사라졌다. 모래사막의 강렬한 열기에 신들의 왕래가 뚝 끊긴 낮이라 도심은 한적했다. 비행 물체는 도심 외곽의 한 건물 옆에 착륙했다.

비행 물체에서 나온 군신 일곱 명이 온몸에 반짝이는 옷을 입고 중무장한 모습으로 나와 건물 안으로 스르륵 스며 들어갔다. 건물 안에는 경비 신들이 많았지만, 잠든 신들을 처리하는 건 너무나 쉬운 일이었다. 잠들어 있는 신들을 소리 나지 않는 광선총으로 소멸시키며 안쪽 깊숙이 진입한 군신들은 밀실에 갇혀 있던 두 신을 발견했고 구조해 내는 데 성공했다. 작전은 순식간에 끝났고, 서둘러 비행 물체에 탑승해 동쪽으로 날아갔다. 하늘에 붉은 노을이 멋지게 깔리기 시작했다.

비밀 공간에서 '작전 성공' 자료를 받은 무영은 한숨 돌렸다. 서금화와 윤검군에게서 '상황 종료'에 대한 메시지가 계속 떴다. 나라신을 비롯해 국방 대장도, 윤검군, 서금화 두 신들도 무영만큼이나 마음이 가벼워졌을 것이다.

미르왕의 영역에서는 밝은 대낮에 경비 신들을 싹쓸이 처리하고, 한국의 두 신이 감쪽같이 사라진 일에 대해 대서특필하고 있었다. 대낮에 돌아다니는 것은 신들에게 소멸을 뜻하는 것이지만 빛을 반사하는 기술을 가진 한국은 한낮의 빛을 극복하고 자국 영역의 두 신을 짧은 시간 안에 무사히 구출해 간 것이다. 한국의 기술은 이미 신계에 널리 알려져 있었지만, 이 일을 계기로 기술력 최강이라는 명성까지 더해졌다.

외부와 차단된 공간에 모인 세 명의 신이 찻잔을 앞에 놓고 향기를 맡으며 담소를 나누고 있었다.

"전화위복이 되어 버렸네. 쟤네들이 날뛸수록 우리의 능력만 입증되는 거잖아요."

"그러게 말이요. 이왕 이렇게 된 거 이런 기술 팔면 돈 엄청 벌겠는데요."

윤검군과 서금화가 무영에게 농담을 했다.

"이 기술은 섣불리 팔면 안 돼요. 신계의 질서를 어지럽히는 기술이라 우리 영역의 수호에만 쓰이는 기술입니다.”

“예를 들어서 그렇다는 거지요. 자랑스러워서요. 국뽕이라 게 이런 거 아닙니까? 하하하.”

윤검군이 시원하게 웃어댔다.

“국방 대장이 큰소리치는 데는 이유가 있었어요. 이렇게까지 우리 기술력이 발전한 줄 몰랐어요. 정말 이 영역 신이라는 데 자부심이 생겨요. 일할 맛도 나고요. 호호호.”

서금화의 말에 무영이 피식 웃었다.

“기술력은 신계 최고를 지향하고 있으니, 자부심을 가져도 될 것 같아요. 자료를 보니까 알려진 것보다 엄청나더라고요.”

서금화가 두 손을 모아 가슴에 얹고 들뜬 목소리로 말했다.

“그 엄청난 기술이 어느 정도인지 모르지만 김 부장이 엄청나다고 하면 상상을 뛰어넘는 것이겠지요?”

“예, 상상하지 마세요. 그냥 ‘엄청나다’까지만 아세요.”

무영이 재빨리 서금화의 말에 제동을 걸었다.

“어머, 참 이상해지셨어요. 김 부장님, 이승에서는 뭐든지 긍정적이었던 것 같았는데 신계에서는 뭐든지 부정적이세요. 왜 이렇게 변하셨을까?”

서금화가 무영의 태도에 이의를 제기하자 윤검군도 공감했다.

“저도 그렇게 생각해요. 주위를 배려하는 게 지나치다는 생각이 들 때가 있어요. 그냥 흐르는 대로 두면 돼요. 그럼, 다 알아서 제자리를 찾아가거든요.”

“그게 목숨과 연결되어도 그렇게 말씀하실 건가요?”

무영이 윤검군에게 질문했다.

"그것도 그 신의 운명인 거죠. 그걸 애달아한다고 바뀌는 건 없어요."

윤검군의 대답에 무영이 역으로 질문했다.

"임진왜란과 6·25전쟁을 겪으면서 윤 부장님은 혹시 생명의 존엄에 대해 무감각해지신 건가요?"

윤검군이 눈만 멀뚱거리고 있자 서금화가 나섰다.

"윤 부장님이 두 전쟁을 겪으면서 수많은 죽음을 본 건 사실이지만, 그렇다고 그런 질문은 김 부장답지 않군요. 두 전쟁이야말로 다른 사람들을 위해서 목숨 내놓고 싸웠던 전쟁이었어요. 오히려 김 부장이 구할 수 있는 사람들을 구하지 않았었잖아요?"

무영이 재빨리 사과했다. 자기 발등을 찍는 말실수였다.

"아! 죄송합니다. 맞아요. 윤 부장님, 제가 경솔했어요. 제가 요즘 왜 이러나 모르겠네요."

윤검군이 고개를 저었다.

"아니요. 그럴 수 있어요. 원래 같은 장면을 계속 보다 보면 무뎌지게 되어 있어요. 그 말 이해해요."

서금화가 발끈했다.

"뭘 이해해요? 그건 이해해서는 안 되는 거예요. 다른 이들을 구하기 위해 목숨 걸고 싸운 고귀한 행위가 어째서 폄하 당해야 하는 건데요? 말이 돼요?"

"죄송합니다. 서 부장님, 제가 실수했어요. 요즘 제정신이 아닌가 봐요. 정말 죄송합니다. 앞으로 각별히 조심할게요."

무영이 거듭 사과하자 서금화가 목소리를 낮췄다.

"그렇다면 앞으로 이 영역을 위해서, 이 영역의 신들을 위해서 김 부장 자신을 지키는 데 목숨을 거세요. 그것만이 김 부장이 오늘의 실수를 만회하는 길이니까요. 앞으로 어떠한 일이 생겨도 개의치 말고 이 영역을 위해서 자신을 지키라는 거예요. 나라신이 될 때까지요."

"네, 알겠습니다."

무영이 망설이지 않고 씩씩하게 대답하자 서금화의 입가에 미소가 번졌다.

"지켜보겠어요."

"어유~ 무서워라. 김 부장을 아주 잡는구면, 잡어. 대단하슈."

윤검군이 고마운 마음을 담아서 농담을 날렸다. 무영이 싱긋 웃었다.

"그래도 두 분이 저를 바른길로 가게 해 주셔서 다행이라고 생각하고 있습니다."

"그런 마음을 알기에 제가 마음 놓고 말할 수 있는 거예요. 만약 김 부장이 속 좁은 신이었다면 저도 무서워서 이렇게 대놓고 말 못하죠. 나도 죽기는 싫으니까요. 호호호."

서금화가 세상 편한 웃음을 터트렸다.

"이런 자리에 이서경 님도 같이 있었으면 좋았을 텐데요."

윤검군이 이서경의 부재를 아쉬워하며 말했다.

"지금까지 못 나오시는 걸 보니 자살죄가 분명해요. 웬만한 죄라면 이미 '천 개의 방'에서 나왔을 거예요."

무영의 말에 서금화가 대답했다.

"그럴 거예요. 그래도 영역의 중대사에는 이서경 님만큼 냉철하게 일 잘하시는 분도 드물 거요."

사담을 나누다 각자의 일터로 돌아간 얼마 후였다. 사무실에서 자료를 훑어보던 무영에게 서금화로부터 홀로그램이 왔다.

'다른 부서의 관리신과 우연히 만났는데 천왕 측 관리신이 우리가 김 부장과 친한 걸 알고 있더래요. 그러면서 윤 부장님과 나를 소개해 달라면서 치근덕거린대요.'

무영이 즉시 답신을 보냈다.

'우리 측과 뭘 걸고 협상하든 유리한 조건으로 할 수 있겠네요. 저를 잘 이용해 보라고 하세요.'

'알았어요. 전할게요.'

이후 때때로 운검군과 서금화가 홀로그램을 통해 바깥 사정을 알려 주었다. 외부로 나갈 수 없는 무영에겐 매우 소중한 환기창과 같았다.

천왕의 방문

한국 나라신 앞에 천왕으로부터 온 홀로그램이 떴다.

'할 말이 있는데 잠시 방문해도 괜찮겠습니까?'

정중하게 온 홀로그램을 뚫어지게 바라보면서 잠시 고민하던 나라신은 외무 대장신과 윤검군, 서금화를 불렀다. 그리고 천왕에게 답신을 보냈다.

'ok!'

한국 나라신 앞으로 세 명의 한국 신이 나타나고 간단하게 인사를 나눈 다음 자리를 잡았다.

잠시 후, 그들 앞에 기가 뭉치고 황금빛이 일렁이며 천왕이 미국의 외무 대장신과 외무 부장인 스미스와 함께 나타났다.

"어이구, 여전히 찬란한 빛을 뿜어내시는군요. 굉장하십니다. 천왕! 어서 오십시오."

한국 나라신이 살짝 고개를 숙이며 정중히 인사했다.

천왕도 미소 지으며 손을 들어 화답했다.

"반가워요. 우린 정말 자주 만나는군요."

천왕을 처음 보는 윤검군과 서금화가 감탄사를 내뱉었다.

"오! 정말 천왕 님 빛은 눈이 부십니다. 대단한 빛이에요."

"뵙게 되어 영광입니다."

그 소리에 천왕이 흐뭇한 미소를 지으며 새로운 두 신을 바라봤다.

"한국의 외무 부장이 바뀌었군요. 반가워요. 당신들도 빛이 나요. 이승에서 수도를 했군요."

"예! 부끄러울 정도지요."

"한국에는 나라신도 그렇고 빛이 나는 신들이 다른 영역에 비해 유난히 많습니다. 훌륭한 신이 많아서, 그런 면이 부럽소."

한국 나라신이 대답했다.

"이런 잔잔한 빛은 많지만, 천왕 같은 빛은 없어요. 그저 감탄하며 우러러볼 뿐입니다."

"그런 소리 듣자고 온 건 아닙니다. 일전에 우리 영역 복구를 지원해 주어서 감사 인사를 전하러 온 거요. 정말 고마워요. 우리 영역에 자꾸 재해가 닥쳐서 천문학적인 손실이 나고 있는데, 한국이 복구에 힘을 보태 줘서 큰 힘이 되고 있어요. 영역의 신들이 한국이라면 무조건 믿을 정도요."

얼마 전 미국에서는 도시와 인접한 곳에 기단이 갈라지고 빛이 쏟아져 들어와 신들이 소멸되고 엄청난 물리적 피해가 있었다. 거기에 한국이 복구 장비와 신들을 파견해 도운 것을 말하고 있었다.

한국 나라신이 빙그레 웃었다.

"우리가 할 수 있는 일을 한 겁니다. 늘 미국의 도움만 받던 한국이 미국을 도울 수 있다는 게 얼마나 기쁜 일인지 모르실 겁니다."

"그렇게 말씀해 주셔서 우리 영역을 대표해서 다시 한 번 고맙소.

언제나 한국은 든든한 우방이요."

"그런 말씀 마십시오. 한국도 미국의 도움을 많이 받았으니 당연한 겁니다. 다만, 지금 우리도 내부 사정이 녹녹지 않아요. 아시는 것처럼 요즘 주변 영역에서 불법적으로 들어오는 신들이 많아서 골머리를 앓고 있어요. 그나마 관리신들이 각 분야에서 훌륭히 잘 해내고 있어서 견디는 겁니다."

천왕이 직접 찾아왔을 때는 뭔가 요구 사항이 있을 때여서 한국 나라신은 천왕의 추가 요구를 견제하기 위해 내부 사정을 먼저 꺼내 들었다.

"허허, 먼저 선수 치시는군요. 곤란한 말씀은 드리지 않을 것이니 긴장하지 않으셔도 돼요. 허허허."

"천왕과 마주 앉아서 긴장하지 않는 나라신이 어디 있답니까? 아무리 웃으셔도 긴장되는 건 어쩔 수 없군요."

미국과 대적할 수 없는 한국 나라신의 솔직한 대답이었다.

"음, 내가 나라신의 마음을 편치 않게 했다니 괜히 미안해지는군요. 나라신이 된 지 꽤 됐지요?"

"네, 좀 됐지요. 언제 '정화의 숲'에서 올지 몰라서 걱정됩니다."

"한국은 나라신 감이 많아서 괜찮을 거요. 여기 외무 대장도 훌륭하고, 그 옆의 두 분도 잔잔한 빛이 나는 걸 보니 역시나 유능해 보입니다."

지금까지 가만히 듣고만 있던 스미스가 끼어들었다.

"나라신은 아무나 되는 게 아니라고 들었습니다. 신표(神標)가 받아들여져야 나라신이 되는 것이지요."

신표는 영역 고유의 영물(靈物)이었다. 영역 수호신의 집합체와도 같은 것으로, 이 신표가 받아들여야만 나라신이 될 수 있었다. 그러므로 나라신이 되고자 신표를 탐낸다고 누구나 나라신이 되는 것은 아니었다. 신표가 종종 거부하는 사태가 발생했기 때문이다. 신표가 나라신을 정하면 다양한 형태로 나라신의 몸에 붙어서 '정화의 숲'에 가기 전까지 함께했다.

"그렇지요. 간혹 나라신을 정하지 못한 채 '정화의 숲'으로 가는 나라신들이 있어서 혼란스러운 영역도 있더군요. 저도 그럴까 봐 늘 걱정입니다. 신표가 누굴 받아들일지 저도 모르니까요."

한국 나라신이 담담하게 대답했다.

"그래도 염두에 둔 신은 있을 테지요? 우리의 막강한 동맹국인 한국의 다음 나라신도 우리와 미리 친분을 쌓아 두면 다음 대에도 잘 지낼 수 있지 않겠소? 그런 의미에서 염두에 둔 신이 몇 분 있겠지만 우리에게 소개해 주시면 좋겠는데요."

속셈이 뻔히 보이는 요구였다.

"천왕께서 시간이 많으신가 봅니다. 아니면 제가 싫으신 겁니까?"

한국 나라신이 감정 상한 듯이 투덜 대자 천왕이 황급히 손사래를 쳤다.

"오우~ 노, 노. 그럴 리가요. 우리를 이렇게나 도와주고 있는걸요."

"말씀이 앞뒤가 안 맞지 않습니까? 제가 지금 멀쩡히 있는데 다음 나라신 감을 말씀하시다니요?"

한국 나라신이 정색을 하고 따지자, 천왕이 다시 변명에 나섰다.

"오해하지 마시오. 나라신! 나라신이 '정화의 숲'에 갔을 때 신표가 받아들이는 신이 나라신의 의중에 있는 신이었으면 좋겠다는 마음으로 말한 거요. 그건 나라신도 원하는 바일 거요. 그렇지요?"

"뭐, 어…… 그렇기는 하지요. 그래도 대놓고 당사자 앞에서 말씀하시는 건 좀 그렇군요."

한국 나라신이 떨떠름하게 대답했다.

"모든 신들은 '정화의 숲'에 가야 하니까, 나라신도 꽤 되신 것 같아서 내가 불안해서 말한 거요. 다음 나라신과도 우호 관계가 지속되길 바라는 마음이 간절하니까요."

천왕의 말에 옆에 있던 미국 외무 대장신이 부연 설명을 했다.

"지금 중국과 경제 전쟁을 하고 있는 우리로서는 지정학적으로 한국이 매우 중요합니다. 중국뿐만 아니라 러시아도 우리에겐 골치 아픈 대상이거든요. 두 거대한 영역과 마주하고 있는 한국은 지금까지 두 영역을 잘 견제해 주었어요. 물론 한국은 자신의 영역을 지키기 위해서였지만 그것은 신계 전체 힘의 균형을 잡는 데 엄청난 기여를 하고 있다는 걸 말씀드리고 싶군요."

천왕도 맞장구를 쳤다.

"그럼요. 한국은 동북아의 보석이요. 신계 어디에도 한국처럼 아기자기하면서도 웅장한 영역이 없어요. 그래서 빛나는 신들을 많이 배출하는지도 모르겠소."

미국 외무 대장신이 천왕의 말을 받았다.

"아무쪼록 앞으로도 많은 도움과 교류가 있길 희망합니다. 저를 포함해서 우리 영역의 신들이 한국을 너무 좋아해요. 특히 문화와 독보적으로 발전된 기술, 신들의 신성에 대해 열광하고 있지요."

천왕이 자국의 외무 대장신을 곁눈질했다.

"맞아요. 여기 스미스 부장과 우리 외무 대장신도 한국 문화의 열성적인 팬이지요. 한국은 음악도 패션도 영화도 아니, 영역 전체가 예술이요. 영역 자체가 정말 멋지고 예뻐요. 산이 많아서 그런가? 어딜 가나 아름답고 신들도 아름답고요."

한국 나라신이 천왕의 말을 끊으며 물었다.

"저~어, 천왕! 하실 말씀이 따로 있으신 거 같습니다만, 뭔가요?"

이 말에 천왕이 헛웃음을 터트렸다.

"오우~ 들켰네. 내가 너무 어설펐지요?"

"예! 매우 어설퍼요. 빙빙 돌리지 말고 탁 까 놓고 말씀하세요."

천왕이 잠시 머뭇거리자, 미국 외무 대장신이 나섰다.

"천왕, 제가 말씀드리겠습니다."

"아니, 아니요. 내가 말하는 게 낫소."

천왕이 자국의 외무 대장신을 제지하고 입을 열었다.

"으흠, 으흠. 한국의 기술력은 특정 분야에서 최고예요. 농업도 최첨단으로 짓고 있고요. 이번에 우리 영역의 곡창지대에 풍수해로 식량 사정이 예전 같지 않습니다. 풍요롭던 들판이 쑥대밭이 되었고 공장도 무너져 한국의 도움까지 받지 않았소. 우리가 비록 몸이 없는 귀신이라지만 그래도 기본적인 수분은 섭취해야 하는데 말이요. 이번 재해로 멀쩡한 곳은 사막 지역밖에 없을 정도요. 사막에서 뭘 재배한다는 건 생각해 본 적도 없었소. 영역이 넓어서 어디다 심어도 잘 자랐고 식량이 모자란 적도 없었으니까요. 한국은 다른 영역의 사막 지대에 숲을 조성해 주고, 농업도 가능하게 해 주었어요. 우리도 이번에 한국 도움으로 사막에서 농사를 짓고 싶습니다. 지금 도와주는 것과는 별도로 말이요."

"듣기는 했어도 우리에게 이런 요청을 하실 정도면 많이 힘드시군요."

"맞소. 우리가 개발이다 뭐다 해서 너무 함부로 파헤치고, 버리고, 생각 없이 썼던 것들이 다 부메랑이 되어 돌아오는군요. 생활이 편리해지는 데 홀려서 마구잡이로 개발했던 게 문제였어요. 뒤늦게 깨달았을 때는 이미 가속도가 붙어서 도저히 멈출 수가 없었지요. 여기서 아무리 힘들게 방어한다 해도 이승에서 받쳐 주지 않으면 안 되는데, 이승은 이제 깨닫기 시작한 단계라 앞으로 신계의 식구가 폭발할 거요. 대비해야 하는데 신계도 이 모양이니 한국 나라신에게 도움을 청하는 겁니다."

"미국에도 과학자들이 많지 않습니까? 농업 분야에도 꽤 있을 건데요?"

"있지요. 뛰어난 과학자들과 신계 최고의 두뇌들이 우리 영역에 있지요. 하지만 한국 역시 미국 못지않은 최고의 두뇌가 있다는 걸 신계가 다 알고 있어요. 우리가 가진 기술에 한국의 기술을 좀 보태서 그나마 멀쩡한 사막에 신들의 모자란 식량을 조달해 보자는 겁니다."

윤검군이 질문했다.

"풍수해가 지나면 비옥해져서 농사가 더 잘되지 않습니까? 굳이 사막에 하는 것보다 나을 텐데요?"

미국의 외무 대장신이 대답했다.

"맞아요. 그런데 강이 넘치면서 식물에 질병이 퍼졌습니다. 돌림병처럼 광범위하게 퍼져서 식물을 심는 족족 말라 죽어서 과학자들이 해결책을 찾고 있어요. 아직 시간이 좀 걸릴 것 같다는군요."

"아!"

윤검군이 이해하고 물러서자 한국 나라신이 천왕에게 질문했다.

"그에 대한 대가는요?"

"혹시 원하는 게 있소? 이에 걸맞은 합당한 사안이면 협의를 통해 들어드리겠소. 하지만 동맹국끼리 너무 이해타산은 따지지 맙시다."

"가까운 사이일수록 돈 관계가 확실해야 합니다. 그건 잘 아시잖습니까?"

"그렇지요. 우리도 공짜로 도와달라는 거 아니니 말씀해 보시오."

한국 나라신이 외무 대장신을 바라보았다. 한국 외무 대장신이 나라신 옆으로 바싹 다가와 귓속말을 건넸다. 고개를 끄덕이던 한국 나라신이 빙그레 미소를 지으며 표정이 밝아졌다.

"우리 영역에도 부족한 게 있습니다."

"오! 한국이 부족한 게 뭘까요?"

"일자리입니다. 신계에서 일하는 신들이 별로 없지만 한국은 예외입니다. 이승에서 일중독에 빠져 살다 죽은 귀신들도 많아서 그 신들은 여기서 뭐라도 하려고 일자리를 찾거든요. 기술이 발달해 자동화가 많이 되다 보니 그만큼 일자리가 줄어들었어요. 일자리는 늘지 않고 일하겠다는 신들은 많습니다. 그래서 미국에 가 있는 우리 공장들을 우리 영역으로 불러들여 일자리를 만들려고 합니다. 계속되는 미국의 재해에 우리 공장들이 타격을 받고 있어서 다시 우리 영역으로 돌아오고 싶다고 하소연하고 있거든요. 그런데 계약 기간에 발목이 잡혀

이러지도 저러지도 못하고 있는 공장들이 많습니다. 이 공장들이 원활히 돌아가야 미국을 비롯한 신계 전체에 물품을 원활히 공급해 줄 겁니다. 지금 첨단 기술을 필요로 하는 물자 공급이 턱 없이 모자라고 있는 건 아시지요?"

"알고 있지요. 우리 영역에서 생산되는 공장들이 재해로 파괴되고 에너지가 끊겨 생산을 못 하고 있다는 건 들었습니다. 그뿐 아니라 다른 쪽도 심각하지요."

최근 여러 가지 재해가 겹치면서 부분적으로 미국의 시설이 망가지고 멈춰서 신들의 정상적인 생활이 이루어지지 않던 것을 지적한 것이다. 신계에 막강한 영향력을 행사하는 미국이었지만, 자연재해 앞에서는 속수무책이었고 한국 나라신은 그것을 이용하고 있었다.

"그러니까요. 우리 영역도 재해가 있긴 하지만 심각한 정도는 아니라서요. 한국에서 생산되는 건 한국에서 거의 소모되고 다른 영역으로 나가는 것도 거의 정해져 있어서 일전에 요청하신 물건도 미국으로 못 보내 드린 겁니다."

"수리팀, 복구팀을 보내서 복구하면 되지 않을까요?"

천왕의 말에 서금화가 옆에서 단호하게 대답했다.

"동부에 있는 가나다 생산 공장은 벌써 세 번이나 복구했습니다. 남부에 있는 세종 공장을 비롯해 다섯 곳의 공장도 재해로 시설이 멈춰서 한두 번은 복구팀이 가서 복구했는데 이번 재해로 현재 가동이 안 되고 있습니다. 서부에 있는 공장 십여 곳도 비슷한 상황이고요. 거듭되는 재해에 손해가 눈덩이처럼 커지고 있어서 공장들이 한국으로의 복귀를 원하고 있는 겁니다. 그대로 놔두면 공장들의 파산은 물론이고, 미국 내 물자 공급도 어차피 안 될 테니 한국으로 돌아와 안전하게 공장을 가동해서 나오는 물자를 가져다 쓰는 게 서로에게 이득이 될 것이라고 생각합니다."

천왕을 비롯한 미국 외무 대장신과 외부 부장 스미스의 표정이 일그러졌다.

"한국 공장이 수십 개가 넘는데……."

"그것도 규모가 큰 공장들입니다."

한국 나라신이 반론했다.

"규모가 큰 만큼 멈춰 있는 시간이 길수록 피해가 엄청나지요. 미국보다 한국이 재해가 적으니 한국에서 생산해 공급하는 게 맞다고 봅니다. 재해로 인해 공장이 멈추는 것도 문제지만 미국은 신들이 적극적으로 일하지 않는 것도 큰 문제예요. 요즘 들어 신들이 '정화의 숲'으로 불려 가는 속도가 빨라지는 특이 이상도 보이고 있거든요."

"그렇지. 정말 환생 주기가 빨라졌어요."

천왕이 수긍하자 한국 나라신이 힘을 받아 더 적극적으로 문제점을 지적했다.

"적당히 시간 떼우다가 '정화의 숲'으로 가려는 신들이 대부분인 걸 압니다. 이승에서 고단하게 살았으니 신계에서라도 쉬고 싶겠지요. 그런데 한국 신들은 신계에서도 일하는 쪽을 택하는 경우가 점점 많아지고 있습니다. 이승에서 일중독에 걸려서인지 쉽게 쉬질 못하는군요."

윤검군이 나섰다.

"한국에서 공장을 가동하면 안전하게 물자가 제때 공급되니 천왕 측도 도움이 될 겁니다. 미국 신들의 불편함도 많이 해소될 거고요. 무엇보다 공장주들이 한국으로의 복귀를 원하고 있습니다."

천왕이 의견을 묻듯 외무 대장신을 보았다. 미국 내부 상황이 자연재해로 인해 안 좋은 만큼 욕심만으로 공장들을 마냥 붙잡아 둘 수 없는 상황이 되어 버린 것이다.

"공장이 한국으로 가게 되면 할 일 없는 우리 신들이 더 늘어나게 될 텐데, 어떡하지요? 그러잖아도 노는 신들이 너무 많은데요."

미국 외무 대장신의 말에 스미스가 가세했다.

"그렇습니다. 자연재해는 어쩔 수 없는 일이잖아요. 그렇다고 그대로 한국 공장들이 빠져나가면 미국 신들은 더 게을러지고 일하는 신들이 줄어들어 미국이 회복하는 데 시간이 더 걸릴 거예요. 전 반대합니다."

한국 나라신이 빙그레 웃으면서 말했다.

"우리가 그냥 공장들 복귀시키겠다는 건 아닙니다. 천왕께서 우리에게 요구하신 게 뭐지요?"

"사막에서 농사짓는 거지요. 식량이 부족하지는 않지만, 비옥했던 기단이 재해로 질병이 생기고 초토화되면서 앞으로가 걱정이란 말이요. 그래서 사막에서 농사짓는 걸 한국이 전부터 일부 영역에 기술을 제공했으니, 우리에게도 그 기술을 적용해 보려고 하는 것이요. 우리의 기술진과 협력하면 무난할 거고요."

"당연히, 훌륭히 성공할 겁니다. 우리가 그 기술력을 제공하고요. 미국의 무너진 장비 생산 공장이 먼저 정상화되게끔 돕겠습니다. 무너진 곳을 복구하기 위해 많은 장비가 필요할 테니까요. 그리고 이전을 원하는 우리 공장들을 우리 영역으로 모두 복귀시키겠습니다, 천왕!"

천왕이 하늘을 바라보며 한숨을 푹 쉬었다. 아무리 막강한 힘을 지닌 천왕이라도 거듭되는 대자연의 재앙 앞에선 어쩔 수 없이 약한 모습을 보였다.

"그럽시다, 나라신!"

천왕이 한국 나라신의 요구를 마지못해 승낙하자 반대하던 스미스가 재빨리 포기했다.

"한국 나라신이 도와주신다니 말씀드리겠습니다. 우리 기술자들도 열심히 하고 있지만 에너지가 끊어져서 급한 곳이 여러 곳이니 기왕이면 빠른 시일 안에 기술자를 지원해 주십시오."

"그러지요."

한국 나라신이 대답하며 한국 외무 대장신을 보자 그가 고개를 끄덕였다.

"알겠습니다. 바로 조치하겠습니다."

천왕이 한국 나라신에게 물었다.

"혹시 자연왕이 찾아오진 않았소?"

"아뇨. 제가 자연왕을 피하고 있다는 걸 아는데 굳이 찾아오겠습니까?"

"응, 그렇지요. 그럼, 끄나풀이 많이 드나들겠군요."

"예? 그게 무슨 말씀인지. 끄나풀이라니요?"

아무것도 모른 척하며 한국 나라신이 물었다.

"한국의 힘이 많이 신장된 것과는 다르게 한국의 주변국들은 몰락하고 있어요. 우리도 많은 곤란을 겪으며 버티고 있지만 한국은 달라요. 하루가 다르게 신계를 장악해 가고 있어서 솔직히 나도 질투가 날

지경입니다. 당장 지금은 중국의 자연왕이 빛이 줄어드는 상황이라 중국이 한국을 예의 주시하고 있을 거요. 그럼, 중국은 한국에 어떤 특정한 신이 나타났을 때 제거하려 할지도 모르지요."

"특정한 신이요?"

"신계의 법칙이 있잖아요. 왕신의 빛이 약해지면 힘이 센 영역의 나라신이 왕신이 되는 거요. 아마 지금 속도라면 한국이 다음 왕신이 나올 영역이 될 가능성이 크지요. 그러니 중국이 신경을 곤두세울 거란 말이요. 이미 한국에는 중국 신들이 많이 들어와 있고요. 아마 이 문제는 외무 대장신이 더 잘 아실 것 같은데, 그렇죠?"

갑작스럽게 훅 들어온 천왕의 질문에 한국 외무 대장신이 바짝 긴장했다.

"그렇습니다. 전부터 많이 들어와 있었는데 점점 늘어나고 있는 걸로 파악되고 있습니다. 천왕의 말씀대로라면 중국 신들이 늘어나는 이유가 우리 영역을 견제하려는 의도인 거군요."

한국의 외무 대장신도 질문의 의도를 눈치챘지만, 모른 척 시치미를 뗐다. 한국 나라신이 천왕에게 질문했다.

"특정한 신이 한국에서 나타날 거라고 어떻게 알 수 있지요? 혹시 미국도 한국을 견제할 방법을 찾고 있다면 오해라고 말씀드리고 싶습니다만."

천왕이 한국 나라신을 쳐다봤다.

"한국은 미국을 도와주고 있는 몇 안 되는 영역인데 견제할 방법을 찾다니요. 그거야말로 오해요. 미국 신들이 한국을 얼마나 좋아하고 있는지 잘 아시지 않소. 내가 천왕이라고 하지만 한국 나라신에게 오늘 이렇게 부탁하려고 찾아온 걸 보시오. 나라신이 생각하는 그런 건 절대 아닙니다. 그리고 외무 대장의 말대로 한국에 최근 들어와 있는 중국 신들, 그들 대부분은 일반 신이겠지만 일부는 아닐 겁니다. 어떤 방면으로든 훈련된 신들이 들어와 있을 가능성이 있지요."

"훈련된 신이라니요?"

한국 나라신이 짐짓 놀란 표정으로 되묻자, 천왕이 대답했다.

"오, 정말 몰랐소? 이건 정말 대비해야 합니다. 만약 한국에 눈에 확 띄는 빛나는 신이 나타난다면 그들은 어떤 수단과 방법을 동원해서라도 제거하려 할 거요. 한국 나라신은 그걸 막아야 하고요."

한국 나라신이 단호하게 말했다.

"우리에겐 그 특정한 신이 없습니다. 혹시 제가 되는 건 아닐까요?"

한국 나라신의 오리발 농담에 천왕은 낚이지 않았다.

"나라신이 그 특정한 신이었다면 벌써 공격받았을 거요. 나라신은 그런 일이 없었잖아요. 내가 말하는 그 특별한 신은 나만큼 빛이 나는 신이어야 하니까 금방 눈에 띌 거요. 어디 가나 눈에 띄니 쉽게 찾아낼 수 있겠지요."

"그러니까…… 아직 안 나타난 거군요. 우리 영역에 그런 특별한 신이 나타난다면 자연왕을 대신할 신으로 보시는군요. 천왕께서는."

"그렇소."

한국 나라신이 두 손을 모아 쥐었다.

"정말 그랬으면 좋겠군요. 자연왕이라니요. 우리 영역에서 자연왕이라니, 정말 꿈같은 말씀이네요. 아! 그럼, 그 특별한 신이 나타나면 나는 '정화의 숲'으로 가야 하는군요."

"멋지지 않소? 미국과 우방인 한국에서 자연왕이 나오면 나는 중국 따위 신경 쓰지 않아도 되고 신계도 평화로울 거요."

"먼저 한국이 평화로울 테니 그것만으로 저는 만족할 겁니다. 정말 멋진 일이 될 거예요. 정말 그렇게 되었으면 좋겠습니다."

천왕이 한국 나라신을 지켜보다가 정색하고 말했다.

"나라신! 나만큼 빛나는 신이 한국 영역에 이미 나타난 걸로 압니다. 나라신이 모를 리가 없지요. 감추고 싶어서 모른 척하시는 건가요? 아니면 다른 이유가 있으신 건가요?"

한국 나라신의 표정이 한순간 굳었다.

'올 것이 왔다.'

윤검군이 옆에서 나라신의 당황을 눈치채고 나섰다.

"제가 말씀드리겠습니다. 혹시 제가 아는 신을 말씀하시는 것 같아서요. 얼마 전에 한 신이 신계에 들어왔습니다. 이 신이 빛이 나기는 하지만 천왕께서 말씀하신 특별한 신인지는 판단이 서지를 않습니다. 천왕 님처럼 빛이 엄청나게 강하지 않거든요. 제가 알기로 천왕 님은 빛의 능력이 굉장하다고 들었는데 이 신은 빛에 대한 능력도 거의 없었습니다. 신계에 들어온 지 얼마 안 되어 모르는 것인지도 모르고요."

"그걸 어떻게 알죠?"

"제가 이승부터 이 신을 알고 지냈기 때문에 잘 알죠."

"부장신과 이승에서부터 알고 지냈다는 것도 알고 있소."

천왕이 말을 딱딱 자르면서 압박해 왔다.

"하지만 빛에 대한 능력이 없다는 거짓을 말하고 있군요. 중국 변방에서 한바탕 군대와 싸우고 왔잖소. 이미 그 신은 여러 차례 빛의 힘에 대한 시험을 받았어요. 나도 알고, 자연왕도 알고, 신계가 다 아는 사실을 덮으려고 하지 마시오. 역시 감추려고 거짓말을 하는 것이요?"

윤검군은 속으로 뜨끔했다. 역시 상대는 일반 신이 아닌 천왕이었다. 당황한 마음을 애써 감추며 말하려는데 나라신이 팔로 윤검군을 제지했다.

"외무 부장이 말한 대롭니다. 그 신이 잠깐 나타났었는데, 빛이 일반 신보다는 빛나지만 천왕과 견줄 바는 못됩니다. 한참 모자라지요. 그런데 그 신이 미르왕의 신자들에게 공격을 두 차례나 받고 나서 어디론가 잠적해 버렸어요. 신변의 위협을 느낀 거지요. 우리도 찾고 있지만 어디로 사라졌는지 알 수가 없군요. 미르왕의 신자들도 빛이 좀 난다 싶으니까 천왕과 같은 생각을 한 거 같습니다만, 그 정도는 아니에요. 한국이 많이 발전했지만, 영역도 작고 어디 미국과 견주겠습니까? 이렇게 작은 영역에서 왕신이 나온 적 있었습니까? 우리도 간절히 바라지만 천왕이 말씀하시는 그 정도는 아닙니다."

천왕이 고개를 갸웃거렸다.

"흠, 결국 감추고 있는 거군요. 안전하게 보호하고 있다가 나라신 후임으로 안전하게 나라신이 되게 하기 위함이군요. 그렇지요?"

천왕은 정확하게 꿰뚫어 보고 있었다.

외무 대장도, 윤검군과 서금화도 아무 말 못 하고 천왕만 쳐다보았다. 한국 나라신의 미간이 일그러졌다.

"여보시오, 천왕!"

한국 나라신이 목소리를 낮추고 목소리에 힘을 주어 천왕을 불렀다. 그 소리에 천왕을 비롯한 모든 신들의 이목이 쏠렸다.

"하, 그러니까 천왕도, 자연왕도 우리 영역에서 빛나는 신의 출현이 두려운 거군요. 그래서 미군 창고를 열어 중국 신에게 미사일을 훔치도록 해서 서울 한복판에 쏘게 했습니까? 동맹이고 혈맹이라면서 우리 한국이 그렇게 우스웠습니까?"

이 말에 놀란 신은 미국 외무 대장밖에 없었다. 신계에 들어온 지 얼마 되지 않아 새로 바뀐 그는 이 사실을 전혀 알지 못하고 있었다.

"이…… 말씀은 뭡니까?"

천왕도 지지 않고 대답했다.

"한국을 우습게 보다니요. 그럴 리가 있소? 정말 그 미사일은 도난당한 겁니다. 경비들이 교대하는 걸 어떻게 알았는지 중국 신들이 몰래 들어와서 가져간 걸 어쩌겠소?"

"관리를 잘했어야지요. 동맹국 수도 한복판에 미사일을 쏘는 동맹국이 어디 있습니까?"

"실수였다고요, 실수! 그래서 미안하다고 하지 않았소."

"하필이면 천왕이 말씀하신 그 신의 집이 목표였다는 게 문제지요."

"아! 그것도 나중에 알았어요. 한국에 중국 신들이 워낙 많으니까 자연왕 측이 마음먹고 하자면 우리도 당할 수 있다는 교훈을 얻었지요. 지금은 경계가 두 배, 세 배 강화되어 앞으로 그럴 일 없을 겁니다. 그 문제는 정말 미안하오."

천왕의 거듭된 사과에도 불구하고 한국 나라신은 계속 투덜댔다.

"하! 미안하다고 다 봉합이 되는 건 아닙니다. 그 폭발에 우리 일반신의 집들이 부서졌고 많은 신들이 놀랐습니다."

하얗게 질린 미국 외무 대장신이 천왕을 돌아보며 질문했다.

"한국 나라신의 말씀이 정말인가요, 천왕?"

천왕은 말없이 고개만 살짝 끄덕였다.

"오우, 이런, 그런 일이 있었군요. 미안합니다. 나라신! 놀란 한국 신에 대해서도 유감입니다."

"일전에 그 얘기는 꺼내지 않기로 했잖소. 사과도 확실히 했고요."

천왕이 목소리를 낮춰서 말하자 한국 나라신이 단호하게 받아쳤다.

"그건 아니죠. 그때 말씀하신 것 중에 하나도 지켜지지 않았습니다. 우리 영역은 언제 통일시켜 주실 건가요? 미국이 갈라놓았으니 합치는 것도 미국이 해야 하지 않겠어요?"

"오~우! 알았어요. 알았어. 책임질게요."

한국 나라신의 추궁에 천왕이 마지못해 대답했다.

한국 나라신이 주위를 돌아보며 말했다.

"다들 잘 들으셨지요? 천왕께서 한국을 통일시켜 주겠다고, 책임지겠다고 말씀하셨습니다."

한국 관리신 세 명이 냉큼 대답했다.

"예! 똑똑히 들었습니다."

한국 나라신이 천왕을 돌아보았다.

"빠른 시일 내에 책임 완수하시길 바랍니다, 천왕!"

천왕이 고개를 끄덕였다.

"참~ 실수 한 번의 대가가 크군."

천왕의 독백에 한국 나라신이 차갑게 응수했다.

"동맹이고 혈맹이면 더 조심하고 배려했어야지요. 제가 많이 참고 있는 겁니다."

천왕이 손을 들어 한국 나라신의 등을 다독거렸다.

"자, 자! 그 문제는 그만합시다. 내가 미안하다고 하지 않소. 그 빛나는 신의 빛이 어느 정도인지는 모르지만 바뀌면 자연왕이 바뀌겠지요. 안 그래요?"

"예! 그랬으면 정말 좋겠습니다. 그러면 중국으로부터 위험을 덜 느끼겠지요."

"각 영역에는 비밀 공간이 있지요. 우리 영역에도 수십 군데가 있고, 한국에도 꽤 있는 것으로 알고 있어요. 그중 한 군데에 있겠지요. 우리는 동맹이니까 혹시 소개시켜 주면 지켜 주려고 했는데, 나마저도 경계하는 걸 보니 안전하게 나라신이 될 수 있겠습니다. 잘 생각했어요. 그래야지요."

천왕이 통 크게 두둔하자 나라신이 슬쩍 웃었다.

"아니래도요. 그 신이 일반 신보다 빛이 좀 더 있어서 우리도 기대를 걸고 있기는 해도 나라신이 아무나 될 수 있는 건 아니지 않습니까? 신표가 수용해야 나라신이 될 수 있으니 나라신 후보 중 하나로 생각하고 있을 뿐입니다. 신표가 거부하면 그냥 일반 신인 거지요."

"나라신 후보라니 그 신이 맞군요. 어디로 잠적했다더니…… 그냥 일반 신을 비밀 공간에 두고 보호할 정도로 한국의 내부 사정이 녹록지 않다면서요? 외무 대장신도 나라신도 바쁘실 거고요."

윤검군이 힘든 표정을 지으며 고개를 떨궜다. 한국 나라신이 표정을 밝게 바꾸고 목소리도 명랑하게 입을 열었다.

"자! 그럼, 하실 말씀은 다 끝난 거지요? 말씀하신 대로 제가 좀 바빠서요."

천왕이 팔짱을 끼었다.

"바쁜 건 알지만 날 내쫓으려 하지 마시오. 한국에 모처럼 왔는데
요. 볼 것도, 먹을 것도 많잖아요. 일반 신들은 마음대로 하는데 난 천
왕이라는 이유로 제약을 많이 받고 있소. 나라신까지 나서서 막지 말
고 이 근처라도 구경시켜 주시오."

한국 신들은 천왕의 말에 가슴이 철렁 내려앉았다.

'여기저기 헤집고 다니면서 뭔가 알아내려고 하는 거 아닐까?'

한국 외무 대장신이 복잡하게 돌아가는 마음을 감추며 질문했다.

"일반 신들은 겪을 수 없는 일이라 궁금해서 여쭤보는 건데요. 천
왕이 되는 과정이 어떠셨는지 여쭤봐도 될까요?"

이 질문에 한국 신들과 미국 신들이 일제히 천왕을 바라보았다.

"아, 그래요! 어떤 과정을 거쳐서 천왕이 되셨는지 궁금합니다. 말
씀해 주세요. 나라신이 되신 다음에 천왕이 되신 거지요?"

한국 나라신까지 나서서 요청하자 천왕이 미간을 잠깐 찌푸렸다가
고개를 끄덕였다.

"알았소. 얘기하리다. 그동안 몇몇 나라신에게도 같은 질문을 받았
었지요. 영국, 프랑스, 독일, 러시아, 인도 나라신 정도인 것 같군요.
그 영역들도 막강한 힘을 가졌으니까 궁금했던 거지요. 그쪽 영역에서
도 빛나는 신이 몇 번 나왔으니까요. 한국도 영역에 힘이 생기니까 역
시 이 질문을 하는군요."

"일본은 이 질문 안 했었나요?"

윤검군이 질문했다.

"일본은 2차 신들의 전쟁에서 패하고 미국에게 무조건 군사력을

의지해야 한다고 서약했기 때문에 이 질문 자체를 못 했지요. 했다간 우리가 한 소리 퍼부었겠죠. 군사력은 힘의 잣대라 경제력과는 별개입니다."

천왕이 껄껄 웃었다.

"한국이 일본에 마음의 응어리가 크다는 건 알고 있소. 나도 내 영역의 이익이 되는 영역들 교류에만도 바빠요. 이익이 되지 않는 영역과 시간 낭비할 필요 없지요."

냉정한 천왕의 답변이었다. 과거에 아무리 밀접하게 교류한 우방이었어도 힘이 없어지면 이렇게 내팽개쳐지는 것이다.

'힘이 곧 진리다.'

한국 나라신이 표정을 바꾸며 다시 질문했다.

"아까 외무 대장의 질문에 답을 안 하셨습니다, 천왕."

"아? 아! 오, 맞아요. 천왕이 되었을 때 어땠냐고 했지요. 음……
천왕이 되기 전에 몸에 빛이 일반 신보다 찬란했어요. 색깔은 없었죠.
신들이 우러러보곤 했는데 얼마 지나지 않아 나라신이 불렀고 나에게
신표를 주었지요. 이거요."

천왕이 오른쪽 팔뚝을 내밀었다. 팔뚝엔 여러 형상이 얽혀 새겨진
밴드가 채워져 있었고 밴드는 은은한 빛을 내고 있었다.

"영역마다 신표가 다른데 나에겐 팔뚝 밴드요. 여러 형상이 얽혀
있는데 이 형상들은 다 제각기 힘이 있어서 내가 여러 가지 힘을 쓰는
데 유용하게 작용합디다. 흠, 그래서 매우 가치 있고 멋있다고 생각하
고 있어요."

천왕이 새삼스럽게 오른팔을 들어 올려 자랑했다.

"멋있습니다. 잘 어울리세요."

천왕의 잘난 척을 한국 나라신이 부추겨 줬다.

"신표가 내 팔에 옮겨 오면서 몸에 변화가 생겼는데 그러잖아도 찬란했던 빛이 더 커졌죠. 신표의 힘이 더해진 거지요. 아마 나라신도 신표가 몸에 붙으면서 어떤 느낌을 받았을 거예요. 그죠?"

한국 나라신이 대답했다.

"그랬죠. 몸에 힘이 좀 더 생겨나는 느낌이랄까? 그런 게 있었어요."

"그렇죠. 신표의 힘이죠. 나라신은 신표가 허리에 있군요. 나라신이 된 후, 얼마 되지 않아 천왕이 됐는데 그때가 정말 힘들었죠. 몸 상태도 굉장히 안 좋아지면서 죽는 줄 알았거든요. 굉장한 에너지가 머리에서부터 몸 안으로 밀고 들어오는데 정신을 차릴 수가 없더군요. 나중에야 에너지가 한꺼번에 몸 안으로 들어오는 과정이었다는 걸 알았는데, 고통이 엄청나서 그땐 생각할 겨를이 없었어요. 세상에 공짜는 없어요. 몸이 부서질 듯이 아프고 힘든 걸 겪고 나니 바뀐 몸에 빛의 색깔이 입혀져 있었어요. 지금 보는 황금색이죠. 그리고 천왕이 되었소. 누구에게서가 아니라 스스로 그렇게 찾아옵디다."

"정말…… 감탄밖에 나오지 않는군요. 대단하십니다."

"와! 그렇게 되셨군요."

한국 나라신과 외무 대장이 감탄사를 내뱉었다.

천왕이 흐뭇한 미소를 지으며 넌지시 말했다.

"어쩌면 한국에서도 조만간 생길 수도 있는 일이요. 노란색이 아니라 푸른색으로 말이요."

한국 나라신이 얼굴 가득 웃음을 지으며 화답했다.

"정말 그런 일이 생긴다면 좋아서 춤을 추겠습니다."

나라신의 말에 한국 관리신들도 호응했다.

"저도 기뻐서 날뛸 것 같아요."

"당연하지요. 춤도 추고 노래도 밤새워 부를 거예요."

분위기가 화기애애해지자, 천왕이 한술 더 떴다.

"지금도 믿음직한 우방이지만 한국에서 자연왕이 나온다면 미국도 막강한 우방을 두니 나도 춤을 추며 기뻐할 거요. 안 그렇소?"

천왕이 미국의 관리들을 보며 활짝 웃자, 미국 외무 대장신과 스미스가 따라 웃으며 맞장구쳤다.

"우리도 정말 기쁠 겁니다."

"예! 한국은 미국과 혈맹이니까요."

"일이 바쁜 관리신은 먼저 가고 우리 잠깐 산책이나 합시다."

천왕의 제안에 미국 외무 대장은 미국으로 돌아가고 윤검군, 서금화도 일터로 돌아갔다.

천왕과 스미스, 한국 나라신과 한국 외무 대장신이 남아 산책 삼아 여기저기 거닐었다. 말이 거니는 것이지 무게가 없는 신들이라 이곳저곳을 획획 지나는 것이었다.

"한국은 올 때마다 변하는 게 보여요. 신계 곳곳이 재해로 파괴되고 망가지고 있는데 한국만은 꿋꿋이 앞으로 나아가고 있어요. 예전엔 유대 신족이 특별한 신족인 줄 알았는데 지금은 한국이 모든 면에서 특별하다는 생각이 듭니다."

"그렇게 생각해 주셔서 감사합니다."

천왕이 한국 나라신을 보면서 고개를 끄덕였다.

"그냥 인사치레로 하는 얘기가 아니라 솔직한 심정을 말한 거요."

스미스가 천왕의 말에 동조하고 나섰다.

"저도 천왕 말씀에 전적으로 동감합니다. 한국은 올 때마다 엄청 난 속도로 발전하고 있고 다른 영역처럼 환경을 파괴하면서 개발하지도 않았어요. 놀랍도록 모든 게 조화롭게 발전하고 지금도 여전히 진행 중이죠. 정말 특별한 건 그 자체를 모르는 한국 신들이 많다는 겁니다. 유대 신들은 자신들이 특별한 존재인 걸 알고 있잖아요. 그리고 그렇게 행동하는데, 한국은 과거의 한국이 아님에도 불구하고 여전히 겸손하다는 거죠. 전 그 점이 좋습니다."

한국 외무 대장이 스미스의 말에 이의를 달았다.

"그건 오랜 세월 주변국으로부터 침략당하고, 핍박받아 왔던 터라 늘 경계하고 살아남기 위해 필사적으로 노력했던 흔적입니다. 자만하고 잘난 척하면 그다음에는 혹독한 대가가 따랐거든요. 유전자에 새겨진 흔적은 지금 저마다의 무기로 장착되어 생존 경쟁에서 시너지 효과로 나타나는 겁니다. 우연히 얻어진 게 아니란 거지요."

천왕이 한국 외무 대장신을 돌아보았다.

"주변국은 주로 중국과 일본이겠군요. 그렇죠?"

"그렇습니다."

"한때 미국이 일본과 친하게 지냈을 때 한국이 섭섭했겠군요. 그렇죠?"

"아주 없었다면 거짓말이죠. 하지만 경제와 힘이 지배하고 있는 질서의 특성상 이해하고 있습니다."

"질서의 특성이라…… 외무 대장신은 한국에서 특별한 존재군요.

학문적인 분야에서 영향을 끼친 매우 훌륭한 신이었어요. 이승에서 빛을 끌어모으는 재주가 있어서 신계를 이용하기도 했고요."

천왕은 한국 외무 대장의 전생과 전전생을 들여다보며 파악하고 있었다.

"한국에는 정말 훌륭한 신들이 많아요."

한국 나라신이 천왕의 말을 끊었다.

"이승에서 벌어지는 일은 신계에서 먼저 똑같이 일어납니다, 천왕. 신계에서 일어나는 일이 이후에 이승에 투영되기 때문에 천왕의 행적은 그대로 이승에 나타나는 거지요. 천왕이 이승에 관여할 수는 없어도 신계에서 천왕이 어떻게 하느냐에 따라 세상이 달라진다는 것을 명심해 주기 바랍니다."

천왕이 멋쩍게 웃었다.

"아차차…… 맞아요. 그렇지요. 나라신이 정색하니 좀 무섭소이다. 오우~ 나라신! 그렇게 정색하지 마시오."

"아! 미안합니다. 저도 모르게 그만. 천왕은 그만한 힘을 지닌 분이라 힘을 쓰실 때 항상 어디에 어떤 영향을 미칠지 생각해 주기 바라는 마음으로 드린 말씀입니다. 생각 없이 던진 돌멩이에도 힘없는 작은 생명이 맞아 죽을 수도 있으니까요."

한국 나라신이 즉시 사과하자 천왕이 호탕하게 웃었다.

"하하하…… 한국 나라신은 참 좋은 신이요. 주위를 두루두루 생각해 주니 말이요."

스미스가 끼어들었다.

"한국 나라신뿐만 아니라 영역의 신들 심성 자체가 그렇습니다. 항상 주위를 배려하고 걱정해 주고 나누는 것이 일상입니다. 다른 영역에서 볼 수 없는 광경이지요. 그래서 제가 한국을 좋아합니다."

천왕이 말했다.

"알고 있어요. 그래서 나도 뒤늦게 한국을 좋아하게 됐지요. 신계도 동방의 보석 같은 한국을 이제야 제대로 알고 이해하기 시작했어요."

한국 신들은 속으로 코웃음을 쳤다.

'한국 영역의 힘이 커지니까 필요에 따라 움직이는 것이지. 그냥 좋아질 리가 있나…….'

"그런데 말이요. 저긴 뭐 하는 곳이요?"

천왕이 가리킨 곳에는 평범한 구조물처럼 보이지만 그 밑으로 비밀 공간이 있었다. 영역 내 십여 군데 중 한 곳을 정확히 가리키고 있었다. 한국 나라신이 당황했으나 내색하지 않고 대답했다.

"저곳은 제 경비병들이 쉬기도 하고, 훈련하는 곳입니다. 업무의 특성상 먼 곳에 있는 것보다 옆에 있는 것이 나을 듯하여 관내에 두었지요. 외부에 노출되지 않도록 하고 외부신 출입이 금지되어 있습니다."

"나라신의 출입도 금지요?"

"네~에, 그들의 사생활을 침범하면 안 되니까요."

천왕이 웃었다.

"어허~ 이 영역에서 나라신이 못 들어가는 곳이 있다니……. 그렇군요."

"경비병들의 사생활을 존중해 주는 겁니다. 아무 때나 들어가는 건 제 권위와는 상관없이 그들에게 실례니까요."

스미스가 환호하며 박수 쳤다.

“브라보! 나라신! 멋져요. 최고예요.”

천왕도 따라 박수 치며 웃었다.

“역시 나라신, 한국이 발전하는 데는 다 이유가 있군요. 이렇게 배려하고 생각해 주니 단합도 잘되고 발전할 수밖에 없을 거요. 최고요.”

천왕이 엄지를 치켜세웠다.

“이만 가야겠소. 여기 스미스 부장은 한국이 좋아서 이곳에서 계속 근무하고 싶다고 하니까 잘 부탁드리겠소. 그럼, 잘 놀다 갑니다. 다음에 봅시다, 나라신! 그리고 외무 대장. 안녕히 계시오.”

“안녕히 가십시오.”

인사를 주고받으며 천왕이 황금빛을 뿌리며 사라졌다. 스미스가 천왕이 사라진 자리에서 돌아서며 말했다.

“나도 우리 관저로 돌아갈게요. 안녕히 계세요.”

스미스도 사라지고 나라신과 외무 대장신 둘만 남았다. 외무 대장이 물었다.

“아까 그곳은 나라신의 경비병 훈련장이 맞아요? 천왕이 가리키기 전까진 못 보던 곳이었는데요.”

나라신이 고개를 저었다.

“아니요. 아무도 몰라야 하는 비밀 공간이요. 나라신만 알아야 하는 공간이라 홀로그램도 제한적으로 들어가는 공간이지요.”

“그럼, 천왕이 저곳을 어떻게 콕 짚어 냈을까요?”

“저 공간의 정체를 알았을 가능성이 높지요.”

나라신이 심각한 표정을 지었다.

“혹시…… 저곳에 김 부장이 있나요?”

"아니요. 그건 아니지만 저곳 역시 우리의 특별한 비밀 공간이요. 이미 알고 있었겠지만, 천왕이 우리의 비밀 공간 위치를 눈치채고 갔으니 나머지 비밀 공간에 대해서도 파헤치려고 할 것 같군요."

"당연히 그렇겠죠. 지나온 길에 비밀 공간이 더 있었나요?"

"여러 개 있었지요."

"지나친 기우일지 모르겠지만 혹시 그걸 다 파악하고 간 게 아닐까요?"

나라신이 갑자기 신음 소리를 냈다.

"끄~응. 외무 대장 말씀이 틀리길 바라요. 어쩌면 회담을 가장해 김 부장 위치 파악 차 온 것일 수도 있겠어요."

"지나온 길목, 비밀 공간에 김 부장이 있었어요?"

"네."

"탈탈 털렸군요. 젠장. 교활한 천왕 같으니라고."

이승에서 대낮에 수도하기

한편, 조금 떨어진 비밀 공간에 있던 무영은 천왕과 나라신, 외무대장신의 대화를 모두 듣고 있었다. 천왕과의 회담, 이곳을 지나가면서 쳐다보았던 천왕의 눈빛까지 떠올리며 천왕의 능력에 대해 곰곰이 생각했다.

'내가 천왕의 눈빛을 느꼈는데 천왕이 나를 눈치 못 챘을 리 없다. 그럼에도 나라신에게 아무 말도 하지 않고 지나갔다. 오히려 다른 비밀 공간을 가리키며 뭐 하는 곳이냐고 물었지. 왜 내가 있는 곳이 아닌 다른 곳을 짚었지?'

천왕에 대한 능력과 생각에 대한 의구심을 잔뜩 품은 채 무영은 자신에게 새로 생긴 능력에 대해서도 놀라고 있었다. 쏟아져 들어오는 자료들을 어느 정도 파악하자 이승에서처럼 앉아 고요히 눈을 감고 있었다. 처음에는 가까운 주변의 소리와 모습들이 보였지만, 시간이 갈수록 점점 먼 곳의 소리까지 들리고 보이는 반경이 넓어지고 있었다.

'매우 피곤한 능력이구나. 사람 소리도 들리고, 신들의 소리까지 들리니. 눈을 감아도 여기저기서 들려오는 소리에 잠드는 것도, 쉬는 것도 쉽지 않다. 천왕도 이런 능력을 갖고 있을까? 그렇다면 왕신들은

피곤한 삶을 살고 있겠구나.'

무영은 상대방의 능력을 알아보는 능력도 있었으면 좋겠다고 생각했다. 그러면 천왕과 맞닥뜨려도 대처할 수 있을 것 같았고, 백호왕에게 속수무책으로 당하지도 않았을 것이다. 지금까지도 그랬지만 앞으로 방심하면 한 톨 먼지로 변하는 건 한순간이었다.

나라신으로부터 만나자는 홀로그램이 왔다. 또 다른 비밀의 방에서 나라신과 무영이 얼굴을 마주했다.

"천왕이 다녀갔어요, 김 부장!"

"알고 있습니다."

"천왕이 비밀 공간에 대해서 말하더군요."

"네, 듣고 있었습니다."

나라신이 깜짝 놀라서 되물었다.

"듣고 있었다고요? 밖의 소리가 들립니까?"

"네."

"아니, 귀신의 소리든 어떤 소리든 이 비밀의 방은 모든 게 다 차단되어 있는데요. 어떻게 들린다는 거죠?"

"역삼동에 미사일 쏜 걸로 나라신이 따지니까 순순히 미안하다고 했지요. 그 후에 이곳 주위를 돌며 비밀 공간에 대해 말했고요."

"맞아요. 정말 다 듣고 있었군요. 처음부터 듣고 있었어요?"

"네."

"대화를 다 들었다면 내가 걱정하는 것도 아시겠군요?"

"제가 여기 있는 걸 천왕이 눈치채지 않았을까, 하는 걱정이지요?"

"그렇소. 김 부장은 볼 때마다 무섭다는 느낌이 드는군요. 천왕도 문득문득 두렵다는 생각이 드는데 김 부장은 더 무섭습니다. 윤 부장, 서 부장이 무영 도사라고 불렀던 이유를 알겠어요."

나라신이 엄지를 치켜세우며 무영을 칭찬했다.

"천왕이 이곳을 가리키며 뭐 하는 곳이냐고 물었지요. 나라신께서는 경비병이 쉬기도 하고 훈련도 한다고 말씀하셨고요. 그 질문을 하기 전에 제가 있는 곳을 지나갔어요. 지나가면서 쳐다보더군요."

나라신의 눈이 점점 커지고 있었다.

"김 부장! 밖이 다 보입니까? 이 비밀 공간 너머가 보여요?"

"네. 저는 천왕을 보고 있었고 천왕도 저를 보는 것 같았는데 확실히는 모르겠네요."

나라신이 또 질문했다.

"혹시 상대방의 마음을 읽거나 하지는 않습니까?"

"마음을 읽어요?"

"아닌가요? 아까 내가 할 말을 미리 맞춘 건 대화 내용을 들었기 때문이었어요?"

"네."

"그렇군요. 난 신의 마음을 읽는 능력이 있는 줄 알았어요. 천왕은 신의 마음까지 읽는 능력은 없거든요."

"신계의 건물을 투시하는 능력은요? 만약 있다면 제가 있는 곳을 지나가면서 저를 봤을 거예요."

"신계의 건물을 투시한다는 소린 못 들었어요. 그 또한 엄청난 능력인데 김 부장은 천왕보다 더 특별한 것 같아요."

"천왕도 소리는 듣지요?"

"소리도 못 듣는 걸로 알고 있어요. 건물 밖이나 멀리 떨어져 있는 소리까지 말씀하시는 거죠?"

"네."

"그런 소리를 들을 수 있는 건 사람들이 하는 소리지요. 귀신들은 몸집이 없어서 소리를 내도 파장이나 진동이 없잖아요. 신들끼리 하는 이야기도 기껏해야 바로 앞에서나 들려요. 사람들이 작은 소리로 얘기해도 우리는 멀리서도 들을 수 있지만, 우리가 이승에서 아무리 소리질러도 사람들은 우리의 소리를 전혀 들을 수가 없는 이유죠. 김 부장의 능력이 특별한 거요."

"그렇죠."

"어쨌든 김 부장은 특별한 신이요. 그래서 내가 김 부장을 보자고 한 것이요. 앞으로 꼭 필요한 홀로그램만 들어갈 거예요. 일은 두 비서관이 알아서 처리할 테니까 능력 향상에 시간을 투자해 봐요. 신계는 몸집이 없어서 수도하는 신이 없지만 난 김 부장이라면 여기서도 능력을 향상시킬 방법을 찾아낼 거라고 믿어요."

"수도……."

"딱히 수도라기보다 방법을 찾으면 어떤 식으로든 있지 않을까 해서요."

"몇 번 시도해 봤는데, 아무리 해도 안 돼요. 어렵네요."

"어떤 걸 시도하셨는지 모르겠지만 김 부장은 처음 봤을 때보다 능력치가 점점 올라가고 있어요. 비밀의 방에서 뭘 하시는지 모르겠지만 계속 발전하는 게 눈에 보이거든요. 이미 모든 면에서 왕신을 뛰어넘는 능력을 가지고 있는 걸로 보입니다. 빛도 천왕의 빛을 압도하는 정도로 커졌고요. 마주하고 있는 내가 빛이 감당되지 않을 정도요. 그러니 일은 신경 쓰지 말고 능력 향상에 매진해 주세요. 이 말이 하고 싶어서 온 겁니다."

무영이 웃었다.

"영역을 위해 힘을 안 쓴다고 혼나서 일하려고 왔는데 그마저도 막으시네요. 어! 또 대장신께 야단맞는 거 아니겠죠?"

무영의 3전생, 4전생까지 알고 있는 나라신이 웃었다.

"만약 김 부장이 웬만한 신이라면 나라도 야단쳤을 거요. 하지만 김 부장은 모든 걸 넘어서고 있는 중이니까 내 말을 따라 주세요."

'모든 걸 넘어서는 중?'

무영이 잠시 망설이다가 대답했다.

"예! 알겠습니다."

자신만의 비밀 공간으로 돌아온 무영은 언제나 수많은 홀로그램으로 꽉 차 있던 공간이 비어 있는 것을 보았다. 나라신의 말대로 무영에게 들어오던 무수히 많은 정보들이 차단된 것이다. 모든 정보를 다 보진 않았지만, 홀로그램이 사라진 텅 빈 곳에 달랑 몇 개의 홀로그램만이 남아 있었다. 그것은 지금까지 두 비서관을 거쳐서 무영의 개인 앞으로 온 홀로그램들이었고 주로 나라신이나 윤검군, 서금화에게서 온 것이었다. 이런 개인적인 홀로그램 외에 모두 사라져 버렸다.

한편으로 신경 쓸 일이 없어서 편하기는 하지만 당장 뭘 어떻게 해야 할지 막막한 심정이 되었다. 이승에서는 몸집이 있어서 호흡과 명상을 통해 수련이 가능했지만, 몸집이 없는 귀신 상태에서 호흡 수련은 아무리 시도해도 효과가 없었다. 몸 안에 들어온 공기가 갇히지 않고 그대로 몸 밖으로 빠져나가 버렸기 때문이다.

'명상을 통한 수련법은 어떨까?'

일반적인 명상은 마음을 편안하게 하기 위한 수단으로 이용되었다. 하지만 도를 이룬 경지에서 명상은 많이 달랐다. 비록 명상 속에서지만 자신이 하고자 하는 것을 할 수가 있었다. 눈을 뜨면 모든 게 사라져 버리는 허상이었지만 무영은 명상을 통해 방법을 찾아보기로 했다.

이승에서 수호신을 통해서 구름을 부르고 비를 내리기도 했었다. 생각이 여기에 미치자, 명상을 통해서 구름과 바람을 움직일 수 있는지 알고 싶어졌다. 즉시 자세를 잡고 앉아 명상에 돌입했다.

넓은 평야가 끝없이 펼쳐져 있고 푸른 하늘에는 뭉게구름이 둥실둥실 떠 있었다. 신계에 들어와서 볼 수 없었던 파란 하늘을 보자 파란 색깔의 상큼한 매력에 빠져 잠시 하늘을 바라보았다. 빛에 취약한 신들의 특성상 저승에는 빛이 직접적으로 들어오지 않았다. 저승은 얇은 막에 싸여 희미한 빛만 투과시켜 신들을 보호했다. 쨍쨍 내리쬐는 햇빛이 한 시간만 들어온다면 저승은 아마도 사라질 것이다. 새삼스럽게 무한대의 엄청난 에너지를 공급하는 태양의 위대함을 인식하며 그에 기대어 사는 수많은 생명체 중에 자신도 하나일 뿐이라는 생각에 한없이 작아지는 느낌이 들었다.

손을 들어서 허공을 휘휘 저어 흩어져 있는 구름을 모았다. 이내 여러 개의 구름이 합쳐지면서 먹구름이 형성됐다. 무거워진 먹구름은 비를 내리기 시작했다. 떨어지는 비를 두 손으로 받으며 촉촉한 물기의 감촉을 느끼다가 문득 명상이 현실과 다를 수 있다는 생각에 미쳤다. 일반적으로 명상은 명상에서 끝나기 때문이다.

무영은 눈을 번쩍 떴다.

푸른 하늘의 끝없이 펼쳐진 넓은 평야, 거기가 어디였을까? 이승의 기억을 더듬어 보니 한국에서 지평선을 볼 수 있는 데는 호남평야 정도였다. 서울의 6배가량 되는 끝없이 펼쳐진 논과 밭을 홀로그램으로 띄웠다. 그곳에는 먹구름이 하늘을 가리고 잠시 비가 왔다가 그친 흔적이 고스란히 남아 있었다. 평야가 끝나는 멀리에는 햇빛이 내리비쳐 매우 상반된 느낌으로 풍요로움과 따스한 평화를 느끼게 하는 아름다운 광경이 펼쳐졌다.

'역시 회색의 저승보다 화려한 색이 입혀진 이승이 아름답구나. 색깔! 이것이야말로 막강한 빛의 능력이다.'

이로써 명상으로도 이승에 영향을 미칠 수 있다는 걸 알 수 있었다. 하지만 눈을 뜨고 명상하지 않은 상태에서도 가능한지 알고 싶어졌다. 오감이 열려 있는 귀신의 입장에서 눈을 감으나 뜨나 별반 차이가 없을 거란 생각이었다.

자리에서 일어나 홀로그램을 더 키웠다. 근처에 있는 바다에서 올라오는 수증기를 평야에 있는 구름 쪽으로 밀었다. 주위에 있는 구름을 한쪽으로 여러 번 밀었더니 제법 큰 먹구름이 형성되었고 평야를 덮은 먹구름은 비를 뿌리기 시작했다.

"되는구나. 눈을 뜨고 해도 되네. 저승은 명상도 필요 없는 거구나."

무영은 다른 왕신도 이 능력이 되는지 궁금해졌다. 하지만 곧 답은 나왔다. 다른 왕신들은 이 같은 능력이 없다는 결론이었다. 왜냐하면 천왕의 영역에서는 토네이도와 태풍, 홍수 같은 재해가 시도 때도 없이 일어났기 때문이다. 만약 천왕이 이를 제어할 능력이 있었다면 신들이 다치지 않도록 이 능력을 사용했을 것이었다. 자연왕도 마찬가지였다. 대규모 홍수와 지진으로 엄청난 피해를 보았어도 그것을 자연왕이 구해 주거나 막아 줬다는 소리는 들어본 적이 없었다. 결국 두 왕신모두 이 능력은 없다는 것이다.

마음먹은 김에 천둥과 번개도 만들어 보았다. 두꺼운 구름끼리 부딪치며 번개가 치고 천둥이 울렸다. 무영이 씨-익 웃으며 구름을 양옆으로 밀었다. 먹구름이 살살 양옆으로 흩어지고 갈라지면서 그 사이로 햇빛이 들어오고 뭉게구름으로 변한 수십 개의 구름들이 예쁘게 하늘을 수 놓았다.

"예쁘구나. 세상은…… 정말 아름다워!"

손바닥을 천천히, 아주 천천히 움직였다. 손바닥이 움직이는 방향으로 뭉게구름들이 빠르게 이동하고 있었다.

'바람이다. 바람의 능력!'

손바닥이 천천히 움직이는 데도 구름은 매우 빠르게 움직였다. 바람이 남해에 도달하자 손바닥을 좀 더 빨리 움직였다. 바다에서 올라오는 수증기와 합류한 구름들이 커다란 먹구름을 형성하면서 빠르게 남해를 빠져나갔다. 바다로 나간 구름 덩어리들은 점점 바다의 수증기를 빨아들여 거대한 구름을 형성해 가며 비를 뿌렸다.

일본의 서남쪽을 직선으로 지나간 비바람은 사상 초유 내륙으로부터 발생한 태풍이었다. 일본 방송들은 갑자기 생겨난 내륙의 태풍에 대해 분석하느라 바빴고, 바다로 나간 비구름은 잠시 엄청난 속도로 휘몰아치다 소멸했다.

구름과 비와 바람은 이승에서도 부릴 수 있는 게 확인되었다.

무영은 홀로그램을 다시 호남평야 인근의 밭에 나무 몇 그루가 있는 곳으로 이동했다. 방금 비를 맞아 물방울이 맺힌 초목(草木)들의 상태를 살폈다. 나무 전체가 방울방울 매달린 물방울을 품은 나뭇잎들로 햇빛을 받아 반짝이며 생기가 넘쳤다.

'다행이다. 나뭇잎 하나 다치지 않았구나.'

흐뭇한 마음으로 나무를 쳐다보다가 큰 나무 아래에 노란 민들레가 몇 송이 피어 있는 것이 보였다. 이승에 있을 때도 길가에서 많이 봤던 꽃이라 반가워서 미소를 띤 채 빤히 바라보았다. 왠지 꽃들도 웃고 있는 것 같은 기분이 들어서 넌지시 혼잣말로 중얼거렸다.

"너희 참 예쁘구나!"

바람도 없는데 꽃들이 살랑살랑 움직였다.

"너희들 내 말이 들리니? 그래서 반응하는 거니?"

또다시 꽃들이 움직이자, 무영이 고개를 갸웃거렸다.

"꽃들이 마치 내 말을 듣고 있는 것 같아. 그럴 리는 없겠지만……
귀엽다."

무영이 손을 뻗어 촉촉한 민들레꽃을 쓰다듬었다. 이승과 저승의 차이가 있음에도 불구하고 민들레에 맺힌 물방울의 촉감이 고스란히 느껴졌다. 민들레꽃 한 송이가 고여 있던 물방울을 떨구며 꽃송이를 흔들었다.

"정말 이쁘네! 이승에 있을 때도 이쁘다고 생각했지만, 이곳이 무채색 세상이라 노란색이 더 화려하게 보이는구나."

시선을 다른 쪽으로 옮기려는데 무슨 소리가 들리는 것 같았다.

"어?"

무영은 집중해서 소리가 나는 곳을 찾았다.

"맙소사! 너희가 나에게 말을 건 거였어."

전혀 바람이 불지 않는데 놀랍게도 민들레 몇 송이가 일제히 자신들의 이파리와 꽃송이들을 흔들고 있었다.

"와! 놀라워라. 식물이 소리를? 아니 느낌을 전달하고 있구나."

무영이 흥미를 갖고 신경을 바짝 곤두세웠다.

"칭찬받아서 좋다고?…… 그래! 너희가 이뻐서 그렇지."

민들레들은 자신들을 칭찬하는 소리에 기분 좋은 반응을 하고 있었다. 무영이 웃으며 대답했다.

"그래! 너희들이 느끼는 대로 나는 귀신이 맞다. 내가 좀 특이한 귀신이라 낮에 다녀도 괜찮아. 너희는 나를 못 보겠지만 나는 너희들을 보고 있어. 너희들 정말 예뻐."

무영은 식물과의 교감이 신기해서 계속 말을 걸었다.

"그럼, 정말 예뻐. 여기 저승 세계는 빛이 없어서 온통 회색이거든. 약간 밝은 회색, 어두운 회색, 이런 식이라 칙칙하지. 그러다 너희들 보니까 마음이 다 환해진다."

무영의 말에 민들레들이 웃는 것 같았다. 커다란 미루나무 아래에서 도란도란 민들레들이 재잘거리고 있었다.

비록 느낌으로 전달되는 것이었지만 작은 식물과 느낌을 주고받는 것은 특별한 기분이었다. 미루나무도 못 듣는 감정의 전달이었던 것이다. 무영은 작은 식물과도 느낌으로 대화를 할 수 있다는 것이 신기했다. 작은 민들레와도 감정 교류가 가능하다면 나무나 동물들과는 더 쉽게 될 것 같았다.

민들레 옆에 우뚝 솟은 미루나무에게 말을 걸어 보았다.

"나무야! 나무야! 내 말이 들리니?"

느긋하게 햇볕을 쬐고 있던 미루나무가 처음 듣는 이상한 소리에 나뭇잎 하나 흔들지 않고 긴장하는 것 같았다.

"미루나무야. 너한테 말하고 있는 거야. 나는 무영이라고 해."

미루나무가 나뭇잎을 부르르 떨었다. 그리고 뚜렷하게 놀란 감정이 전달되어 왔다.

"난 신계에 있어. 귀신이지."

미루나무가 나뭇잎을 흔들면서 반응했다.

"그래서 신계에서 말하고 있어. 너한테 말을 걸 수 있다는 걸 방금 알았거든. 네 밑에 있는 민들레들과 대화하면서 말이야."

미루나무가 무언가 말하듯이 열심히 몇 개의 나뭇잎을 흔들었다.

"네 밑에 있는 노랗고 작은 꽃들이 민들레란다. 아! 넌 잘 안 보이는구나."

나무는 눈이 없으니 그저 감각과 감정만 있다는 것을 처음 알았다.

"너도 신기하겠지만 나도 나무와 말을 하는 건 처음이야. 신기해서 말하면서도 이상해. 과연 내가 나무하고 말하는 게 맞는지 말이야. 나는 말을 하고 있지만 너는 소리를 낼 수 없으니까 감정만 나에게 전달하는 거야. 그걸 나는 느끼는 거고."

미루나무가 한쪽 나뭇잎만 흔들었다.

"그래, 난 특별한 귀신이야. 다들 그렇게 보더라. 조금 전에 비는 어땠니? …… 시원했다고? 다행이다."

미루나무는 여덟 번의 추운 계절을 겪었다고 했다.

"하하하. 1년에 1미터씩 자랐네. 8미터는 되어 보인다. 늘씬하네. 언제가 행복하니? …… 응? …… 아! 새들이 와서 조잘거리는 소리를 들을 때, 그리고 따뜻한 햇빛을 받고 있을 때. 그렇구나! 한 자리에 계속 있어야 하는데 답답하지 않니?"

미루나무가 이번에는 가지 하나를 살랑살랑 흔들었다.

"움직이면 죽는다고? 아! 동물은 안 움직이면 죽는데 식물은 움직이면 죽는다고 느끼는구나. 하긴 누군가 뿌리째 옮겨 주지 않는다면 불가능하지. 미안하다. 괜한 걸 물었네. 이런 날씨를 좋아한다고 했지? 오늘 하루는 이 날씨가 유지되도록 해 줄게. 행복하게 지내라."

무영은 홀로그램을 움직여 숲을 지나 한갓진 시골길이 보이는 들판으로 이동했다. 들판에는 온갖 풀들과 곡식들이 자라고 마을 골목에는 노인들 여럿이 평상에 모여 같이 식사하는 정겨운 모습도 보였다.

홀로그램을 크게 밑으로 내리자 서울이 나왔다. 서울은 수많은 인파가 물 흐르듯이 다니며 거대한 에너지를 뿜어내고 있었다. 무영은 영등포 사거리의 한 도로를 확대시켰다. 백화점도 있고 가게가 빽빽이 들어차 있는 거리에 잘 차려입은 사람들이 바쁜 걸음으로 지나다니고 있었다.

"저 사람들은 무슨 생각을 하면서 살까? 신계가 있는 걸 알까? 자신들의 주변에 조상신이나 다른 귀신들이 지켜보거나 붙어 다니는 걸 알기나 할까?"

대낮에 거리를 바쁘게 다니는 사람들에게 귀신이 붙는 일은 없었다. 그들은 일에 몰두하느라 아니면 자신들이 해결해야 할 일에 몰두하느라 자신을 누가 지켜보든지 말든지 신경 쓰지 않았고 그럴 겨를도 없었다. 이런 사람들에게는 귀신도 붙지 않는다.

하지만 시간이 많고 여유가 있고 하릴없이 여기저기 기웃거리는 사람들, 하던 일이 안 되어 자포자기하는 사람들, 마음이 허전해서 어딘가에 기대고 매달리고 싶은 사람들에게는 매우 쉽게 귀신이 들러붙었다. 어쩌면 사람들이 귀신을 불러들이고 있는지도 몰랐다.

이승에서 개안되고 처음 귀신을 봤을 때 인간 세계에 섞여 있는 귀신들에게 혐오감을 가졌었다. 이제 자신이 귀신이 되어 이승을 들락거리다 보니 복잡한 심정이 되었다.

'그래도 이승과 저승이 유별한데, 사람들의 삶에 귀신들이 관여하는 건 안 되지.'

마음은 그렇게 먹었지만, 무영은 자신이 대낮에 돌아다닐 수 있는지 알아보고 싶어졌다.

'몸에서 나는 빛이 이승의 태양 빛을 어느 정도 흡수하고 있다. 중요한 건 이승의 대낮에 귀신은 활동하지 않는다. 고로 들킬 걱정을 하지 않아도 된다.'

생각이 여기에 미치자 무영은 과감하게 이승의 대낮에 돌아다녀 보기로 했다. 어떤 매개체를 통해 빙의하면 수월하게 다닐 수 있을 것 같았다.

'인간의 몸을 빌리면 나도 다른 귀신들과 다를 바 없다. 움직이는 다른 것을 찾자.'

홀로그램을 이리저리 움직이다가 하늘을 날고 있는 새 한 마리를 발견했다. 참매였다.

참매는 낮에 먹이 활동을 하는 데다 일반 새보다 속도나 높이도 꽤 있었고 보호종이라 사냥당할 위험도 없다.

무영은 작정하고 날고 있는 참매의 머리를 치고 들어갔다. 한순간 참매가 타격을 받은 듯 퍼드득거리며 아래로 하강하다가 이내 다시 자세를 잡고 멋진 비행을 시작했다.

참매의 머리를 완전히 지배한 무영은 시원한 바람을 느끼고 밝고 푸른 자연을 참매의 눈을 통해 보았다. 참매의 눈은 매우 밝았다. 사람보다 열 배는 멀리 볼 수 있는 것 같다. 날씨까지 좋아서 시야를 가리는 것이 조금도 없었다.

'사람 눈하고는 차원이 다르다. 사람이라도 귀신의 눈은 웬만한 건 꿰뚫어 볼 수 있는데 참매의 눈으로 보니 시야가 확장되면서 멀리 아주 작은 것까지 정확하게 보인다.'

하늘 높이 떠서 빙빙 돌며 사방을 둘러보았다. 참매가 있는 곳은 백두대간의 커다란 숲을 양쪽에 둔 전형적인 농촌 마을이었다. 논과 밭이 있고, 작은 농로가 그 사이에 핏줄처럼 연결되어 있으며 작은 도로가 마을 밖으로 이어져 있었다.

산 위까지 높이 날아오르니 한낮인데도 서늘한 기운이 감돌았다. 산등성이를 넘어가자 작은 도심이 눈에 띄었다. 시골이고 낮이라 사람의 왕래는 적었지만 차들이 곳곳에 주차해 있고 가게들도 많았다. 작은 도시 사이를 제법 큰 도로가 위아래로 관통하며 일정 거리를 두고 도로 양옆으로 건물과 집들이 들어서 있었다.

높이 날고 있어서 햇볕이 제법 뜨거웠다. 열기를 식히기 위해 도로를 벗어나 숲으로 날아들어 큰 나뭇가지 위에 앉았다.

'아까 먹은 먹이가 다 소화됐겠다. 엄청 날아다녔으니까. 내 욕심만으로 참매가 혹사당하고 있는 건 아닌지 모르겠다.'

한낮이 살짝 기운 오후 2시가 되자 무영이 급한 마음에 일단 참매의 몸을 벗어나 신계로 돌아왔다.

돌아오자마자 홀로그램을 띄우고 참매의 상태를 살폈다. 다른 이의 조종으로 한 시간을 넘게 날아다녔으니 매우 고단할 것이다. 혹시라도 자신이 빠져나오면 참매가 기절하거나 나무에서 추락할까 봐 걱정이 앞섰다.

'다행히 나무에 잘 앉아 있네. 저런! 잠에 빠져 있구나. 역시 고단했던 거군.'

무영은 참매를 뚫어지게 쳐다보는 두 개의 커다란 눈을 발견했다. 수리부엉이였다. 같은 맹금류지만 수리부엉이와 비교하면 아직 완전한 성체가 아닌 참매의 크기는 어린이 수준이었다.

수리부엉이가 자세를 고쳐 잡고 날아올랐다. 무영은 참매의 주변에 보호막을 폈다. 나무는 보여도 참매만 감쪽같이 보이지 않게 되자 소리 없이 날아오던 수리부엉이가 참매가 앉아 있는 가지 옆에 앉아서 두리번거렸다. 머리를 빙글빙글 돌려가며 참매를 찾던 수리부엉이는 커다란 눈을 몇 번 껌벅이다가 다른 곳으로 날아갔다.

무영은 홀로그램을 지웠다.

참매를 통해 본 탁 트인 논과 밭, 푸르른 숲과 하늘, 그 안에서 살아가는 수많은 생명의 삶을 잠깐이나마 들여다보고 오니 새삼 이승의 다양하고 왕성한 생동감을 느끼게 되었다. 게다가 화려한 색채, 그것이야말로 이승과 저승의 확실한 차이였다.

그런 일은 절대로 없겠지만 만약 사람들이 귀신들을 보게 된다면 어떻게 될지, 사람들의 반응도 궁금했다.

'처음엔 놀라도 나중엔 그러려니 하면서 살지 않을까? 어차피 사람이 죽으면 귀신이 되는 거고 미래의 자신들 모습이기도 하니까. 음…… 아니야. 시간이 흘러도 그래도 귀신은 귀신이니까 별로 탐탁지는 않겠지, 뭐. 그런 일은 일어나지도 않겠지만.'

참매에 한 번 빙의한 것에 부담을 느낀 무영은 더 이상 동물은 건드리지 않기로 마음먹었다.

다시 이승의 한낮에 홀로그램을 켰다.

이리저리 홀로그램을 움직이다 숲으로 들어갔다. 무생물로 자기 능력을 시험해 보기엔 사람들의 눈이 비교적 적은 숲이 편했기 때문이다. 골짜기를 타고 흐르는 작은 물줄기가 보였다. 그곳으로 홀로그램을 고정하고 호흡을 가다듬었다.

바람이나 구름을 이동시키고 공기의 흐름을 바꾸는 것은 얼마든지 가능했고 이미 이승에서 몇 번 써먹었다. 하지만 물은 엄청난 밀도의 질량을 가지고 있었고 구름처럼 사이에 공기가 없는 것이 문제였다. 질량이 없는 귀신이 상대하기에 물은 넘을 수 없는 벽처럼 보였기에 이 벽을 넘어보기로 작정한 것이다.

무영은 자신이 다른 신들보다 특별하다는 걸 알고 있었다. 특별하다면 다른 신들이 못하는 것도 해낼 수 있지 않을까 하는 생각으로 작은 도랑이지만 골짜기의 세차게 흐르는 물줄기를 택한 것이다.

'안 될 수도 있다. 하지만 지금까지 시도해 본 것 중에 실패한 건 없었으니까 해 보자!'

손을 내밀어 물길 반쪽을 막아 보았다. 물이 한쪽으로 몰리면서 물방울을 튀기며 소리 내어 흘렀다. 물이 치고 가는 느낌이 손에 꽤 격렬하게 전해져 왔다. 두 손으로 물길을 완전히 막아 버리자 금방 차오른 물이 손을 타고 넘쳐흘렀다. 차가운 계곡물의 느낌이 몸 안까지 개운하게 전달되었다.

'되는구나. 물줄기가 작아서 그런가?'

손을 빼서 물줄기를 원래대로 돌려놓고 아래로 내려가니 작은 물줄기가 여러 개 합쳐져 흐르는 개울이 보였다. 그곳은 사람들이 간혹 지나다녀서 조심해야 했다. 행여나 사람들 눈에 띄어서 놀라거나 카메라에 찍히기라도 한다면 낭패다. 인간계에서의 소문은 둘째치고, 신계에서도 소문은 금방 날 것이고 즉각 해당 신을 찾아낼 것이다. 비밀의 방에서 한낮에 돌아다닌 행적이 발견되면 자신의 존재를 다른 영역에 알려 주는 일이 되므로 나라신에게 엄청난 부담이 될 수도 있었다.

무영은 한숨을 쉬고 홀로그램을 움직였다.

한국은 땅덩어리는 작고 사람은 많았다. 특히 낮에는 어딜 가나 사람 없는 곳이 없을 지경이고 그나마 없을 때는 밤이었고 외곽진 시골이나 산골이었다. 신들이 활발하게 움직이는 밤에는 무영이 움직일 수 없으니 대낮에 사람이 없는 곳을 찾아야 했다.

한국에서 마땅한 장소를 찾기 힘들자 홀로그램을 바다 건너 땅덩어리가 넓은 곳으로 휙휙 옮겼다. 빽빽한 숲이 보이는 곳에서 홀로그램을 멈췄다. 광활한 아마존의 울창한 숲과 습지가 있고, 넓은 강이 있었다. 이런 밀림에는 사람들이 오지 않았고 밀림 깊숙이 원주민들만이 세상과 등지고 살고 있을 뿐이다. 그야말로 동식물의 낙원 같은 곳이었으나 개발로 인해 숲의 많은 부분이 훼손되는 중이었다. 많은 동물이 터전을 잃고 숨지기도 하고 더 깊은 밀림으로 쫓겨 들어가는 신세가 되었다.

'아마존은 사람들이 찾기에 매우 험난한 곳이다. 그나마 자연이 잘 보존되어 지구의 허파 노릇을 했는데 파괴되는 것이 안타깝구나.'

아마존이 한낮이 되기를 기다렸다가 비밀의 방에서 조심스럽게 빠져나갔다. 이승의 상쾌한 바람 냄새와 물 냄새, 무성한 나무에서 뿜어져 나오는 갖가지 나무 냄새가 풍성하게 오감을 자극했다.

깊지 않은 늪지대의 잔잔한 물을 쳐다보던 무영이 양손을 들었다. 손에 힘을 주어 양팔을 천천히 벌렸다. 늪지의 물 한복판이 주욱 갈라졌다. 1미터 높이의 물이 1미터 넓이로 양옆으로 갈라진 채 잔잔하게 흘렀다. 갑자기 갈라진 바닥에서 퍼덕이던 물고기들이 옆의 물길로 펄떡거리며 튀어 들어갔다. 주먹만 한 게들도 깜짝 놀라 우왕좌왕하다가 가까운 물속으로 기어들어 갔다.

'이승에서 물리적으로 이렇게 큰 힘을 쓸 수 있다고? 난 무게도 없는 신인데 어떻게 이런 큰 힘을 쓸 수가 있지?'

무영은 자신이 갈라놓은 물길을 보면서 새삼스럽게 자신의 힘에 놀랐다. 양팔에 힘을 빼고 내리자 갈라졌던 물이 다시 원래대로 합쳐지며 흘렀다. 좀 힘이 들긴 했지만 뿌듯한 느낌도 들고 왠지 커다란 성취감이 들었다.

조금 떨어진 곳에 커다란 나무 하나가 물이 흐르는 가운데에 쓰러져 물의 흐름을 막고 있었다. 나무의 방향만 바꿔 주면 물이 잘 흐를 것 같았지만, 둘레가 4~5미터나 되는 아름드리나무인 데다 반쯤 펄

속에 잠겨 있고, 길이가 족히 20미터 이상은 되어 보였다. 크기도 컸지만 물을 잔뜩 먹고 있어서 무게가 상당할 것 같아서 잠시 망설였다.

'물도 갈랐는데 설마 이걸 못 하겠어?'

지금까지 마음먹었던 것을 다 해냈던 것에 자신감이 충만했던 터라 망설임을 접고 도전해 보기로 했다. 물이 흐르는 방향으로 밀어서 힘을 덜 들이고 가장자리로 밀어붙일 셈이었다. 양손을 들어 힘을 주고 나무로 팔을 뻗었다. 물보라가 튀며 나무 아래로 물살이 세차게 파고 들었으나 나무는 꼼짝도 하지 않았다. 힘을 주며 잠시 버티던 무영이 팔에서 힘을 뺐다.

'모든 에너지에는 원천이 있다. 내가 이승에서 가지고 올라온 에너지의 원천은 한정되어 있을 것인데 이렇게 마구 힘을 쓰다가 힘이 다 소진되어 버리지는 않을까? 그리고 힘을 썼더니…….'

무영이 지금까지 신계에서 힘을 사용했던 것은 기(氣)를 사용한 싸움이었다. 신계의 싸움은 힘이 들었다는 생각을 해 본 적이 없었지만 조금 전에 물을 가르고 유지할 때 양손에 힘을 주어서인지 힘이 들었다. 신계는 형체만 있을 뿐 무게가 없으니 힘든 것을 몰랐었는데, 이승에서 물리적인 힘을 사용하면 몸에 부침이 오는 것이 확실히 달랐다.

'저 나무를 가장자리로 옮기는 데 엄청난 힘을 써야 할지도 모르는데 이후 빛이 줄어들거나 하지 않을까? 대낮에 이승에 오는 것도 안 되겠지?'

물길을 가르면서 힘이 들었던 것을 상기하며 양팔을 완전히 내렸다.

'귀신이라도 에너지를 보충하면 이승의 힘을 쓸 수 있지 않을까? 특히 나처럼 특별한 신은 더 큰 힘을 발휘할 수 있으니 에너지원을 찾

아서 흡수한다면 이승과 저승 모두에서 힘을 자유자재로 쓸 수 있을 것이다.'

비밀의 방으로 돌아온 무영은 에너지를 어떻게 흡수할 수 있는지에 대해서 골몰했다. 모양만 있는 신계의 향기 에너지는 신계에서 힘을 쓰는 것은 가능했지만, 인간계에서 물질의 무게를 감당하기에는 어림도 없었던 것이다.

'몸이 없으니 음식을 먹을 수 없다. 이럴 땐 어떡하지? 사람들의 음식을 먹는 건 어떨까? 내 제사는 지내고 있나? 제사를 지내면 내 이름이 불리면서 이승으로 불려 갔을 텐데 한 번도 없었어. 아무래도 엄마가 기독교라 제사를 안 지내나 보다. 일찍 죽은 불효자 제사를 지내 달라는 것도 좀 그렇기는 해.'

신계의 음식과 이승의 음식은 다르다. 향기로 섭취하는 것은 같지만, 이승의 음식은 직접 음식의 영양소를 미미하게나마 섭취할 수 있기 때문에 허상으로 만들어진 음식에 향기만 흡수하는 신계의 음식과는 근본적으로 달랐다.

'이승의 음식을 먹어야 한다. 내 이름으로 차려진 음식을 먹을 수 없으니 어쩌지?'

무영은 생각 끝에 형에게 부탁하기로 했다. 마흔 줄에 접어든 김대영은 대기업 차장으로 열심히 살고 있었다. 형수도 기독교인이라 집안의 제사는 말도 안 되었고, 시부모도 아니고 얼굴도 한 번 안 본 시동생의 제사는 더더욱 말이 안 되는 노릇이었다. 어쩔 수 없이 밤에 잠든 형에게 꿈으로 찾아갔다.

"형! 오랜만이야."

잊고 지내던 동생이 느닷없이 찾아오자 대영은 깜짝 놀랐다.

"너, 너! 이게 꿈이냐 생시냐?"

"형, 그새 몸집이 많이 불었네."

"그야 나이를 먹으니 나잇살이 붙는 거지. 넌 십 대 때 그대로구나. 더 어려 보이는데? 너, 몸에서 빛이 나."

"아마 그럴 거야. 형은 잘 지내고 있네."

"뭐, 맨날 부장 승진 탈락하는 거 빼곤 특별하게 어려운 건 없어. 넌 어떠니?"

"형! 그럼 내가 부장 승진하게 해줄 테니까 나한테 밥 좀 차려 줘. 형수한테 해 달라고 하지 말고 절에 가서. 내가 배가 고파서 부탁하는 거야."

"배가 고프다고? 허~ 난 귀신은 아무것도 안 먹는 줄 알았는데 그게 아냐?"

"안 먹어도 되는 귀신이 있고 나처럼 먹어야 하는 귀신도 있어. 밥 좀 차려 줘. 밤에 말고 한낮에. 낮 12에서 2시 사이에."

"알았어. 쉬는 날 가까운 절에 가서 상 차려 줄게. 근데 왜 한낮이야? 제사는 원래 밤에 지내는 거잖아."

"형! 내가 빛이 나는 좀 특별한 신이라 대낮에도 돌아다닐 수가 있어. 그러니 대낮에 해 줘."

"너는 살아서도 특별하더니 죽어서도 특별하구나."

"그런가?"

대영의 말에 무영이 슬쩍 웃었다.

"대신 나도 부장 승진 좀 부탁하자. 벌써 세 번이나 탈락했어. 자존심도 상하고 기분이 더러워서 다른 회사로 옮길까 생각 중이거든."

"알았어, 형! 이번에 부장으로 승진할 거야."

"그래, 고마워! 그리고 너한테 무심해서 미안하다. 너 죽을 때 한국에 없어서 두고두고 가슴에 남았는데 이렇게라도 말할 수 있게 되어 반갑고 고맙다."

"난 늘 형도 부모님도 지켜보고 있었어. 항상 마음으로 날 생각하고 있는 거 알아. 그만 미안해하고 형수랑 조카들 사랑해 주고, 부모님께 내 몫까지 효도도 부탁할게."

"그건 걱정 마라."

"형! 갈게. 밥상 좀 부탁해."

바로 다음 날, 김대영은 점심시간에 회사 근처 건물에 있는 절을 찾아 상담하고 다음 날 점심시간에 망자를 위한 제사상을 차렸다.

확실히 이승의 음식은 향기부터가 달랐다. 신선한 재료로 정성을 담아 만든 음식은 어느 한 가지 맛없는 것이 없었다. 김이 모락모락 나는 쌀밥에 국, 갈비, 떡, 녹두전과 동그랑땡, 두부 부침, 시금치나물, 고사리나물, 숙주나물, 배, 사과, 감, 대추, 수박, 통닭에 황태포까지……. 무영은 천천히 모두 맛을 음미하며 먹고 있었다.

제사상에 절을 한 대영이 스님과 마주 앉았다. 스님이 무영의 사주를 보고 혀를 끌끌 찼다.

"음, 이분이 이렇게 빨리 갈 사주는 아닌데요. 어쩌다 심장마비로 가셨을까요. 이상하군요."

"저도 이상하게 생각합니다. 마르긴 했어도 건강했었거든요."

김대영의 대답에 스님이 물었다.

"이분 사주가 특별합니다. 매우 뛰어난 머리에 매우 특별한 재주가 있었을 거 같은데요."

"머리가 매우 좋았다는 건 알아요. 어렸을 때부터 항상 몇 단계씩 앞서서 공부했거든요. 대학도 몇 년을 빨리 갔고요."

"저런, 그렇다고 저승길까지 빨리 갈 필요는 없는데……. 안타깝게 너무 일찍 갔군요."

"아마 살아 있었으면 우리나라를 위해 업적 하나는 남기지 않았을까 싶어요. 매우 총명했거든요."

대영의 말에 스님이 제사상을 향해 합장하고 고개를 숙여 절을 했다.

"잘 익은 열매가 빨리 떨어지는 법입니다. 그래도 이분은 너무 안타깝군요. 좀 더 일찍 제사를 지내셨어야 했는데요. 나무아미타불!"

대영이 스님을 따라 합장하고 고개를 숙였다.

"죄송합니다. 제가 이런 쪽으로 무지해서요."

"그래도 이렇게 대낮에 제사를 지내 달라고 하는 건 지금까지 전례가 없었어요. 어디 가서서 대낮에 제사 지냈다고 하지 마세요."

"저도 동생 부탁이 아니었으면 밤에 지내려고 했습니다. 낮에 제사를 지낸다는 얘기를 들어 본 적이 없거든요."

김대영도 스님 말에 공감하며 머쓱하게 웃었다. 배가 불러진 무영이 대영의 귀에다 대고 말했다.

'형! 잘 먹었어. 고마워.'

대영이 화들짝 놀랐다. 무영의 목소리를 들었기 때문이다.

"어! 무영아! 여기 있니?

대영이 고개를 두리번거리며 보이지 않는 동생을 찾았다.

'형! 내 말이 들려?'

무영이도 놀라서 되물었다.

"응, 지금 나한테 잘 먹었다고 했잖아?"

'맙소사! 내 소리가 들리면 어떡해.'

"내 옆에 있니, 정말?"

'응! 근데 형이 내 목소리를 듣는 게 더 신기하네.'

"어, 그러고 보니 그러네. 어떻게 된 거지?"

'스님도 내 목소리 들리나?'

하지만 스님은 무영의 목소리가 안 들리는지 놀란 눈으로 열심히 대영만 쳐다볼 뿐이었다.

"스님! 혹시 제 동생 목소리 들려요?"

대영의 질문에 스님이 놀란 눈을 하며 대답했다.

"아니요. 소승의 귀에는 아무 소리도 들리지 않습니다."

"제 귀에만 들리는군요. 제 동생이 이곳에 있어요. 저에게 잘 먹었다고 했어요."

"오! 맙소사! 낮이라 귀신이 올 수 있는 시간이 아닌데 어쩐 일일까요?"

"정말 그렇군요. 무영아! 어떻게 대낮에 다닐 수 있냐? 귀신들은 밤에 움직이는 거 아냐?"

'거의 그렇지. 그런데 내가 좀 특이하다 보니까 대낮에도 다닐 수 있어.'

"그래도 밤이 더 편하지 않아? 다음에는 밤에 해 줄까?"

'아니, 다음에도 낮에 해 줘. 자주 말고 일 년에 한두 번이면 돼. 형, 고마워.'

"내가 더 해 줄 게 있으면 말해 봐."

'없어. 그냥 배가 고파서 밥이 먹고 싶었을 뿐이야.'

"그렇게 배가 고팠으면 진작 얘기하지 그랬어. 귀신은 안 먹어도 되는 줄 알았잖아. 하나밖에 없는 동생이 굶주리는 줄도 모르고 나만 맛있는 거 먹으러 다닌 거 같아 마음이 그러네."

'맞아. 귀신은 안 먹어도 돼. 아까도 말했지만 내가 좀 특이해서 그래.'

"살아서도 죽어서도 넌 정말 특별하구나."

'성가시게 해서 미안해.'

"그런 말은 하지 말고 모습도 봤으면 좋겠다. 오늘은 급히 차리느라 네 사진을 못 놓았다. 다음에 차릴 때는 엄마한테 가서 네 사진 구해서 상에 놓을 테니 그때는 사진이나마 얼굴 보며 얘기하자."

'응! 알았어, 형! 고마워. 잘 있어.'

형과 헤어진 무영은 일단 비밀의 방으로 돌아갔다. 잠시 비밀의 방에 머물렀다가 브라질이 낮이 되자 다시 아마존 열대우림으로 갔다. 곧장 물길을 가로막고 있는 커다란 나무를 찾았다. 언제부터 처박혀 있었는지 펄에 반쯤 묻힌 채 잔잔하게 흐르는 물을 가로막으며 거대한 몸통의 윗부분만이 수면 위로 나와 있었다. 이리저리 돌아보던 무영은 생각보다 깊이 박힌 나무를 보고 숨을 들이마시며 심호흡했다.

'포크레인으로 들어 올려서 옮겨야 하는 수준인데……. 커다란 크레인은 있어야 들 수 있을 거야. 역시 무리인 거 같다.'

길이가 20미터가 넘는 아름드리나무가 잔뜩 물을 머금고 있으니 그 무게는 성체 코끼리 서너 마리보다 무거울 것 같았다. 괜한 힘 쓰지 말고 포기하는 게 좋을 것 같다는 생각이 들었다.

잠시 머뭇거리다가 그냥 신계로 돌아가느니 시도라도 해 보자는 심정으로 팔을 걷어붙였다.

'안 되면 할 수 없는 거고, 되면 인간계에 강력한 물리력을 행사할 수 있는 신이 되는 거다. 밥도 잔뜩 먹었겠다. 힘도 넘치는데 이판사판으로 해 보자.'

양팔에 힘을 주고 앞으로 쭉 내밀었다. 잔잔했던 물 위에 커다란 파장이 일어나며 세찬 물살이 휘몰아쳤다. 기다란 나무 앞에 강력한 바람을 일으키자 나무 밑으로 흙탕물이 소용돌이치면서 금세 주변이 온통 흙탕물로 변했다. 물보라로 펄을 걷어 내니 공중까지 진흙이 튀고 흙탕물이 날아다녔다. 얼마 안 되어 커다란 나무를 감싸고 있던 진흙들이 물에 씻겨서 잠겨 있던 나무 아래가 드러났다. 흙탕물에 범벅이 된 커다란 나무의 위쪽만 한쪽으로 밀기 시작하자 조금씩 움직이기 시작했다. 뙤약볕에서 낑낑대며 통나무를 밀자니 힘도 들고 땀도 났다.

'젠장, 무슨 귀신이 땀도 나냐.'

천천히, 아주 천천히 커다란 나무는 가장자리에 일자로 놓였다.

'아이고, 힘들어라.'

가로막고 있던 나무가 치워지고 거칠 것 없이 시원하게 흐르는 물줄기를 보니 뿌듯한 기분이 들었다. 숨을 몰아쉬며 땀을 훔치다가 상류로 가서 맑은 물에 들어가 누웠다. 눈부신 햇살이 물에 반사되어 반짝이고, 새소리가 들리고, 시원한 바람까지 불었다. 무영의 입꼬리가 슬며시 올라갔다.

'정말 이승은 아름답구나. 이렇게 아름다운 색을 귀신은 못 보네. 태양을 피해서 밤에만 움직이니까 회색 세상에서 지내는 거지. 아이러니하게도 나는 귀신을 피해 한낮에 움직이고 있어. 후후후.'

무영은 몸을 시원하게 씻고 비밀의 방으로 돌아왔다. 신계의 음식으로는 인간계에서 힘쓰는 데 한계가 있었다. 하지만 인간계의 음식으로 힘을 충전하니 자신의 특별한 힘이 배가 되어 이승에서도 막강한 힘을 쓸 수 있다는 것을 알게 되었다.

형에게 대접받고 힘을 얻었으니 형에게 장담했던 부장 자리 승진을 도와야 했지만, 무영이 손 쓸 필요도 없이 이제 막 김대영의 부장 승진이 승인되고 있었다.

'스스로 잘하고 있어. 형!'

하지만 대영에게 밥을 얻어먹는 것도 형이 살아 있을 때나 가능할 것이다. 만약 형이 죽어서 신계로 들어오고 자신은 여전히 신계에 있다면 어떤 식으로 이승의 영양소를 섭취할 수 있을까? 스스로 지상의 영양소를 섭취하는 방법은 없을까? 사람들이 생식하는 것처럼 귀신도 생식하면 안 될까? 결론은 안 되는 거였다. 귀신은 향기로 모든 영양을 흡수하기 때문에 과일도 위를 도려내어 그 향기를 먹기 때문이다.

'한국은 그래도 제사 문화라도 있으니 망정이지, 서구 영역 같았으면 밥 차려 달란 말도 못 했을 거야. 정말 다행이네. 한국 땅에서 태어나고 죽어서.'

당장은 형이 있지만 만약을 대비해 방법을 찾아야 했다.

'젠장, 이승의 힘을 얻고자 하는 것이니 이승을 안 볼 수가 없구나.'

무영은 또 홀로그램을 켰다.

맥줏집 습격 사건

무영이 잠시 자신의 사무실을 나서다가 윤시표 비서관과 마주쳤다. 퇴근할 때도 사무실에서 바로 내부의 비밀관사로 이동하기 때문에 서로 필요하지 않으면 며칠이고 얼굴 볼 일이 없었고, 퇴근도 정해진 게 아니어서 그를 볼 일은 거의 없었다.

"퇴근하세요?"

오랜만에 마주친 탓에 어색하게 윤시표 비서관에게 물었다.

"아! 예, 저……. 저녁에 술 한잔하러 가요. 오천영 비서와 함께요. 김 부장님은 밖을 못 나가시니까 말씀을 못 드렸어요. 저희 둘만 호사를 누려서 죄송합니다."

"매일 마십니까?"

"종종 마시는 편이지요. 매일 홀로그램 정리하고 보내는 일이다 보니 단순하잖아요. 그래서 저녁이면 술향기로 스트레스를 달래는 거지요."

"그래요. 좋은 시간 보내십시오."

"김 부장님은 뭐로 스트레스를 푸십니까?"

무영이 고개를 갸웃거리자 윤시표가 웃었다.

"괜한 걸 여쭸습니다. 죄송하지만 오 비서관이 기다리고 있어서 가 보겠습니다."

무영을 뒤로 한 채 윤시표가 사라졌다.

한번은 윤시표, 오천영 둘이 같이 퇴근하다가 무영과 마주쳤다. 의례적인 인사를 하고 헤어지려다 오천영이 물었다.

"김 부장님요, 관사에서 혼자 뭐 하신당가요? 심심하지 않으시요?"

무영이 웃으며 머리를 흔들었다.

"일반 신들과는 역시 다르시당게요. 우리는 가만있으면 몸살이 나부러요."

"나도 가만있으면 몸살 나요. 언제나 뭔가를 하지요."

윤시표가 물었다.

"그게 뭔데요?"

"신들에게 필요 없는 수도요. 신의 몸은 부피가 없다 보니 몸 안에 공기를 가두고 몸 안에서 운용하는 수도가 효과가 없어요. 그래도 이승에서 항상 습관처럼 하던 것이라 하고는 있는데 보이는 효과가 없으니 재미는 없군요."

무영의 대답에 윤시표가 다시 물었다.

"재미없는 습관을 재미있는 일상으로 바꾸는 건 어떨까요? 김 부장님!"

"고려 중이에요. 두 분을 보면서요."

윤시표와 오천영이 마주 보며 웃었다.

"언제든지 우리와 어울리고 싶으면 말씀하세요, 김 부장님이 원하시면 빛이 새어 나가지 않게 특별하게 꽁꽁 싸맨 복장으로 나가시면 되니까요. 지금은 워낙 빛이 세서 나가면 금방 이목을 끌 정도라 저희도 부담돼요."

윤시표의 말에 무영이 빙그레 웃으며 대답했다.

"그러니까 이렇게 갇혀 있는 거예요. 이놈의 빛 때문에, 나랑 같이 나가면 아마 여러분도 나와 같은 입장이 되어 버릴지도 몰라서 망설이고 있어요. 나가는 걸 자중하라는 나라신의 명령도 있었고요."

"같은 입장이 뭐다요?"

오천영이 물었다.

"내가 거북한 만큼 여러분도 불편할 수 있다고요."

"아!"

"전 김 부장님 모시고 일하는 게 자랑스럽습니다. 누가 이렇게 빛나는 신과 일하겠어요. 거의 왕신님 수준의 빛이잖아요. 제가 듣기론 천왕, 자연왕보다 빛이 더 난다고 그런 소문까지 있던걸요."

무영이 씨-익 웃으며 손을 흔들었다.

"괜한 소리 마시고 잘 놀고 오십시오."

이렇게 여러 번을 마주치자 무영의 마음도 한 번쯤 나가 어울리는 방향으로 흔들렸다. 최풍헌 시절에 말술을 마시던 기억도 났다. 술기운에 온몸이 후끈 달아오르면 맑은 기운으로 차 있던 몸이 간혹 부작용을 일으켜 도력이 들쑥날쑥했다. 그런데도 참 꾸준히 많이도 마셨었다.

'이런 생각 하면 안 돼. 나라신이 당부하신 말씀도 있는데.'

모든 빛을 차단하는 완벽한 변장을 하고 소영진과 함께 나갔다가 백호왕의 눈에 띄어 소중한 친구를 잃은 기억이 떠올랐다.

'단 한 번의 실수가 치명적인 결과를 가져온다. 자중해야 한다.'

무영이 머리를 맑게 하고 두 비서관과의 외출 유혹을 끊어 버렸다.

어느 날 오천영의 홀로그램이 떴다. 외부 정보를 수집해서 걸러진 정보를 정리하는 것이 임무였던 오천영 비서가 따로 개인 홀로그램을 보내는 건 처음이었다.

'중동 영역에서 우리 신 두 명이 소멸되었습니다. 혹시 아십니까?'

'압니다.'

오천영은 대화할 때는 구수한 전라도 사투리를 썼지만, 홀로그램 보낼 때는 표준어를 썼다. 무영은 즉시 답을 했고 다시 홀로그램이 떴다.

'그 소멸된 신 중에 제가 아는 신이 포함되어 있습니다. 혹시 윗선에서 어떻게 대응하실지 내려온 게 있습니까?'

'없습니다.'

'예!'

그리고 더 이상의 홀로그램은 없었다. 이래도 저래도 김무영의 코빼기도 볼 수 없자 화가 난 블랙미르의 소행이었다. 무영은 자신 때문에 발생하는 사건에 착잡해졌다.

다음날, 퇴근하는 윤시표와 마주쳤다.

"오늘은 혼자 퇴근하시네요. 오 비서관님은요?"

"먼저 가서 한잔하겠다며 퇴근했습니다. 저도 오 비서관에게 가 보려고요."

"그래요. 음…… 심란하신가? 저도 같이 갈까요?"

"예? 아니, 나라신께서 바깥 활동을 금지하셨잖아요. 그러면 안 되는 거 아닙니까?"

무영은 망설였다. 이번 생에 술 마셔 본 적이 없어서인 것도 있지만, 나라신이 호위신 없이 나다니지 말도록 신신당부하던 게 마음에 걸렸다.

"저…… 제가 술을 못 마시는데요."

윤시표가 잠시 당황하는 듯하더니 이내 껄껄대고 웃었다.

"아니, 그게 아니라 나라신께서 김 부장님 빚 때문에 나가면 위험하다고 하셨잖아요. 그래서 그동안 관사와 사무실만 다니신 거 아닙니까?"

"맞아요. 내가 밖으로 나오길 기다리는 신들이 있을 거예요. 두 분도 위험해질 수도 있어서 안 나갔던 거예요. 술 못 마신다는 건 핑계고요."

"예! 들어서 알고 있습니다. 일반분 같았으면 저희도 어떻게라도 꼬셔서 모시고 나갔겠지요."

"그래도 이번엔 나가고 싶네요. 두 분만 괜찮으시다면요. 꽁꽁 싸매서 빛이 최대한 안 새어 나가게 하면 밤이라 네온사인이 켜지니까 오히려 빛이 가려지거든요."

"정말요?…… 아니 그렇게까지 하고 나가셔야겠습니까? 나라신께 혼나지 않을까요?"

"나라신께 혼난 적 있습니까?"

"나가지 말라는 말씀, 당부의 말씀을 하셨는데 안 지키면 화내시지 않을까요?"

무영이 잠시 망설이다 대답했다.

"그럼 이렇게 하시겠어요. 오 비서관님과 함께 맥주하고 치킨을 사서 제 관사로 오세요. 같이 드실 수 있게요."

"어유! 안 드시는 줄 알았더니 그동안 참으셨던 거군요. 좋은 생각이세요. 우리가 배달의 신족인 걸 잠시 잊었습니다. 잠깐만요."

윤시표가 허공에 홀로그램을 띄워서 오천영에게 보냈다. 즉시 답이 왔다.

'싫당게요. 양념 닭튀김하고 허벌나게 맥주 들이키고 있는 중이랑게요. 지 혼자 먹을 테니 오지 마시쇼. 두 분만 시켜서 드시기요.'

"이런, 보시는 것처럼 오지 말라는군요. 한참 먹는 중이라구요."

윤시표가 어깨를 으쓱거리며 익살스러운 표정을 지었다.

"김 부장님! 아무래도 오늘은 관사보다는 오천영 비서랑 같이 늘 하던 대로 하는 게 좋겠습니다. 죄송하지만 저는 이만 가 보겠습니다."

윤시표가 인사를 하고 서둘러 사라지려고 하자 무영이 불렀다.

"같이 가시죠. 제가 술은 안 마시고 닭만 좀 먹을게요. 양념통닭이라면서요. 제가 제일 좋아하는 거예요."

반쯤 사라지던 윤시표가 다시 모습을 갖추며 고개를 숙였다.

"정말요? 자리를 함께해 주신다니 저희야 좋습니다만. 그런데, 괜찮으시겠습니까? 나라신께서 밖으로 다니지 말라고 하셨는데요. 저까지 된서리 맞는 거 아닙니까?"

"예! 두 분이 된서리 맞는 거 생각하면 제가 또 참아야겠네요. 아! 양념통닭."

윤시표가 잠시 머뭇거리더니 이내 찬성했다.

"그럽시다. 부장님! 우리는 종종 밖으로 나가지만 부장님은 이번이 처음이니까 얼마나 답답하겠어요. 딱 이번 한 번만 꽁꽁 싸매고 나가시지요."

무영이 히죽 웃었다.

"예! 물론 꽁꽁 싸매야지요. 오래 있지는 않고 두 분 드시는 거 보고 양념통닭 맛만 보고 올게요. 오래 있는 건 저도 부담되거든요. 강남이면 불빛 때문에 제게서 나는 빛도 숨겨질 테니 번화한 곳이면 좋겠는데요. 원래 집도 가깝고."

"물론 강남입니다."

두꺼운 모자를 쓰고 선글라스에, 목도리에, 검은색 긴 코트를 휘날리며 무영이 윤시표를 따라나서며 물었다.

"두 분은 술을 엄청 좋아하시나 봐요?"

"아니 뭐 가끔 마시는 정도입니다. 저녁 시간을 즐기기 위해 거리를 배회하는 게 취미이기도 하니까 매일 돌아다니기도 하지요."

오랜만에 빛이 밝은 강남의 밤거리에 나오니 신경은 쓰였지만, 무영의 빛이 네온사인 간판 불빛 때문에 조금은 흐려 보였다. 덕분에 무영은 주변을 의식하지 않아도 될 것 같은 기분이었다.

"제가 여기선 별로 튀지 않지요?"

"예! 불빛이 부장님의 빛을 많이 가려 주고 있어서 자세히 보지 않으면 잘 모르겠습니다. 신경 안 써도 될 것 같아요."

윤시표의 말에 무영이 만족스러운 미소를 지었지만 안심하고 있진 않았다. 관사와 사무실만 오가느라 오랜만에 나와 보는 거리였다. 이면도로에 자리한 2층 맥줏집에 들어가니 오천영 비서가 이미 통닭을 꽤 먹고 있었다.

오천영이 순간 놀라더니 이내 활짝 웃으며 자리에 앉는 무영에게 말했다.

"어이구, 윤 비서관님만 오실 줄 알았는디 부장님까지 오셨어라. 관사에서 시켜 드시라고 해부러서 전혀 생각지 않았당게요잉. 이리 나와도 괜않나여?"

반가움 반 걱정 반으로 오천영이 물었다.

"아! 놀라시네. 제가 여기 합석하는 게 불편하신 건 아니지요?"

"나라신께서 부장님 바깥출입 금지시켰는디 우리에게 불똥 튈깜시 그라지라. 지야 먹는 자리 대화 상대가 많을수록 좋은디요."

"그럼, 서로 한 번 혼날 각오 하고 먹지요. 잠깐만 있다 갈게요. 여기 분위기 좋네요. 이렇게 아래를 내려다볼 수 있는 곳에서 두 분과 저녁에 모여서 함께 하는 것도 좋고요. 두 분 술 드신다고 하셨으니 술 드시고요. 저는 저녁 삼아 양념통닭 좀 먹을게요."

이미 오천영이 반이나 먹어 치운 양념통닭은 이승에서부터 익숙한 맛이었고 맛있었다. 통닭을 뜯다가 골뱅이를 한 점 먹어 본 무영은 이후 골뱅이 쪽은 손대지 않고 오로지 양념통닭만 먹었다.

"역시 양념통닭이 진리에요. 하여튼 닭에다가 무슨 짓을 하길래 이렇게 맛있는지, 언제나 맛있다니까요."

무영이 양념통닭 한 조각을 먹고 나서 손가락을 빨며 기분 좋게 얘기하자 표정 없는 얼굴로 오천영이 고개를 끄덕였다.

"워따메 드시는 걸 보니 이승에서도 겁나 드셨던 모양이요잉. 잘 드셔서 다행이네요잉."

오천영을 보니 인사치레로 생각 없이 내뱉는 말 같았다.

"표정이 안 좋습니다. 중동 지인분 때문인가요?"

오천영이 제정신이 돌아온 듯 놀라며 대답했다.

"아니, 아니요. 저어…… 혹시요. 중동에서 일어난 우리 신들 테러 사건에 대해 우리 나라신의 말씀이 없으셨으요?"

오천영의 말에 윤시표가 거들고 나섰다.

"이 신이 그 정보가 나오고 나서 그 사건에 관심을 많이 갖더라고요. 왜 그러냐고 물었더니 자기와 가족으로 친구로, 인연이 많은 신이랍니다. 그 신이 소멸되어 매우 안타까워하고 있어요. 혹시 나라신께서 그 사건에 어떤 말씀이라도 있으셨는지 알고 싶어 하더라고요. 그래서 김 부장님 아시는 게 있는지 여쭤보고 싶어 했습니다."

윤시표의 말에 무영이 고개를 저었다. 이 사건이 발생한 지 얼마 되지 않았을뿐더러 나라신을 본 지도 꽤 되었다.

"저도 그 소식은 알아요. 국방 대장신에게 보고 들어간 것까진 아는데 어떤 조치가 이루어졌는지는 모릅니다. 어떤 말씀이 있었다면 두 분께 알렸겠지요."

"야! 그렇지라."

오천영이 시무룩해져서 대답했다.

"그런데 우리 신들을 공격하는 목적이 뭘까요? 한국은 호감도가 높기로 유명하잖습니까? 한국을 적으로 돌려서 도움 될 게 하나도 없을 텐데요."

윤시표가 묻자 무영은 심각한 표정으로 말했다.

"그 속을 어찌 안답니까? 표면상으로는 미르왕을 모독하는 행위를 했다는 건데…… 문화가 다른데 모독인지 인식도 못 하는 사이 일어날 수도 있는 일이니 참 안타깝네요."

"새끼들이 뭔가 목적이 있어서 공격했을 거구만요. 비무장 일반 신을 소멸시키는 건 말도 안 되지라. 그저 여행하러, 구경하러 갔을 뿐 아닌감요. 이래서야 어데 일반 신들이 마음 놓고 여행이나 하겠스요? 그걸 알아야 우리 쪽도 대책을 세울 긴디요."

오천영이 시무룩하게 혼잣말처럼 중얼거렸다.

"인연이 깊은 신이라 안타까우시군요."

"그렇지라! 몇 전생에 걸쳐구만요. 두 번은 형제였구, 한 번은 부모 자식 간이었구만요, 또 한 번은 이웃 친구였지라. 각별한 인연이었 구만요."

"'정화의 숲'으로 갔을 테니 이제 곧 인간계로 가겠군요. 어쩌면 더 잘된 것일 수도 있으니 너무 안타까워 마세요. 오 비서도 조만간 사신 들이 와서 '정화의 숲'으로 갈 테니까요."

윤시표가 오천영의 어깨를 다독이며 위로해 주었다.

"어차피 이승에 가서 또 만날 거요. 뭐…… 우리가 이곳에 언제까 지 있을 건 아니지 않소?"

무영도 진심으로 위로해 주었다.

분위기가 가라앉자 윤시표가 오천영에게 맥주를 권했다.

"기분 풀자고 왔는데 더 이상한 거 같아요. 이것만 먹고 갑시다."

맥주잔에 안개처럼 담긴 향기를 들이키고 나서 윤시표가 무영에게 말했다.

"이번 사건을 나라신이 어떻게 해결하리라 보십니까?"

"그건 내 소관이 아니라서 생각해 본 적이 없어요. 다만, 우리 영역의 신들 문제이니 하루빨리 해결되길 희망하지요.”

모든 이유는 무영을 세상 밖으로 끌어내기 위함일 것이라고 생각했다. 하지만 그건 짐작일 뿐 확실한 건 없었기에 연관이 없는 척, 모른 척해야 했다.

오천영이 천천히 고개를 들며 무영을 바라보았다.

“너무 원론적인 말씀이구만요. 어쩌면 김 부장님과 연관되어 있을 수도 있는 거 아닌가 생각했구먼요? 김 부장님을 노리고 있는데 아무리 불러내려고 이런 수작, 저런 수작 다 써도 밖으로 안 나오니까 저렇게까지 하는 거 아님감요?”

비아냥인지 원망인지 알 수 없는 오천영의 말에 무영의 심사가 불편해지기 시작했다.

“원론적이라 해도 내 위치가 그렇고, 내가 할 수 있는 일이 거기까지라는 거 아시잖습니까? 오 비서관님!”

“알지라. 그런데 말이요잉. 그런데…… 저기…….”

고개를 돌아본 무영은 가슴이 철렁했다. 어느샌가 아랍인 모습의 건장한 남자 셋이 그들이 앉아 있는 탁자 주위를 에워싸고 있었다.

한눈에 봐도 그들의 목적은 무영이었다. 윤시표가 벌떡 일어나며 손가락으로 남자 종업원과 계산대를 가리키며 말했다.

“여보슈. 계산대는 저쪽이고, 뭐가 필요하면 종업원은 저기 있어요.”

남자 중 하나가 겉옷 사이로 광선총을 내밀며 윤시표를 주저앉혔다. 총을 본 윤시표가 파르르 떨며 무영과 오천영을 번갈아 보았다. 오천영은 한 손을 가슴에 얹고 그들을 한 명씩 훑어보다가 고개를 숙였다. 숙인 오천영의 얼굴이 부들부들 떨리고 있었다.

"우린 계산대 필요 없고 여기 젊은이만 우리와 함께 가 주면 돼요."

까무잡잡한 피부에 시커먼 수염이 제멋대로 헝클어진 남자가 말했다.

"그럼, 나 말하는 거군. 그렇지?"

무영이 앉은 채로 그들을 올려다보며 말하자 시커먼 수염의 남자가 하얀 이를 드러내고 웃었다.

"그래요. 잘 알고 있군. 자리 옮겨서 우리와 얘기 좀 할까요?"

"총 들이밀고 협박하면서 이야기하자는 건 당신들 영역 법도인가? 여기 이 신들이 두려워하고 있지 않은가."

무영이 인상을 쓰며 일어섰다. 에워싸고 있던 남자들이 한 걸음씩 뒤로 물러섰다.

"윤 비서님, 저 표가 났나 봐요."

무영의 말에 잔뜩 겁을 먹고 있던 윤시표가 고개를 들고 무영을 쳐다봤다. 무영은 아무리 온몸을 싸매도 빛이 새어 나왔다. 네온사인이 휘황찬란하게 빛나는 강남 거리라도 은은하게 빛나는 정도였기에 무영의 빛을 다 가려 주지는 못했던 것이다.

"김 부장님, 그 신들, 위험해요. 총, 총이 있어요."

무영이 윤시표를 보고 싱긋 웃었다. 그리고 세 명의 남자에게 시선을 돌리며 꽁꽁 싸매고 있던 옷과 모자, 목도리들을 벗어 던졌다. 빛이 홀 내부를 환하게 밝혔다. 괴한들의 눈이 휘둥그레지며 뒤로 물러나 벽에 붙었다. 홀 안에 있던 일반 신들도 갑자기 퍼진 눈 부신 빛에 놀라 머리와 몸을 탁자 밑으로 피했다.

"맞아요, 위험한 신들이지요. 우리 영역은 총기 소지가 불법인데 신고해야겠어요."

"협박하는 게 아니요. 당신이 위험한 신이기 때문이요. 그 빛을 보시오."

"총을 겨누고 있는 건 당신들이야. 위험한 건 우리라고. 그리고 이곳은 우리 대한민국 영역이다. 총기가 불법인 영역이란 말이다."

무영이 일어나 탁자를 빠져나오자 괴한들은 벽에 붙었다. 그러더니 뒤돌아서서 품에서 선글라스를 꺼내 쓰고 돌아섰다. 조심스럽게 무영의 앞으로 몇 걸음 다가오며 덜덜 떠는 목소리로 말했다.

"우리가 당신 옆구리에 팔을 끼울 테니 움직이지 마시오."

시커먼 수염의 남자가 말하자 양옆 남자들이 움직이려 할 때였다. '퍽!' 소리와 함께 남자 셋이 모두 나가떨어져 뒹굴었다. 윤시표와 오천영이 놀라 일어나고 무슨 일이 일어났는지 궁금한 주위의 신들이 웅크렸던 몸을 추스르고 몰려들었다. 무영이 고개도 돌리지 않고 등 뒤에 있는 윤시표, 오천영에게 말했다.

"두 분은 어서 자리를 피하십시오. 이놈들 위험한 놈들입니다. 어떤 놈들인지 우리 당국에 넘기고 저도 갈 것이니 먼저 가세요."

그리고 무영이 홀 안에 있던 신들을 향해 소리쳤다.

"위험하니 자리를 피해 주세요."

넘어졌던 남자들이 몸을 일으키면서 몸속에서 무기를 꺼내다 말고 모두 몸이 굳은 것처럼 움직이지 못하고 손발만 버둥거렸다. 무영이 자신의 몸 주변에 방어막을 친 채로 방어막 끝으로 누르면서 세 명의 품속에 있던 무기들을 뒤져 꺼내어 놓고 있었던 것이다. 시커먼 수염의 남자가 흰 이를 바드득 갈며 무영을 노려보았다.

"아까 보자마자 쐈어야 했는데…… 역시 당신을 곱게 데려가는 것은 무리였군요."

무영이 시커먼 수염의 남자 뺨을 찰싹 때렸다.

"정신 차려. 여기는 너희 영역이 아냐. 어디 대한민국 강남 한복판에서 대한민국 공무원을 납치하려고 해, 어! 처음부터 나를 노렸으면 나를 잘 알고 있다는 얘긴데, 누가 보자고 한 거냐?"

따귀를 맞아서 수치스러움에 분노가 치밀었는지 시커먼 수염의 남자가 악에 받친 소리를 질렀다.

"나를 죽이시오. 미르왕이 나를 구원할 것이다. 미르왕 만세!"

"이 새끼가 입만 살아서 소란을 피워. 입도 막아 줄까?"

방어막에 짓눌려서 움직이지 못하자 움직일 수 있는 입으로 악을 쓰는 중이었다.

"이름이 뭐냐?"

무영이 시커먼 남자 옆에 찌그러져 있는 깡마른 남자에게 묻자 시커먼 남자가 또 악을 썼다.

"말하지 마라. 죽음으로 이 성전을 마무리할 것이다."

무영이 주먹을 들어 시커먼 남자를 후려쳤다.

"시끄럽다. 조용히 해라. 귀가 먹은 놈이냐. 왜 소리는 질러, 새끼야. 지금부터 소리 지를 때마다 맞을 테니 소리 지르기만 해 봐라."

무영이 험악하게 인상을 쓰며 윽박지르자 시커먼 수염의 남자가 무영을 노려보며 입을 다물었다.

"다시 한 번 묻겠다. 이름이 뭐냐?"

무영이 깡마른 남자에게 다시 물었다.

"나산드 로인!"

깡마른 남자가 방어막에 눌려 납작해진 채 간단하게 대답했다.

"어느 영역에서 왔나? 어디 소속이냐?"

"……."

깡마른 남자는 무영을 올려다보며 고통스러운 표정으로 커다란 눈만 껌벅였다.

"말 안 해도 다 알지만, 네 입으로 말하면 좀 봐주려고 했는데 말이야."

무영의 방어막 뒤에 윤시표와 오천영이 놀란 눈으로 지켜보고 있었다. 어느새 홀 안에는 무영과 두 비서관, 세 명의 괴한만 남고 모두 사라진 상태였다. 무영이 두 비서관을 발견하고 소리쳤다.

"뭐 하세요. 관사로 돌아가세요."

하지만 두 비서관은 서로 눈치를 보며 머뭇거렸다. 이때 출입구 쪽에서 한 무리의 동양 신들이 나타났다. 여덟이나 되는 그들은 모두 선글라스를 쓰고 있었고 일사불란하게 움직이는 걸로 보아 꽤 훈련된 모습들이었다. 동양 신들은 나타나자마자 다짜고짜 중화기를 들이대고 쏘아 댔다. 폭발하는 빛의 파편에 맞아 윤시표의 팔과 다리가 떨어져 나갔고, 오천영도 엉덩이와 다리가 푹 패 버렸다. 무영은 두 비서관을 끌어당겨 자신의 방어막 안으로 들어오게 했다.

"으악!"

'퍽! 퍽!' 방어막에 맞아 터지는 것을 눈앞에서 보면서 오천영이 비명을 질렀다.

"괜찮아요. 괜찮아."

무영이 오천영을 다독이며 중화기를 퍼부어 대는 동양 신들을 자세히 훑어보았다. 중국 신들이 확실하다는 판단이 들자 무영이 손을 들었다. 이때 출입구 쪽에서 또 다른 신들이 나타나면서 동양 신들을 향해 마구 총을 발사했다. 앞에 있는 무영에게만 집중하고 있던 동양 신들은 뒤에서 이어진 공격에 순식간에 서너 명이 소멸했다.

출입구에서 나타난 양복 입은 신 셋은 훈련이 잘된 움직임으로 수적으로 우세한 동양 신들을 제압했다. 결국 이들은 여덟의 동양 신들을 모두 제거했고, 그 모습을 무영은 방어막 안에서 긴장한 채로 지켜보았다. 양복 입은 신들이 무영에게 손을 들어 인사했다.

"우리는 나라신께서 보낸 군신입니다. 경계 안 하셔도 됩니다."

"아, 그래요?…… 감사합니다."

"나라신께서 신이 혹시라도 외출 시에 위험에 처할 수 있으니 지키라고 하셨습니다."

"나라신이 나를 지키라고 했다고요?"

"예! 그 찌그러진 신들을 저희가 처리해도 되겠습니까?"

무영은 자신의 방어막 사이에 끼여 찌그러져 있는 괴한 세 명을 바라보았다.

"이 신들은 살려서 경찰이든 어디든 넘겨야겠어요. 살립시다."

양복 입은 전사들이 같은 편인 걸 확인하자 무영은 방어막을 풀었다. 그러자 방어막 사이에 끼어 있던 괴한들이 풀려나면서 도망가려고 했다. 양복 입은 전사들은 괴한을 향해 일제히 총을 겨누며 달려들어 각자 한 명씩 제압했다. 그제야 출입구에서 경찰 두 명이 나타났다.

"뭐요. 뭔 소란입니까? 신고가 들어왔어요."

"어, 당신들 뭐야? 왜 총을 들고 있어?"

두 경찰이 총을 들고 있는 양복 입은 전사들을 보며 흠칫 놀라 두어 걸음 뒤로 물러섰다.

"여기 왜 이렇게 환하지? 마치 이승의 대낮 같잖아? 눈을 뜰 수가 없어."

"정말, 너무 눈이 부시는데요?"

양복 입은 전사들의 총에 놀라고, 빛에 놀란 한 경찰이 곤봉을 꺼내 들고 팔로 눈 앞을 가리며 다가왔다. 무영이 신분증을 꺼내 윤시표에게 주었다. 경찰에게 보여 주라는 뜻이었다.

"뭐요? 어? 국방부네. 어이쿠, 몰랐습니다. 어디 다치신 데는요?"

"근데 이 빛은 뭐죠?"

"이 빛 때문에 다가갈 수가 없어요."

윤시표가 나섰다.

"이분은 좀 특별한 분입니다. 여기 세 놈이 이분에게 해코지하려고 해서 이분들이 도와주었어요."

무영이 세 명의 양복 입은 전사들을 돌아보았다. 전사들 중 하나가 신분증을 경찰에게 보여 주었다.

"우리는 이분을 지키기 위해 나라신께서 보낸 군신들이요. 이 괴한들은 가까운 군부대로 호송하지요."

"네, 알겠습니다."

양복 입은 전사들은 괴한들을 한 명씩 제압한 채 소리 없이 사라져 버렸다.

그때였다. 갑자기 광선총이 무영 쪽을 향해 빗발치듯 날아왔다. 순간적으로 방어막을 치며 팔을 광선이 날아오는 쪽을 향해 휘둘렀다. 순식간에 가게 안은 난장판이 되어 기물 부서지는 소리와 총소리로 가득 찼다. 두 명의 경찰이 보호막 안에 들어와 놀란 눈으로 보호막에 부딪혀 사라지는 광선총의 파편을 보고 있었다. 윤시표와 오천영은 보호막 가장자리에 가까스로 걸쳐 있다가 재빨리 보호막 안으로 옮겨 섰다.

가게 입구 쪽에서 아랍 신 둘이 광선총을 마구 쏘아 대고 있었다. 바깥쪽을 향한 동양 신이 몇인지 파악되지 않은 상태에서 바깥쪽을 향해 맹렬하게 총질을 해 대고 있었다. 가게 안쪽의 두 명은 무영 쪽을 향하여 집중적으로 쏘아 댔다. 광선총에서 나온 빛의 파편이 방어막에 맞고 '퍽! 퍽!' 소리를 내며 쉴 새 없이 공중에 흩어졌다.

"도대체 몇 명이 온 거야? 바깥으로는 누굴 향해 총을 쏘는 거야?"

무영이 정신을 가다듬고 두 명을 향해 오른팔을 휘둘렀다. 총질을 해 대던 두 명이 벽에 처박히더니 그대로 형체도 없이 소멸되고 말았다.

입구 쪽에서 밖을 향해 총을 난사해 대던 동양 신도 바깥에서 누군가의 공격을 받아 소멸되었다. 나머지 동양 신을 무영이 처리하고 방어막을 거두었다. 두 명의 비서관도, 두 명의 경찰관도 잠시 아무 말도 없이 그 자리에 있었다. 모두 충격을 받은 것 같았다.

무영이 입구로 다가가 밖의 상황을 살폈다. 더 이상 공격해 오는 신들은 없었고, 입구 쪽 괴한을 처리해 준 신의 정체를 알 수 있었다. 좀 떨어진 곳에서 사라진 줄 알았던 양복 입은 전사들이 활짝 웃으며 무영을 보고 손을 흔들었다. 무영도 같이 손을 흔들며 화답하고 돌아 섰다.

"나쁜 놈들은 모두 사라졌습니다. 안심하셔도 돼요."

윤시표가 더듬거리며 말했다.

"저어, 김 부장님! 저 아까 분명 다쳤었는데요. 지금은 멀쩡해요."

그 소리를 들은 오천영도 자기 모습을 보고 펄쩍 뛰었다.

"왔다메. 지도 다 나아 부렀당게요. 아까 분명 이쪽 궁딩이랑 다리가 푹 팼는디요. 시방 괜찮아졌어라. 이게 뭔 조화 속이당가요잉?"

무영이 고개를 끄덕이며 눈은 경찰들을 보며 대답했다.

"빛에 갇혀 계신 동안 고통스러우셨을 겁니다. 빛에 의해서 치료가 되는 과정이라 그런 겁니다."

"옴마, 그런 것이었당가요? 부장신은 마술사요, 마술사!"

오천영의 말에 윤시표가 한숨을 내쉬었다.

"김 부장님을 못 나가게 하라는 나라신의 명령을 백 퍼센트 이해하겠군요. 정말 대단하세요. 왕신이라도 이렇게는 못 해요."

무영이 두 비서관을 보고 씁쓸한 표정으로 말했다.

"어쩌면 이게 마지막 외출이 되겠군요."

다음날, 나라신의 호출을 받은 무영이 오랜만에 나라신과 만났다. 그곳에는 국방 대장신도 와 있었다.

"내가 그렇게 외부 활동을 하지 말라고 당부했는데…… 어제 강남에서 소란이 있었다면서요?"

"네, 죄송합니다."

이미 혼날 각오를 하고 왔던 터라 죄송하다는 말을 열 번 정도 할 작정이었다. 이성순 국방 대장신이 옆에서 어제의 일을 보고했다.

"이미 알고 계신 것처럼, 어제 김무영 부장을 공격했던 단체는 '블랙미르'의 회원이었습니다. 모두 여섯이었는데 처음에 세 명이 나타나서 소멸시켰고요. 중간에 중국 신들 열 명이 덮쳤는데 이들도 모두 소멸당했습니다. 이들은 우리 사복 군신들이 도와줬다고 하더군요. 그리고 세 명의 블랙미르 회원이 마지막에 나타나서 이들도 모두 소멸시켰고요. 가게에서 평화롭게 저녁을 즐기던 우리 일반 신들 다섯이 다쳤으나 김무영 부장이 치료해 주어 다 완치되었다고 합니다."

"그러니까 우리 신 다섯이 다쳤다가 완치되었다고요. 그렇지. 치료도 가능하다고 했지요, 김 부장?"

나라신이 말끝을 흐리자 무영은 가슴이 뜨끔했다.

"네! 소멸되지만 않으면 다친 부위가 어떻든 가능합니다."

"오호…… 그렇군요. 파괴와 치유의 힘을 동시에 가지고 있는 거네요. 김 부장의 몸 상태는 어떤가요?"

"네? 아…… 네! 괜찮습니다. 좋습니다. 그리고 죄송합니다."

나라신의 느닷없는 질문에 무영은 당황했다. 외부로 나가서 사고를 일으킨 데 대해 질책받는 자리였다. 갑자기 몸 상태를 묻는 나라신의 의중을 알 수 없어서 무영은 적잖이 당황했다.

"그렇다면 다행입니다. 이 정도 사고로 끝난 것을 다행으로 생각하고 다음부터는 김 부장 스스로 신들이 모이는 자리에 모습을 드러내는 일은 삼가 주세요. 이건 명령이고 부탁입니다. 김 부장이 안 다치는 것이 첫째이고, 둘째는 우리 신이 다치는 것을 원치 않기 때문이오. 셋째, 김 부장이 대외적으로 알려지면 알려질수록 또 다른 세력들이 구실을 만들어 김 부장과 우리를 곤경에 빠트릴 수 있어요. 이미 거의 다 알고 있는 것 같소만, 그래도 난 그것이 두렵소. 이해하셨습니까?”

“네!”

짧은 말이었지만 나라신의 걱정 섞인 우려와 배려가 동시에 담긴 말이었다.

“치유의 힘을 갖고 있는 건 종교의 왕신들뿐이요. 본인에게 난 상처도 당연히 치료가 되겠지요?”

“네. 스스로 재생됩니다.”

나라신이 고개를 갸웃거렸다.

“혹시 김 부장이 모르는 어떤 종교적 성향이 있습니까? 예를 들어 절에는 안 가지만 불교를 믿는다든가, 아니면 교회는 안 가도 기독교라든가.”

“없습니다. 전 남에게 기대는 거 싫어하거든요.”

“‘천상천하 유아독존’, 이건 백호왕 말씀인데요. 김 부장도 비슷한 성향이요. 처음 들었을 때부터 생각해 봤는데 이상하군요. 어떻게 치유의 힘이 생겼을까요? 종교의 왕신도 아닌데…….”

이성순이 나섰다.

“딱 한 가지 맞아떨어지는 가설이 있습니다. 나라신.”

“뭔데요? 혹시……? 일전에 들었던 전설의 신인가요?”

“예! 지금까지 전설로만 내려오던 오대 왕신의 능력이 통합된 ‘전설의 신’이지요.”

“아! 그렇죠. 그런 능력의 왕신이…… 아니 전설의 신이 나타날 거라고 했는데, 왕신의 능력을 다 합친 신이니 당연히 모든 면에서 엄청난 신일 거예요. 맙소사! 김 부장, 난 정말 김 부장이 그 전설의 신인 것 같아요. 그 생각이 들 때마다 가슴이 웅장해지고 마음이 한없이 넓어지는 것 같습니다."

"저도 어제 일로 김 부장을 혼내고 싶습니다만 나중에 전설의 신이 될까 봐 혼을 못 내고 있는 겁니다."

이성순의 말에 나라신이 우스꽝스러운 표정을 지었다.

"아! 그런 거였어요. 난 그래도 아까 한마디 했는데요. 국방 대장신, 언제부터 그렇게 얍삽해지셨어요?"

그러면서 나라신이 호탕하게 웃었고 뒤따라 이성순도 웃었다.

"이렇게 큰 신 앞에서 이 정도야, 뭐……. 하하하. 삼대 성소가 망가지고 그걸 고칠 수 있는 신이 나타난다, 다섯 왕신의 능력을 갖춘 신이 나타나 모든 것을 제자리로 돌려놓는다……. 정말 그 전설의 신이면 김 부장은 신계의 구세주가 될 거예요."

이성순이 무영을 추켜세우자 나라신이 고개를 또 갸웃거렸다.

"삼대 성소가 망가진다는 건 이승과 저승의 고리가 끊어지는 건데 아직 삼대 성소는 무사해요. 만약 삼대 성소가 망가진다면 정말 큰일 나지요. 신들은 '정화의 숲'에 가지도 못하고 이승에서는 아기가 태어나지도 않을 거니까요."

"그런 큰일을 해낼 구세주라니까요. 나라신!"

이성순의 말에 나라신이 두 팔을 번쩍 들어 흔들었다.

"그러면 정말 왕신 정도는 문제도 아니요. 그러니 저렇게 김 부장을 못 잡아먹어서 난리들이지요. 김 부장! 제발 나가지 마세요. 이곳만큼은 안전한 곳이니까요. 아셨죠?"

"네."

무영은 진심으로 미안했다. 그동안 만날 때마다 주의를 당부했는데 어제 자신 때문에 일반 신들에게 민폐를 끼치고 말았다.

"그런데 중동에서 블랙미르한테 희생된 한국신 두 명에 대해서는 어떻게 대응하실 건가요?"

무영의 느닷없는 질문에 나라신이 대답했다.

"그 지역으로 여행 금지령을 내렸어요."

"물리적인 대응은 없나요?"

"이미 신계 여론의 질타를 받고 있고, 같은 미르왕 영역에서도 비난받고 있습니다. 블랙미르가 아무리 상식도 없고 미르왕의 광신도라 하더라도 다시 한국 신들을 공격하는 일은 삼갈 겁니다. 만약 또다시 그런 일이 벌어진다면 무력을 동원해서라도 응징해야겠지요. 한국이 신계에 어떤 위치에 있는지 알려 주기 위해서라도 확실하게 할 겁니다. 이번엔 경고만 해 두었어요."

이성순이 무영의 어깨에 손을 얹는 시늉을 했다.

"그나저나 문제가 점점 심각해지는데요?"

"뭐가요?"

나라신의 질문에 이성순이 대답했다.

"김 부장으로 인해 영역 내에 무기가 밀반입되는 게 많아서요. 그것도 소총 정도가 아니라 중화기가 들어와 있다는 게 놀랍습니다. 외국 신들을 대상으로 대대적인 무기류 단속을 해야겠습니다."

"나도 그 생각을 하고 있었어요. 좋은 생각이에요. 관련 대장신들과 협의해서 바로 실행합시다. 우리 영역에서 무기라니……. 괘씸하기 짝이 없어요. 아예 근본적인 싹을 잘라 버려야 설치질 않겠지요."

다음날 영역 내 모든 외국 신들을 대상으로 무기 단속이 이루어졌다. 일반적으로 휴대할 수 있는 작은 칼 정도는 무수히 나왔고, 단속 목적이었던 무기들도 여러 곳에서 나왔다. 작은 소총부터 소형 미사일까지 나와서 빼앗기지 않으려고 반항하는 사태까지 발생하였다. 무기를 들고 대항하는 외국 신들을 단속하는 과정에서 총격이 오가자 군대까지 동원되어 제압했다.

이들의 출신 영역은 역시 중국이 가장 많았고, 미르왕을 따르는 영역 출신들도 있었다. 많은 무기를 불법으로 소유하고 이에 연루되어 있던 많은 신들도 검거되어 추방되었다. 이로써 영역 내에서 외국 신들이 불법 무기를 소지하는 일도 없어졌고 불미스러운 일을 일으키던 신들도 함께 사라지게 되었다.

자연왕과 러시아 나라신의 만남

자연왕과 러시아 나라신이 홀로그램으로 만났다. 두 영역은 교류도 활발했고 신계에서도 차지하는 영역이 넓었으며 지향하는 목표도 비슷했다. 그러다 보니 두 영역은 친밀하게 지내며 천왕의 세력에 맞서기 위해 종종 의견을 나누는 자리를 가졌다.

러시아 나라신이 고개를 갸우뚱거리며 입을 열었다.

"내가 잘못 봤나? 이상하군요. 지난번보다 빛이 줄어든 것 같소."

자연왕이 미간을 찌푸렸다.

"그럴 리가 없소. 홀로그램 상이라 그럴 거요."

"아! 그렇지요. 홀로그램이 빛의 영향도 받고 굴절되니까……."

자연왕이 빛이 줄어든 걸 부인하자 러시아 나라신도 얼버무리며 수긍해 줬다.

"한국에 빛나는 신이 나타났다던데…… 찾아서 없앴나요? 요즘 들려오는 소식이 없어서요."

러시아 나라신의 질문에 자연왕이 고개를 흔들었다.

"한국 나라신이 숨긴 것 같소. 어디 있는지 흔적조차 찾을 수가 없어요."

"한국 나라신이 숨겼다고요?"

"미국도 그렇고 러시아도 비밀 공간이 있잖소. 한국에도 그런 공간이 당연히 있을 거요. 신들이 마구잡이로 드나들 수 없는 특수한 공간에 있으면 외부에서 홀로그램도 보낼 수 없잖소. 그런 곳에 숨긴 것 같소이다."

"그럼, 그 빛나는 신이 나라신이 되면 어떻게 되는 거요? 왕신이 바뀔 수도 있는 거잖소?"

자연왕의 표정이 굳어졌다. 러시아 나라신이 자연왕의 표정을 읽고는 말을 돌렸다.

"한국이 요즘 잘 나가는 영역이기는 하지만 영역 자체가 워낙 작잖소. 그러니 너무 신경 쓰지 마세요. 왕신은 아무나 되나요. 일단 영역도 크고 힘도 있는 영역이라야 하지요."

"그렇죠. 한국은 영역이 너무 쪼그마하죠."

"천왕의 영역에서 자연재해가 끊이지 않는다고 들었소. 그래서인지 천왕의 힘이 예전 같지 않다는 말이 돌고 있습디다. 혹시 천왕이 바뀔 수도 있지 않을까요?"

"한국의 빛나는 신이 천왕이 될 수도 있다는 거요? 그 쪼그만 영역에서요?"

자연왕이 눈을 크게 뜨고 러시아 나라신의 말에 반응했다.

"가능성이 아예 없으면 왜 천왕과 자연왕이 한국의 빛나는 신을 못 죽여서 안달이 났을까요?"

자연왕이 노골적으로 콧방귀를 뀌었다.

"흥, 그래봤자 말씀대로 손바닥만 한 영역이요. 고만한 영역에서 뭘 하겠어요. 폭탄 한 방이면 다 뭉개져 버릴 영역에서 말이요."

러시아 나라신이 장단을 맞춰 주었다.

"그건 그렇소. 뭘 해도 덩치가 있어야지요. 어린아이가 아무리 힘이 세도 어른하고는 안 되지요."

"바로 그거요. 그래 봐야 우리의 성 하나에 지나지 않는 소국인데 뭘 신경 쓰겠어요? 천왕 정도라면 모를까."

"그러니까, 한국 뒤에 바로 천왕이 있잖소? 중국도 한국의 빛나는 신을 제거하는 데 실패했고, 미국도 실패했어요. 한국의 빛나는 신이 엄청난 힘을 가졌다면 미래를 위해서도 그 신을 더 이상 건드리지 않는 게 좋을 거요. 만약 그 신이 살아남아서 나라신이 되고 그 이상의 신이 되었을 때 보복이라도 한다면 큰일이잖소. 안 그래요?"

러시아 나라신의 말에 자연왕의 미간에 주름이 잡혔다.

"그러니 찾아서 제거해야 후환이 없지요. 그 신이 나라신으로 끝나면 좋겠지만 그 이상의 신이 된다면 곤란하거든요. 왕신이 바뀌지 않아야 중국이 계속 발전할 수 있어요."

"아마 천왕이 한국의 빛나는 신을 그냥 두기로 했다면 천왕도 찾을 수 없기 때문일 거요. 그리고 그를 천왕이 제거하면 한국 나라신이 가만있지 않겠지요. 이미 한 번 공격으로 한국 나라신이 천왕을 신랄하게 몰아붙였다고 합디다."

"흥, 지금 한국 나라신이 문제가 아니라 그 빛나는 신이 문제란 말이요. 그 빛나는 신만 없으면 한국의 미래는 없으니까 말이요."

자연왕이 통통한 볼살을 만지작거리며 말했다.

"빛나는 신은 몇 번의 공격을 받고 이미 비밀 공간에 숨어 버렸으니까 나라신이 되기까지 더 이상 나타나지 않을 거요. 중국과 미국이 아주 들쑤셔 놓지 않았소?"

러시아 나라신이 정곡을 찔렀다.

"그 신이 그렇게 강력한지 몰랐지요. 웬만하면 총격에 죽잖소. 세상에 미사일이 터진 속에서도 살아 나오더라니까요. 솔직히 그러니까 더 무서워요. 그 신은 정말 두려운 존재요. 만약 그 신이 나라신이 된다면 자신을 공격한 중국에 매우 안 좋게 할 게 뻔해요."

"그럼, 나라신이 되어서도 죽이게요?"

"가능하다면 그렇게 할 거요."

자연왕은 거침없이 속내를 드러냈다.

"저런, 그 신이 나라신이 되면 중국과 한판 붙겠군요."

"붙으면 박살을 내고야 말겠소."

"자연왕! 감정을 추스르고 이성적으로 생각하시오. 한국의 군대는 신계에서도 정평이 나 있어요. 중국이라도 한국을 건드렸다간 이겨도 이긴 게 아닐 거고, 이긴다고 장담하지 못해요. 요즘 한국 최신 무기가 상당히 성능이 좋다고 합디다."

"흥, 그래 봤자 손바닥만 한 영역인걸요. 그 신만 제거되면 한국의 미래도 같이 사라지는 거니까 그 신만 제거하면 돼요."

"군대를 동원했는데도 안 됐는데 말처럼 간단하게 될까요?"

"하여튼 오지랖은…… 아까부터 계속 한국을 두둔하는 소리로 들리는데, 정말 그렇소?"

"한국은 우리 양 영역 모두에게 중요한 영역이요. 그런 차원으로 말한 것이요. 자연왕! 정말 신경이 곤두서긴 했군요."

러시아 나라신이 실실 웃으며 화제를 바꿨다.

"자! 그만 빼지고 본론을 얘기합시다. 난 이번에 미뤄 왔던 일을 결행할 겁니다. 그러기 위해선 중국이 내 입장을 확실하게 지지해 줘야 해요."

자연왕이 고개를 돌려 러시아 나라신을 빤히 쳐다봤다.

"그야 물론이요. 우호국이란 그럴 때를 위해 있는 것 아니겠소. 천왕도 가만있을 것 같지 않고, 우크라이나 주변 영역들도 가만히 있지 않을 것이요."

"그러니까 중국이 러시아의 방패막이가 되어 달란 말이오. 우리도 속전속결로 끝내버릴 테니까요."

"얼마나 걸리겠소?"

"넉넉하게 한나절 잡고 있소."

"만약 더 길어지면요? 우크라이나가 꽤 영역이 넓은데요."

자연왕의 우려에 러시아 나라신이 웃음을 터트렸다.

"하하하. 대부분 곡식이 자라는 벌판이라 몇 군데 도시만 장악하면 함락은 금방이요. 이미 우리 특수 부대가 들어가 사전 작업 중이요."

"벌써요?"

"한나절 만에 끝내려면 밑 작업이 있어야지요. 중국도 섬을 수복하려고 열심히 밑 작업하고 있던데요."

"그렇죠. 어느 정도 재보고 덮쳐야지요. 혹시 천왕이 개입하면 골치 아파지니까요."

"전쟁은 길어지면 안 돼요. 상대가 얼어터지면서도 정신을 차리는 순간이 오거든요. 정신을 차리기 전에 끝내야 우리 측 피해를 최소화할 수 있어요. 그리고 우크라이나를 먹으면 주변 영역들이 바짝 긴장할 거요. 그들이 전력을 재정비하기 전에 몰아치기 위해서라도 우크라이나는 속전속결이 우선이요. 우리는 우크라이나전에 모든 걸 쏟아부을 거요."

"무기는 좀 남겨 두시오. 지금도 충분하다고 생각하고 있지만 혹시라도 모르니까요."

"무기는 예전 거부터 재고가 많으니까 이번에 왕창 사용할 참이요. 신무기는 돈이 되니까 이번에 광고용으로 좀 쓰면서 비싸게 팔아야지요."

"우리에겐 좀 싸게 파시오."

러시아 나라신이 웃었다.

"아무렴요. 대신 우리가 우크라이나를 합병하려는 정당성을 중국이 신계에 잘 전달해 주시오."

"하오! 그 점은 걱정 마시오. 적극적으로 러시아 편에 서서 대변해 줄 것이오."

"우리가 우크라이나를 한나절 만에 끝낼 테니까 중국도 반나절 만에 끝내시오. 아니 조그만 섬이니까 뭐 반나절도 안 걸리겠군요."

러시아 나라신의 의기양양한 말에 자연왕이 실소했다.

"허허. 그랬으면 좋겠소. 천왕만 개입하지 않는다면 그럴 수 있는데, 천왕군이 요즘 섬에 드나드는 정황이 계속 잡히고 있어서 여간 성가신 게 아니군요."

러시아 나라신이 미간을 찡그리며 혼잣말처럼 중얼거렸다.

"하여튼 성가신 존재요. 지네 일 아니면 참견을 말지. 남의 영역 일에 감 놔라 배 놔라, 참견질이야."

자연왕도 맞장구쳤다.

"그러게, 말이요. 참 거슬리는 천왕이요. 그가 없었으면 내가 진즉 섬을 수복했을 거요."

"까짓거 천왕이 무서워서 못 할 게 뭐 있소. 그냥 밀어붙이면 되지요. 자연왕을 보유한 중국도 예전처럼 나약하지 않으니 천왕 눈치 작작 보시오."

자연왕의 입가에 미소가 떠올랐다. 러시아 나라신이 은근히 자신을 치켜세워 주는 말에 기분이 좋아졌기 때문이다.

"눈치를 보긴요. 그래도 천왕이고 신계에서 최고 영역이니까 신경을 안 쓸 순 없지요. 성가시지만 그게 현실이요."

러시아 나라신이 고개를 살짝 끄덕였다.

"모든 게 우리가 압도적인 우위요. 절대 이변은 있을 수 없소. 어느 한 군데에서 덤빈다 해도 바로 압살해 버릴 것이니 티끌만큼이라도 걱정은 마시오."

"러시아 나라신의 근거 있는 자신감을 믿소. 역시 믿음직하오."

"나는 뭐든 확실하게 하는 편이요. 믿으시오."

"러시아가 우크라이나를 합병하면 그 뒤에 우리도 우리 섬을 확실하게 공략할 것이요. 그때는 러시아가 우리 편을 확실하게 들어 주셔야 하오."

"당연하지요. 우리가 우크라니아 영역을 합병하면 주위 작은 영역들은 말만 해도 손 들고 우리에게 들어올 거요. 지금도 신계에서 우리 군사력이 막강하지만, 예전의 연방 영역을 다 수복한다면 천왕도 우리 러시아에 수작 부리지 못할 거외다."

자연왕이 눈을 가늘게 뜨고 사악한 웃음을 지었다.

"러시아 나라신이 흡수하는 영역에서 난 돈이나 벌 테니 우리 잘 합작해 봅시다."

"그러시오. 난 영역을 가질 테니 중국은 돈을 버시오."

자연왕과 러시아 나라신이 회담을 마친 후 얼마 지나지 않아서였다. 러시아는 대대적으로 우크라이나로 쳐들어갔다. 만반의 준비를 하고 있던 러시아가 가지고 있는 온갖 종류의 무기들을 총동원하여 기단 위에서, 하늘에서, 빛의 바다에서 일시에 포문을 열고 기세 좋게 진격했다. 영역의 경계선이 닿아 있는 모든 곳에서 한꺼번에 몰아닥친 침입자들에 의해 우크라이나의 건물은 부서지고 깨지고 박살이 나고 있었다. 빛의 폭탄이 터지는 곳에서 신들의 다수가 소멸하고, 부상으로 처절한 비명 소리가 울려 퍼졌다.

놀란 우크라이나 신들 중 많은 수가 주변 영역으로 탈출하고 우왕좌왕하며 대혼란에 빠져들었다. 파죽지세로 우크라이나 영역을 침범한 러시아군은 순식간에 여러 도시를 함락시키는 데 성공했다. 우크라이나 나라신은 처음엔 당황했지만, 바로 상황을 파악하고 군대를 동원해서 영역 방어를 위해 동분서주하기 시작했다. 나라신을 중심으로 똘똘 뭉친 우크라이나 군대가 방어전에 나서면서 수도 사수에 온 힘을 기울였다. 총력전으로 수도 방어에 나서고 나라신이 진두지휘하자 우크라이나 신들은 차츰 평정심을 되찾고 침략에 맞서 싸울 태세를 갖췄다. 계속되는 러시아의 공격에도 우크라이나의 수도는 함락되지 않았고, 상황을 예의 주시하던 주변 영역들이 정신을 차리고 우크라이나를 지원하기 시작했다.

금방이라도 함락될 것 같던 영역이 나라신과 군대가 똘똘 뭉쳐서 잘 버텨내자 놀라서 떠났던 우크라이나 신들이 영역을 지키기 위해 다시 돌아오기 시작했다. 우크라이나는 이미 러시아에 여러 도시를 점령당했지만, 방어선이 구축되면서 일방적인 전쟁이 아니라 점차 여러 곳에서 소소한 전과를 올렸다. 러시아가 우크라이나를 침략했을 때만 해도 다음 차례가 자신들의 영역이 될 수 있다는 위기감에 잔뜩 긴장한 채 지켜보던 주변 영역들도 우크라이나를 돕기 위해 움직였다.

러시아가 우크라이나를 점령하면 당연히 자신들의 영역도 무사하지 못할 것을 알기에 주변 영역들은 우크라이나를 돕기 위해 무기를 비롯해 전쟁에 필요한 물자를 전폭적으로 지원하기 시작한 것이다. 이러한 지원에 힘입어 우크라이나는 더 힘을 낼 수 있었고, 미국은 한발 더 나아가 동맹국들과 협력하여 우크라이나에 최신 무기들을 무제한 공급하여 러시아를 곤란하게 만들었다.

반면 러시아는 우크라이나군에게 보급로를 차단당하여 군수품을 비롯한 물자 공급이 제대로 되지 않아 점령지에서 약탈을 일삼는 등 군 기강이 무너져 갔다. 넉넉하게 한나절이면 끝낼 것이라던 합병 계획이 훌쩍 하루 이틀, 일주일이 지나가고 있었다. 그사이 러시아는 쌓아 뒀던 무기를 비롯해 전쟁 물자가 고갈되어 바닥을 드러내고 있었고, 수많은 군신들이 소멸되어 병력마저 부족해졌다.

러시아 나라신은 부족한 군수물자 지원을 중국의 자연왕에게 요청했다. 하지만 전쟁이 러시아에 불리하게 돌아가자 자연왕은 언제 그랬

었냐는 듯이 등을 보였다. 중국뿐만 아니라 러시아와 우호 관계였던 여러 영역까지 거리를 두자 러시아 나라신은 화가 나고 초조해졌다. 여기에 국내 여론이 나빠지면서 관리신을 비롯하여 군대와 일반 신들까지 자신을 죽일 것만 같은 두려움에 사로잡히게 되었다.

그사이 주변 영역 나라신들의 주선으로 우크라이나와 러시아에 관리신들을 보내어 몇 번의 회담을 시도했으나 아무런 진전이 없었다. 서로 생각하는 바가 완전히 달라서 접점을 찾을 수가 없었던 것이다.

우크라이나는 러시아가 우크라이나 영역 밖으로 완전 철수할 것을 요구했고, 러시아는 자신들이 밀고 들어와 차지하고 있는 영역을 러시아 소유로 인정하고 천왕 측에 가담하지 않아야 한다는 요구였다. 우크라이나가 러시아에게 대응할 수 있는 무기의 상당 부분이 미국 측으로부터 온 것이어서 러시아의 요구는 말도 안 되는 것이었다. 양측 모두 받아들일 수 없는 제안으로 인해 몇 번의 회담 이후 회담은 더 이상 열리지 않게 되었다.

날이 갈수록 점령했던 우크라이나 영역을 빼앗기고 러시아로 쫓겨오는 군대가 많아지는 것을 보며 러시아 나라신은 빛응축 폭탄을 생각했다. 빛응축 폭탄은 신계에서 러시아가 가장 많이 갖고 있었고 그에 대한 자부심 또한 높았다. 하지만 이를 날렸다간 러시아도 같이 날아갈 것이다. 똑같은 무기를 다량 보유하고 있는 미국이나 영국, 프랑스에서 가만히 앉아서 당하진 않을 것이기 때문이다. 이 승부수는 러시아 자체가 괴멸할 수 있는 자살행위나 마찬가지여서 러시아 나라신은 생각만 하면서 한숨을 쉬었다. 어떠한 돌파구도 보이지 않은 채 시시각각 러시아의 패전이 눈앞의 현실로 다가오고 있었다.

러시아 나라신은 다시 협상을 시도했지만 서로 한 치의 양보 없는 협상은 또다시 결렬되었다. 러시아는 많은 군신과 지휘관까지 소멸해 지휘부 부족 사태까지 겪었다. 부족한 군신을 보충하기 위해 여러 방법을 동원했는데 거기엔 어린 소년 신, 늙은 신, 다른 영역에서 돈을 주고 임대해 온 용병도 있었다. 워낙 많은 군신이 소멸되다 보니 군대를 피해 다른 영역으로 이탈하는 러시아 신들이 많아졌다.

쉬쉬하고 숨기던 소멸된 군신의 수가 입소문을 타고 알려지자, 러시아 신들은 매우 충격을 받았다. 생각보다 많은 수가 소멸된 것이다. 이러한 사실은 나라신에 대한 불신으로 이어졌다. 러시아 관리신들은 작당해서 나라신을 속이기도 하고, 자신들의 입맛에 맞게 엉뚱한 보고를 하는 등 사적으로 비리를 일삼고 있었다. 관리신들에게 여러 번 당하자 나라신은 점점 관리들을 믿지 않게 되어 독단적인 성격으로 변해갔다.

많은 군신들의 피해와 막대한 군수물자의 소모로 러시아는 극심한 재정난에 시달리게 되자 나라신은 어떠한 돌파구라도 찾아야 했다. 전쟁 전 유럽으로 에너지를 판매하던 것을 못 하게 되고, 우크라이나 전쟁에서 계속 밀리면서 그동안 여러 영역에서 사 가던 무기 판매도 대폭 줄어들었다. 러시아 나라신은 자국 내에서 생산 가능한 것을 최대한 생산하도록 독려했다. 기존 우호 영역에 모자란 물자를 지원해 줄 것을 다시 요청하고 그에 대한 대가로 에너지 공급을 약속하는 홀로그램을 중국과 이란 등 여러 영역으로 보냈다. 여기에 화답한 것은 그동안 이 핑계 저 핑계를 대며 외면하던 중국이었다.

러시아 나라신은 내색은 안 했지만 속으로 크게 기뻐했다. 중국도 계속된 자연재해로 식량부족 사태를 겪으면서 러시아의 도움이 필요한 상황이었다. 식량을 무기로 중국과 거래할 수 있는 새로운 기회가 생긴 것이다.

홀로그램으로 중국의 자연왕과 러시아 나라신이 만났다. 자연왕이 입을 비죽거리며 거만하게 러시아 나라신에게 말했다.

"나라신! 그동안 고생하셨소이다. 전쟁하느라 좀 수척해지셨소이다."

자연왕의 거드름이 못마땅했지만, 표정 관리를 하며 러시아 나라신이 자연왕을 뚫어지게 바라보다 예의상 입꼬리를 올리며 맞받았다.

"다시 만나서 반갑소. 일전에 물자 요청했던 건에 대해 답변이 없었는데요. 재해로 상심이 크다는 말을 들어서 걱정했소이다."

자연왕이 여전히 거드름을 피우며 대답했다.

"흠, 재해가 크게 닥치긴 했지요. 하지만 중국이니 다 이겨낼 수 있어요."

"그럴 거요. 자연왕의 중국, 아니요."

러시아 나라신이 자연왕의 비위를 맞추기 위해 노력하고 있었다.

"흠, 흠. 일전에 뭘 요청했다고요?"

러시아 나라신이 침착하게 대답했다.

"네, 전쟁이 길어지니까 물자가 부족해지고 있어서 지원을 요청했었지요."

"내부적으로 챙겨야 할 일이 많아서 러시아의 일을 챙기지 못했소이다."

러시아 나라신이 형식적으로 웃었다.

"하하하. 중국의 신이 워낙 많으니 오죽하시겠소. 가지 많은 나무에 바람 잘 날 없는 거지요."

말은 이렇게 하면서도 러시아 나라신은 자연왕의 빛이 별로 빛나지 않는다고 생각했다.

"그 많은 신들 먹여 살리는 게 쉬운 일이 아닙디다. 신계 신들의 수가 우리 영역에 20퍼센트가 몰려 있잖아요. 정말 말도 많고 탈도 많아서 진절머리가 난다니까요."

"그래도 지금까지 잘해 왔어요. 중국을 이만큼이나 발전시켰잖아요. 신계에서 누구도 무시 못 할 위치까지 올려놨고요."

러시아 나라신의 칭찬에 자연왕이 다시 거드름을 피웠다.

"흠, 흠. 그렇지요. 신계에서 누가 감히 중국을 건드리겠어요. 죽고 싶지 않은 다음에야 어딜 감히 중국에 덤벼요. 말도 안 되지요."

"그럼요, 그럼요. 최근에 자연왕이 이루어 낸 성과는 누구나 인정할 수밖에 없을 정도로 대단해요. 자랑스러워할 만해요. 그러니 자연왕 아니겠어요."

"아니 다른 영역의 나라신이 그런 말을 하면 그러려니 하겠는데 러시아 나라신이 그러시니 좀 민망하군요. 어차피 서로 필요해서 이 자리에 온 건데 너무 인사치례를 거하게 하는 거 아뇨?"

러시아 나라신이 과장되게 크게 웃었다.

"하하하. 자연왕을 다시 봐서 기뻐서 그래요."

말과는 다르게 러시아 나라신의 눈은 자연왕의 빛이 약해진 것을 예의주시하고 있었다.

'내부 사정이 생각보다 안 좋구나. 저 정도면 일반 나라신들보다 조금 더 빛나는 정도야. 정말 심각하군.'

"자연왕! 재해 때문에 식량 수급이 안 좋다고 들었소이다. 식량은 괜찮으신지요?"

"흠, 좀 안 좋기는 한데요. 아직은 버틸 만해요. 러시아 수확량이 넉넉하면 우리가 좀 사 줄까요?"

"버틸 만하다면서요?"

러시아 나라신이 짓궂은 표정을 지으며 되묻자 자연왕이 멋쩍은 웃음을 지으며 대답했다.

"아! 러시아에서 남는 곡물 팔 거 아뇨. 어차피 팔 거면 우리가 사겠단 얘기요. 먼 데다 팔면 비용도 많이 드니까 바로 옆에 있는 중국에 넘기면 좋지 않소."

"맞아요. 우리가 이번에 농사가 잘됐어요. 다른 영역들 기상이변 때문에 홍수에, 가뭄에 몸살이던데 러시아는 축복받은 영역이지요. 식량 남는 거 드리는 대가로 우리에게 뭘 주시겠소?"

"뭘 받고 싶소?"

자연왕이 입술을 씰룩거리며 되물었다. 러시아 나라신이 속으로 쾌재를 부르며 대답했다.

"돈은 필요 없어요. 아시는 것처럼 자급자족이 가능한 게 많아서요."

"그래요. 우리에게 남아도는 게 돈과 신인데, 돈은 필요 없다고 하시니까."

"군대를 주시오. 기왕이면 잘 훈련된 군대로요."

"전쟁에 투입하려고요?"

러시아 나라신은 말없이 고개를 끄덕였다.

"곡물값치고는 비싸군요. 신이 많아도 다 내 영역의 소중한 목숨들이란 말이요."

"당연히 소중한 목숨이지요. 하지만 러시아의 군대 전술이나 무기 운용에 대해서 배우고 싶어 하지 않았소? 이번에 기회를 주는 것이요. 실전 경험도 쌓을 겸 말이요. 중국으로서도 나쁠 게 없는 조건일 거요."

말은 그럴듯했지만 군대 훈련과 달리 실제 전쟁은 목숨이 달린 것이기에 천지 차이였다. 군대 훈련은 찬성이지만 전쟁은 군대를 사지로 몰아넣을 수 있기에 잘못하다간 영역 안에서 반발이 생길 수 있었다.

자연왕은 잠시 생각에 잠겼다.

"곡식은 창고에 쌓여 있으니 언제든 내어 드리지요. 남아도는 게 식량이라서요. 군대의 입이라도 덜면 일석이조 아니겠어요? 원하던 군대 훈련을 실전을 통해서 해 본다 생각하면 될 겁니다. 실전만큼 좋은 훈련은 없거든요."

자연왕이 느릿느릿 입을 열었다.

"다 좋은데…… 한 가지 조건이 있소."

"조건이요? 뭔가요?"

러시아 나라신이 살짝 긴장하며 물었다.

"군대를 보내되 많이는 안 돼요. 영역 안 사정이, 여기저기 불거져 나오는 소란들이 많아서 말이오. 그리고 중국 군대를 최전방으로 보내지 마시오. 중간이나 보급병 정도로 합시다. 그러면 보내겠소."

"그렇게라도 보내 주시면 감사하지요. 전방이나 후방이나 군대가 해야 하는 일이니까요."

"절대로 최전방은 안 되오. 아셨죠? 약속하시오."

"약속하지요. 군대를 얼마나 많이 보내 주시려고 약속까지 하신답니까?"

"한…… 만 명이면 되겠지요?"

러시아 나라신이 자연왕을 쳐다보다가 고개를 저었다.

"중국 대륙 스케일이 있는데, 아까 남아도는 게 돈과 신이라면서요. 많이 훈련시켜야 많은 경험이 축적될 거요. 5만 정도 지원해 주세요. 잘 먹이고 확실하게 훈련시켜서 돌려보내지요."

"5만이나?"

"최전방에서 10만이 싸우면 중간에서 받쳐 줘야 하는 군대가 10만, 후방에서 보급 물자 군대도 5만 정도 필요합니다."

"중국 군대를 보급 부대로 쓸 건가요?"

"최전방이 아니니 중간 지원 부대나 보급 부대가 되겠지요."

"음, 그래요."

"5만 명에 대한 입을 덜면서 식량을 확보하는 겁니다. 중국 내 소수 신족들의 장정을 차출해 주세요. 그럼 소수 신족의 반란을 주도할 핵심 세력이 사라지는 거니까 자연왕에게도 도움이 될 거요. 그들만 해도 5만은 더 될 테니 더 되면 더 보내셔도 됩니다."

"아! 그거 좋소. 그렇게 합시다. 그런 방법이 있었군요."

"내가 골칫거리를 해결해 주는 거요."

"정말 좋은 생각이요. 그렇게 하도록 하지요. 아! 그리고 한 가지 물어봅시다."

"뭐죠?"

자연왕이 뜸을 들이다가 무겁게 입을 뗐다.

"러시아는 한국과 어떤 사이요?"

"예? 그게 무슨 소립니까?"

"한국은 미국과 동맹이고 러시아는 미국과 적이잖아요. 러시아는 한국과도 사이가 나쁘지 않은 것 같아서 하는 말이요. 그냥 경제적으로 협력하는 사이에 불과한 것인지, 아니면 좀 더 어떤 발전된 관계에 있는 것인지를 묻는 거요."

"러시아와 한국 사이가 좋고 나쁨은 우리 영역의 내부 문제요. 중국이 관여할 사항이 아니요."

"대답을 안 하시겠다는 거요?"

"여보시오, 자연왕! 질문이 좀 그렇군요. 미국과 동맹국인 한국과 어떻게 우방이 될 수 있겠소. 한국과는 경제적으로 돕는 사이일 뿐이요. 우리보다 중국이 한국과 더 거래가 활발하지 않소?"

"단지 그것뿐인가요?"

"그럼, 뭐가 또 있겠소. 자연왕이 그렇게 말씀하시니 좀 기분이 안 좋군요."

러시아 나라신이 발끈 성질을 내자 자연왕이 한발 물러섰다.

"아니 그렇게 화를 내실 것까지야 없지 않소. 생각보다 한국과 가깝게 지내는 것 같아서 물어본 겁니다."

"그게 왜 궁금하지요. 러시아와 한국이 가깝게 지내면서 중국에 피해를 준 건 없잖소?"

자연왕의 눈꼬리가 올라갔다.

"만약 내가 한국과 전쟁을 한다면 나라신은 어느 편에 서시겠소?"

"예? 뭐라고요?"

자연왕의 갑작스러운 표정 변화와 말투에서 러시아 나라신은 뭔가 잘못되고 있음을 감지했다.

"중국과는 우호국이고 한국과는 가깝게 지내니 드리는 질문이요."

자연왕이 재차 대답을 촉구했다.

"에이~ 질투가 심하시오. 아무리 친해도 우호국이 우선순위지요. 그런 걸 묻소."

자연왕의 올라간 눈꼬리는 내려오지 않았다.

"질투라고 해도 좋소만, 한국과 너무 잘 지내는 것 같아서 말이요."

자연왕에게서 한국에 대한 강한 적대감이 느껴졌다.

"참 삐지기도 잘하시요. 한국이 경제적으로 우리에게 도움이 되니 가깝게 지내는 거요."

"나라신도, 러시아 일반 신들도 한국을 좋아해서가 아니고요?"

러시아 나라신은 슬슬 짜증이 났다. 자연왕이 여전히 굳은 표정으로 질문했기 때문이다.

"잠깐만요. 그건 상호 간의 이익에 부합하지 않소. 중국도 미국과 대척점에 있으면서 미국 내에서 엄청난 경제력을 키워 왔잖소. 앞뒤가 안 맞는다고 생각지 않으시오?"

"그것도 옛날이야기요. 지금은 미국 안에서 중국의 입지가 좁아지고 있어요. 그게 러시아가 우크라이나를 치고 나서 러시아와 우리를 한데 묶어 배척하고 있기 때문이요. 러시아가 전쟁을 일으키면서 우리에게도 많은 것이 변했단 말이요."

"양 영역이 배척당하는 건 맞지만 이유도 다르고 시기도 같지 않소. 중국은 감염병을 퍼트린 시점부터고, 러시아는 우크라이나를 치면서부터요."

러시아 나라신이 또박또박 자연왕의 말을 정정해서 반박했다. 여전히 자연왕의 눈꼬리는 치켜 올라가 있었고 분위기는 냉랭했다.

"이유야 어쨌든 나는 한국의 힘이 더 이상 커지는 것에 반대요. 내가 원하는 건 중국이 지금처럼 신계의 중심이어야 하고 앞으로도 그래야 한다는 것이오."

러시아 나라신이 웃으면서 자연왕을 향해 엄지를 치켜세웠다. 자연왕의 올라갔던 눈꼬리가 조금 내려왔다.

"나라신도 내 생각과 같으신 거요?"

"러시아와 중국이 같이 잘 사는 길이라면 마다할 이유가 없지요."

"그러면 한 가지 추가 조건이 있습니다."

"한국에 대한 조건인가요? 뭐죠?"

"맞소. 한국에 대한 거요. 내가 섣불리 말을 못 꺼낸 이유는 러시아 나라신이 중국보다 한국에 대한 믿음이 더 좋은 것 같아서 그런 거요."

"한국에 대한 견제가 심하십니다."

러시아 나라신이 피식 웃었다.

"웃을 일이 아니외다. 나로선 심각한 일이니까."

"말해 보시죠."

"나라신이 보시기에 내 빛이 좀 줄어든 것 같지 않소?"

"그건 또 무슨 뚱딴지같은 소린지요?"

"솔직히 말해 보시오. 화 안 낼 테니."

"지난번에 봤을 때나 오늘이나 푸른 빛이 똑같이 찬란하게 빛나고 있습니다."

"나라신의 빛은 영역의 융성과 쇠락에 지대한 영향을 미친다는 거 아시죠?"

"네."

러시아 나라신은 자연왕이 말하고자 하는 의도를 알아챘다.

"지금 영역 내부에서 계속되는 자연재해로 식량도 부족하고 여러 경제적인 어려움이 있어서 신들의 불만이 많아요. 불만이 있던 소수 신족들의 반란 조짐도 있습니다. 이런 일이 계속되면서 나의 빛이 줄어들고 있어요. 그런데 최근 한국이 급속도로 발전하면서 빛나는 신이 나타났어요."

"네, 알고 있습니다."

"그가 나타나면서 불안해지더군요. 자연왕 자리가 한국으로 넘어가는 게 아닌가……. 자연왕 된 지 얼마 안 됐는데 빼앗기고 싶지 않아요. 내가 자연왕이 되고 중국이 발전한 것을 보세요. 신의 수가 워낙 많아서 오히려 힘들 거라는 우려에도 불구하고 엄청난 발전을 이루었어요. 그래서 한국 따위에게 왕신 자리를 빼앗기고 싶지 않았어요."

"이해합니다. 나라도 그런 마음이 들었을 거 같습니다."

자연왕이 잠시 러시아 나라신을 뚫어지게 쳐다봤다.

"내가 러시아와 좋은 관계를 유지하는 건 역시 중국의 이익에 부합하기 때문이요."

러시아 나라신은 대답 대신 고개를 끄덕였다.

"나도 빛이 줄어들었지만, 천왕도 빛이 줄었어요. 그래서 미국도 중국도 그 신이 신계에 들어오면서부터 제거하려 했는데 계속 실패했

120

소. 이젠 한국 나라신이 비밀 공간에 보호하고 있어서 나오지도 않으니 찾기도 힘들지요."

"나에게 그 말을 하는 이유가 뭐죠?"

"흠, 중국과 러시아는 확실한 우호국 맞지요?"

"자꾸 당연한 소리를."

"그렇다면, 내가 원하는 걸 같이 이룹시다. 난 한국의 그 빛나는 신을 죽여야겠소. 러시아 나라신도 도와주시오. 그 빛나는 신이 제거된다면 한국에서 왕신이 나오는 일은 없을 것이고 중국의 영화는 지속될 것이요. 그럼, 러시아도 같이 잘 살 수 있는 거요."

러시아 나라신이 목소리를 조금 낮추고 말했다.

"그거 좋은 생각입니다. 그러지요. 그런데 지금까지 어떤 무기를 써도 그 신이 다 막아 냈다고 들었습니다. 사실인가요?"

러시아 나라신은 김무영에 대한 홀로그램을 여러 개 봐서 이미 능력을 알고 있었지만 모른 척하고 질문했다.

"유감스럽게도 사실이요."

"미사일도요?"

말없이 자연왕이 고개를 끄덕였다.

"와! 과연 듣던 대로군요. 그럼 안 써 본 무기가 뭡니까?"

"아마도 빛응축 폭탄 정도일 거요."

"예에?"

러시아 나라신은 진심으로 깜짝 놀랐다. 신계에서 빛응축 폭탄은 이승의 핵폭탄과 같은 것이다. 그런 무기 외에는 거의 다 써 봤다는 얘기다.

"어이쿠, 맙소사. 그럼, 그 신을 제거할 방법이 사실상 없는 거예요. 총이나 웬만한 소형 무기는 다 써 봤을 거 아닙니까."

"미사일 수십 발을 날렸는데도 멀쩡했어요. 뭐 그런 신이 있는지 모르겠습니다. 신계의 무기는 빛을 응축해 만든 것인데 그런 폭탄이 무더기로 폭발해서 빛이 대낮처럼 환하게 밝았거든요. 그 신의 반격으로 오히려 그곳에 있던 군대들만 모조리 소멸되고 말았단 말입니다. 정작 빛이 작렬했던 속에서 그 신은 멀쩡했고요. 정말 어떻게 해야 할지……. 그래서 내가 이렇게 속이 탑니다. 나라신! 무슨 방법이 없겠소?"

자연왕은 정말 간절하게 러시아 나라신에게 방법을 묻고 있었다.

"한 번도 생각해 본 적 없지만 자연왕의 표정을 보니 갑자기 심각해지는군요. 그렇다고 서울 한복판에 빛응축 폭탄을 날릴 수는 없잖소?"

"하, 정말 마음 같아선 그러고 싶소만 그랬다간 천왕을 비롯한 한국의 동맹 영역들에게 선전포고하는 거나 마찬가지라 그러지도 못하고 있소. 정말 그랬다간 중국이 망할 수도 있다는 예측이 나왔거든요."

"예측까지 했습니까?"

"중요한 일인데 뭐는 안 해 봤겠소. 중국의 명운이 걸린 일이니 할 수 있는 건 다 해 보는 중이요."

러시아 나라신이 혀를 찼다.

"수십 발의 미사일에도 멀쩡했다고 했죠? 혹시 안 맞은 거 아닙니까? 빗나가거나 옆에 떨어지거나, 그런 거 아닌가요? 어떻게 수십 발의 미사일에 멀쩡할 수가 있지요?"

"그건 홀로그램으로 남겨진 게 있으니, 나중에 한 번 보시지요. 보기 전에는 아무도 안 믿으니까요.”

“어, 참 이상하군요. 어떻게 신이 강한 빛에도 소멸되지 않을 수가 있지요? 불가사의한 일이군요.”

“일반 신이라면 죽어도 벌써 죽어서 ‘정화의 숲’에 갔을 거요. 빛을 스스로 내뿜고 있어서 그런 건 아닐까 싶기도 합니다.”

“아! 그럴 수 있겠네요. 자기 몸에서 빛이 나니까 그 빛이 빛을 흡수한다? 말이 되나? 안 되나?…… 어쨌든 죽일 방법이 없는 신을 죽이겠다고 말하는 거군요. 혹시 자연왕이나 천왕도 총이나 미사일에도 끄떡없나요?”

“아니요. 둘 다 총만 맞아도 다치거나 죽을 거요.”

“그렇지요? 역시 그 신이 비정상이군요.”

“약점을 찾고 있는데 아무리 해도 약점을 찾을 수가 없어요.”

“어, 그렇죠. 약점부터 찾아야지요. 약점을 찾으면 같이 처리합시다. 까짓거 자연왕이 그렇게 하겠다는데 팔 걷어붙이고 나서야지요.”

“나라신이 그렇게 말씀하시니까 힘이 납니다. 역시 러시아 나라신이요. 만약 그 빛나는 신을 죽일 수 있다면 군대 오만이 아니라 십만도 보내겠소. 그러니 적극적으로 도와주시오.”

러시아 나라신의 목소리 톤이 올라갔다.

“십만이요? 좋소. 적극적으로 나서 보겠소. 러시아도 중국도 신계에서 천왕의 세력에 많이 밀리고 있어요. 우리끼리라도 힘을 합치지 않으면 두 영역 다 힘을 잃을 겁니다. 서로 믿지 못하면 안 된다는 말이오. 아시겠소?”

“알고 있소.”

"한국의 빛나는 신을 처리하면 우리의 믿음은 일로써 증명될 거요."

러시아 나라신은 중국이 나서 준 것에 한숨 돌리며 다음 행보를 이어 나갔다. 미르왕 신자들 영역은 기단이 기름져서 기단 바닥이 돈이었다. 따라서 돈이 많은 부자가 많았고 그 돈으로 영역을 부유하게 유지하고 있었지만, 기술력이 좋은 것은 아니었다. 러시아 나라신은 러시아의 기술력을 내세워 미르왕 신자들의 영역을 끌어들일 생각을 했다. 미국을 싫어하는 영역을 골라 우선순위를 정해 만났다.

이란 나라신에게 홀로그램으로 만남을 요청하는 문자를 보냈다. 답장은 바로 오지 않았지만, 시간이 좀 흐르고 만남에 응하는 답신이 왔다. 홀로그램으로 만난 두 나라신은 어색한 인사부터 나누었다.

"안녕하시오? 러시아 나라신이오. 앞으로 잘 지내보자고 만남을 청했소."

이란 나라신이 입을 뗐다.

"웬일이요? 이 어려운 시기에 러시아 나라신이 나를 보자고 하다니요?"

러시아 나라신이 예의상 입꼬리를 올리며 대답했다.

"우리가 신들을 위해 일하는, 막중한 자리에 있는 나라신 아닙니까? 서로 어떤 걸 도우며 살아야 할지 의논해야 하고 그러자면 만나야지요."

"그건 어느 정도 친할 때나 하는 얘기 같소만, 러시아 나라신과 그런 얘기할 정도는 아닌 것 같소."

"그 물꼬를 오늘부터 트면 되지 않겠소? 우린 미국과 친하지 않다는 공통점이 있으니까요."

"그건 그렇지요."

이란 나라신이 동의 한마디에 러시아 나라신이 바로 미국을 도마 위에 올려놓았다.

"미국은 신계에서 제일 이기적이요. 자신들의 이익에 부합하지 않거나 마음에 들지 않으면 박살 내 버릴 생각부터 하니까 말이요. 이란도 미국의 마음에 들지 않아서 지금까지 주변국들과 소원한 사이가 되었잖습니까?"

"그렇죠."

"러시아도 잃어버린 영역을 찾기 위해 영역 수복 작전을 펼쳤는데 미국이 개입하면서 어려움을 겪고 있어요. 미국이 나서지 않았다면 우린 우리의 목표를 달성했을 거요. 미국이 신계에서 제일 세다는 걸 증명하고 싶어서 우크라이나에 온갖 무기를 투입해 우리를 힘들게 합니다."

"들어서 알고 있소이다."

"미국 무기로 러시아의 많은 군신들이 소멸했고 미국의 제재에 서방이 동참하면서 러시아의 에너지가 덜 팔리고 있어요."

"이란도 에너지가 넘쳐나고 있습니다. 우리도 에너지 판매하는데 미국의 눈치를 봐야 하는 신세요."

"알고 있소. 그래서 이렇게 보자고 한 거요."

시큰둥하게 얘기를 듣던 이란 나라신이 자세를 고쳐 앉았다.

"음, 말해 보시오. 이제 흥미가 생기는군요. 미국을 엿 먹일 방법이라도 있소?"

러시아 나라신이 흐뭇한 미소를 지었다.

"역시…… 우리는 미국을 대하는 입장이 비슷하니 말이 잘 통할 거라 생각했는데, 바른 판단 같군요."

"아직은 얘기를 듣기 전이요."

이란 나라신은 적당한 거리를 유지하며 여전히 마음의 문을 굳게 닫고 있었다.

"이 회담을 미국이 알면 또 트집을 잡지 않을까요?"

이란 나라신이 걱정하자 러시아 나라신이 웃었다.

"더 잡힐 트집이 있나요? 미국의 첩보는 신계 최고요. 러시아의 첩보도 정확하지만, 미국의 첩보망에 걸리면 어떻게 할 방법이 없지요."

"정말 무서울 정도로 정확하지요. 우리 영역의 비밀을 미국이 다 안다고 생각하면 정말 소름 끼친다니까요. 러시아는 미국의 정보망을 빠져나가는 방법이 있지요?"

"러시아의 기술력은 신계 최고요. 최고의 과학자들이 많잖아요."

"이란에도 과학자는 많습니다."

"예! 알고 있소. 러시아는 오래전부터 전쟁을 많이 겪다 보니 영역 수호에 큰 투자를 했어요. 그 결과 막강한 화력의 무기들을 많이 보유하게 되었고 관련 사업들도 같이 발전하게 되었지요."

이란 나라신이 고개를 갸웃거렸다.

"이상하군요. 그렇다면 우크라이나 전쟁에서 그렇게 고전하지 않을 텐데요. 지금 상황이 왜 그럴까요?"

러시아 나라신의 미간에 살짝 주름이 잡혔다.

"우크라이나는 원래 러시아 영역이었어요. 겁만 주고 조용히 합병

하려고 했습니다. 그런데 예상외로 거칠게 대항해서 우리도 당황했고, 그러는 사이 주변국들과 미국이 무기를 대 주며 우크라이나에 싸우라고 한 거예요. 우리 군대가 눈앞에서 소멸하는 걸 보니 처음에는 형제 같던 우크라이나 군대가 진짜 적이 된 거지요. 우크라이나 신도 많이 죽었지만, 우리 러시아 신도 그래서 많이 죽었습니다. 매우 슬픈 일이지요. 무기의 성능 문제가 아니라 군신들의 마음이 처음엔 싸우지 않으려고 했던 게 문제였던 거요."

"그랬군요. 정말 안됐습니다. 러시아 무기가 우크라이나 전쟁으로 많이 소진되고 별로 없다는 얘기가 들리던데, 맞나요?"

"그것도 사실이요. 한창 만들고 있는데 부품이 모자라는 게 많습니다. 미국이 동맹국들과 함께 제재하는 바람에 부품 조달이 안 되고 있거든요. 그래서 이란이 우리에게 힘 좀 되어 달란 얘깁니다."

"그런 부품을 갖고 있지도 않지만, 만약 우리가 러시아에 부품을 대 줬다는 정보를 미국이 알면요? 그러잖아도 미국에 미운털 박혀서 우리 신들이 힘들어합니다. 이런 상황에 러시아 나라신을 만나야 하는지도 망설였습니다. 분명히 미국에서 지금의 만남도 감지했을 겁니다."

"정보가 들어갔겠지요. 지금까지 그런 눈치 보다가 아무것도 못 했잖소. 이제 그러지 맙시다. 당당하게 맞서서 우리끼리 힘을 합쳐 미국에 대항하고 우리 신들끼리 서로 잘 살기 위해 돕고 협력하기를 바랍니다. 그게 내가 나라신을 보자고 한 목적이요."

"하, 그래요. 미국이 어떻게 나오든 신경 쓰지 말라고요? 그게 됩니까? 이 신계에서 미국 눈치 안 보는 영역 있으면 나와 보라고 하세요."

"그럼, 언제까지 그렇게 눈치만 보고 있을 거요?"

이란 나라신이 잠시 생각하다가 다시 정색하고 물었다.

"구체적으로 뭘 돕고 뭘 협력하자는 거요?"

"이란이 옛 페르시아의 영광을 되찾고자 한다면 지금처럼 미국의 눈치만 봐서는 안 되지요. 뭔가 해야 합니다. 그걸 우리 러시아와 합시다. 러시아는 기술도 있고 자원도 있고 힘도 있어요. 우리가 가진 것 중에 이란이 필요한 것을 말하시오. 이란이 필요한 것을 우리에게서 가져가고 우리가 필요한 것을 이란이 주면 되잖소."

"그건 굳이 나라신끼리 나서서 하지 않아도 일반 신들이 하고 있지 않소?"

"아니요. 그건 미국의 눈치를 보기 때문에 그렇게 하는 것이잖소. 영역끼리, 나라신끼리 이렇게 만나서 좀 더 광범위하게 확대해서 확실하게 형제처럼 주고받는다면 얘기가 좀 달라지지 않겠소?"

"형제처럼?"

"그렇소."

"미국이 가만있을까요?"

"어차피 러시아도, 이란도 미국과 가까워질 수 없는 사이요. 그러니 우리끼리라도 터놓고 잘 지내보자는 거지요."

"러시아와 지금까지 좋은 관계였어도 여전히 양 영역이 힘든 건 마찬가집니다. 크게 변한 것도 없고요."

"지금부터 경제부터 방위산업까지 확실하게 다시 시작합시다. 러시아와 손잡으면 미국 눈치 안 봐도 돼요."

"대신 러시아 눈치를 봐야 할 처지가 될지 누가 알겠소?"

"눈치 보자고 관계를 확대하자는 게 아닙니다. 동등한 입장에서 거래하자는 거지요."

이란 나라신이 한숨을 쉬었다.

"우리도 작은 영역이 아닌데 어쩌다 이렇게 되었는지 모르겠소. 러시아도 옛날의 러시아가 아니듯이 이란도 옛날의 융성했던 페르시아가 아니요."

러시아 나라신이 말을 막았다.

"여보시오. 나라신! 러시아는 여전히 러시아요. 이란도 이름만 바꿨을 뿐 여전히 페르시아요. 자신감을 가지시오. 페르시아의 영광을 재현하고 싶다면 그런 말씀은 입 밖에 내지도 마시오. 마음 독하게 먹고 신계를 다 잡아먹을 기세로 미국과 맞서세요. 페르시아의 기개를 다시 한 번 펼쳐 보이세요."

이란 나라신이 멍하니 러시아 나라신을 쳐다보았다.

"이란은 큰 영역이요. 미국에 주눅 들 거 없소. 미국 눈치 볼 필요도 없고요. 나라신이 먼저 당당해야 일반 신들도 당당할 거요."

이란 나라신의 눈에 눈물이 맺혔다.

"고맙소, 나라신! 러시아 나라신에게 이렇게 용기와 위로의 말을 들을 줄 몰랐소. 잊고 있던 조상신들의 울림이 되살아나는 것 같습니다."

"페르시아는 대단한 왕국이었으니까요."

"예! 맞습니다. 그런데 어느 때부턴가 옛 영화를 회상하는 걸 보니 영역의 힘이 많이 쇠퇴한 걸 느낍니다. 나라신 말씀대로 미국의 눈치나 보고 있으니까요."

"그럴 필요 없어요. 이란도 아주 큰 영역인 거 아시잖소."

"아까 말씀 이해하겠어요. 미국을 싫어하는 영역끼리 뭉치자는 말씀요. 동감입니다. 하지만 미국의 눈치를 안 보고 막무가내로 행동했다간 엄청난 후환이 따르지 않을까요? 지금까지의 전례가……."

"그렇게 생각하면 아무것도 못 하죠. 계속 미국의 눈치 보면서 살든가요."

러시아 나라신의 주장은 단호했다. 미국의 간섭이나 협박으로부터 자유로워지라는 것이다. 사이가 안 좋아 제재를 받으면서도 줄곧 미국의 눈치를 보면서 제한적인 입장을 취해 왔던 이란으로서는 매우 유혹적인 말이었다.

"정말 미국이 싫습니다. 우리 입장이라는 게 있는데 전혀 고려해주지 않더군요. 미국 입장에서 평가하니까 우리가 나쁜 영역이 된 겁니다. 미르왕의 영광에 해가 되는 행동을 하면서까지 미국에 굽신거리고 싶지 않습니다."

"이란이 뭐가 부족해서 굽신거려요? 말도 안 됩니다."

"나라신의 말을 듣고 보니 정말 그럴 필요가 없다는 생각이 듭니다. 언제부터 대페르시아 이란이 다른 영역 눈치를 봤나 생각하니기가 막히는군요. 러시아 나라신의 말대로 힘을 합쳐 잘 사는 방향으로 갑시다."

"우리는 중국과도 돈독한 관계를 유지하고 있어요. 이란도 중국과 우호 관계잖습니까."

"중국이요?"

"중국은 대국입니다. 천왕의 미국과 대적할 만한 엄청난 경제력과 군사력을 보유하고 있지요. 기술은 좀 떨어지지만, 중국과 우호 관계인 건 여러모로 유리합니다. 그건 이란도 겪어 봤으니 알 겁니다."

"중국과 거래를 많이 하는 건 사실이지만 실속은 중국이 다 챙겨 갑니다."

"아! 그래요. 그래도 중국과 우호 관계면 다방 면에서 협력할 수 있어서 돌아오는 혜택이 많을 거요."

이란 나라신이 고개를 흔들며 말했다.

"지금까지로 봐서는 혜택이랄 것도 없어요. 오히려 우리가 적자입니다. 중국 얘기는 접어 두고 러시아와의 협력 얘기나 합시다."

이란 나라신이 러시아 나라신의 말을 끊고 화제를 돌렸다.

"러시아는 우크라이나와 전쟁할 때 타격을 입은 것처럼 보였는데, 혹시 그것 때문에 보자고 한 겁니까?"

러시아 나라신은 속내를 숨기지 않았다.

"맞아요. 타격이 컸습니다. 그로 인해 여기저기 부족한 부분이 많아서 메워야 하는데 미국이 우리를 제재한다고 그동안의 거래처를 모두 막아 놨습니다. 뭐 하나 구하는 게 쉽지가 않더군요. 대부분 중국으로부터 구하고 있는데 그것도 부족해서요. 이란과 협력하면 좋은 파트너가 될 거라고 생각했습니다."

"구체적으로 뭐가 필요한 거죠?"

"이란에 있는 것만 지원해 주시면 돼요. 없는 걸 달라는 게 아닙니다. 정당한 값을 지불하면서 가져오겠다는 거요."

"이해했습니다. 우리도 돈은 있는데 팔겠다는 곳이 없어서 못 사는 경우가 있거든요. 기술 선진영역들이 다 미국의 조종을 받고 있어서 말이죠."

"맞아요. 미국의 조종을 받는 영역들이죠. 러시아와 꽤 좋은 관계였던 영역도 있었는데 미국과 동맹이다 보니 선을 딱 긋더라고요."

이란 나라신이 또 한숨을 쉬었다.

"휴~우! 할 수 없지요. 힘없는 영역이 할 수 있는 선택은 한계가 있으니까요."

"그럼, 관계를 확대하는 겁니다. 경제, 안보까지 모든 면에서요."

"그럽시다. 대신 한 가지 조건이 있습니다."

"뭐죠?"

"만약 우리 이란이 유럽이나 미국의 공격을 받게 되면 우리에게 빛응축 폭탄을 좀 넘기세요. 지금도 있긴 하지만 좀 더 있으면 저들이 쉽게 공격하지 못할 테니까요. 들어주시겠습니까?"

"그러지요. 남아도는 게 빛응축 폭탄이라서 돈만 준다면야 몇 개라도 넘기지요."

"좋소. 그럽시다."

러시아 나라신의 입가에 미소가 번졌다.

이란은 미르왕 영역 중에서도 자신들과 같은 파벌의 영역들을 끌어들였다. 이들 또한 세력이 만만치 않게 큰 데다 군신들이 호전적이어서 러시아로선 꽤 고무적이었다. 이 세력을 끌어들이는 대가로 이란도 식량을 제공받았다.

중국은 일만의 군대와 재래식 무기를 보내왔다. 러시아는 이에 상응하는 만큼의 식량을 보내 주었다. 러시아 나라신은 든든한 마음으로 군대의 장교들을 불러 전쟁에 활력을 불어넣어 줄 지원군의 합류를 소개하며 기세를 올렸다. 전쟁의 목표를 우크라이나를 넘어 옛 소련의

영역을 모두 회복하는 것으로 고쳐 잡고 다시 총공격할 기회를 엿보게
되었다.

나라신 수업

비밀 공간에 있던 무영에게 작은 노크 소리와 함께 느닷없이 나라신이 들어왔다.

"어! 깜짝이야. 나라신! 웬일이세요?"

혹시나 낮에 돌아다닌 것이 들켰나 싶어서 무영은 가슴이 철렁했다.

"어제저녁에 김 부장의 두 비서가 사신과 함께 '정화의 숲'으로 갔어요. 홀로그램을 받아서 김 부장에게 전달해 줄 신이 없어서 직접 온 겁니다. 이 공간을 다른 신들에게 말할 순 없잖아요."

"아! 두 분이 한꺼번에요?"

"사이좋게요."

"전달하실 말씀이 어떤 건가요?"

"회의가 있는데 김 부장도 참석하는 게 좋겠어요. 다른 공간으로 이동합시다. 외무부와 국방부 대장신이 기다리고 있을 거요."

나라신은 무영과 함께 공간 이동을 했다.

같은 비밀 공간이지만 이동해 온 곳은 좀 더 넓었다. 이미 국방 대장신 이성순과 외무 대장신, 윤검군, 서금화가 와 있었다.

"안녕하세요?"

"아유, 안녕하세요? 착시인지 모르지만 전보다 빛이 더 나는 것 같아요."

오랜만에 보는 윤검군과 서금화가 활짝 웃으며 반갑게 맞았다. 이성순이 무영을 위아래로 훑어보았다.

"정말 더 빛이 강해진 것 같습니다. 좀 떨어져 앉으시오. 눈이 부시는군요."

서금화가 질문했다.

"혹시 수련하고 계십니까? 제 생각에도 전보다 빛이 더 나는 것 같아요."

무영이 대답을 안 하자 나라신이 무영을 보며 말했다.

"방법을 찾았나 보군요, 김 부장! 그렇죠?"

무영이 대답 대신 고개를 끄덕였다.

"역시 찾아낼 줄 알았어요. 다른 신이라면 몰라도 김 부장이라면 해낼 줄 알았어요."

이승과 달리 저승에서는 몸집이 없어서 수도를 할 수 없었고, 그럼에도 나라신은 무영에게 수도하는 방법을 찾아보라고 했었다. 나라신이 매우 흐뭇한 표정으로 무영을 쳐다봤다.

"김 부장을 보는 것만으로도 걱정이 다 잊히는군요. 하하하."

나라신의 웃음에 모두 수긍하는 듯이 미소 지었다.

서금화가 질문했다.

"김 부장, 나라신이 말씀하시는 방법이 뭔지 말씀해 주실 수 있어요?"

"죄송하지만 말씀 안 드리는 게 나을 거예요."

나라신이 질문했다.

"김 부장만 할 수 있는 방법이겠죠?"

"네."

"그럼 묻지 맙시다. 우리가 들어도 따라 할 수 없다면 안 듣는 게 맞는 것 같소. 김 부장의 능력 안에서 할 수 있는 모양이요."

서금화가 못내 아쉬운 표정을 지었다.

"아쉽군요."

"김 부장에게 다른 비서관을 붙일 거예요. 하지만 근무지는 김 부장과 떨어진 곳이라 마주치는 일은 없을 겁니다. 그냥 필요한 것만 홀로그램으로 주고받으면 돼요."

"알겠습니다."

비서들과 나가서 다시 소란 피울 만한 일을 원천 차단하는 조치였다.

"언제 사신이 올지 모르니 다들 정신을 차리십시오."

무영이 질문했다.

"비밀 공간에도 사신이 오나요?"

"비밀 공간에는 사신이 못 와요. 이번에 김 부장 비서들은 퇴근하고 강남에서 얼쩡거리다가 잡혀간 거예요."

"그렇군요. 그럼, 제가 아니더라도 보호해야 할 신은 비밀 공간에 있으면 사신에게 잡혀가지 않고 신계에 계속 있을 수 있겠네요?"

"그렇죠. 그렇지만 보호를 목적으로 비밀 공간에 있는 신은 지금까지 없었어요. 신계는 이승으로 가기 위한 환승역 같은 곳이니까요. 환승역에 오래 머무는 걸 좋아하는 신은 없지요."

"하긴 플랫폼에 혼자 하는 일 없이 오래 있는다는 건 말이 안 되네요."

"자! 자! 이제 여기 모인 목적이 당면한 회의를 하기 위한 거니까 집중합시다."

외무 대장신이 먼저 말문을 열었다.

"이번에 중국이 작은 섬을 수복했습니다. 그에 대한 향후 우리의 대응 방향을 잡고자 이 자리를 마련한 겁니다. 의견 많이 내주셔서 좋은 결과가 나왔으면 좋겠습니다."

나라신이 말했다.

"중국이 무력을 사용했고, 일본도 미국을 돕겠다는 명목으로 참전했어요. 이 회의에 김무영 부장신을 참석시킨 이유는 이 사안이 매우 중요하기 때문이요. 그동안 홀로그램을 안 들여보냈기 때문에 웬만한 일들은 김 부장이 모를 겁니다. 이 건도 홀로그램이 안 들어갔으니까 모를 수도 있어요. 혹시 김 부장, 알고 있나요?"

"네."

"홀로그램이 안 들어갔는데도 알고 있다고요?"

국방 대장신이 깜짝 놀라서 되물었다.

"네."

나라신이 가만히 있더니 고개를 끄덕였다.

"역시 홀로그램을 안 들어가게 한 게 맞는 거였어요. 어차피 보고 싶은 건 어떤 식으로든 다 보고 있지요?"

"네."

윤검군과 서금화가 중얼거렸다.

"도대체 능력이 어디까지야?"

"역시 왕신들 능력을 훨씬 넘어서고 있는 거예요."

이성순이 무영에게 질문했다.

"밖에서 일어나는 일을 안 보고 안 들어도 안다는 건가요? 다 들리고 다 보여요? 김 부장?"

"예!"

"그게…… 말이 돼요?"

모두 놀라고 나라신이 감탄사를 내뱉었다.

"정말 대단해요! 우리 영역에 김 부장 같은 신이 있다는 게 얼마나 자랑스러운지 모르겠어요. 비밀 공간에만 있어서 답답할 텐데 잘 견뎌 주어서 정말 고마워요. 김 부장, 앞으로 중요한 회의가 있을 때는 이곳에서 같이 참석하며 분위기를 익히세요."

이성순이 질문했다.

"나라신! '정화의 숲'에 대비하시는 겁니까?"

"나도, 국방 대장신도 언제 사신이 올지 모르니까 준비를 해야죠."

"저승에 온 지 좀 됐지요."

"사신은 느닷없이 나타나니 미리 준비해야지요. 허둥대다가 엄한 신에게 신표가 가면 낭패잖소. 과거에 그런 일이 종종 있었으니 말이오. 난 당장이라도 김 부장에게 나라신 자리를 내어 주고 싶은데 '정화의 숲'에서 안 받아 줄까 봐 순리대로 기다리고 있는 겁니다. 그동안 김 부장은 나라신의 할 일을 파악하고 능력을 끌어올리는 데 최선을 다하시오. 불렀을 때 즉각 오셔야 하고요."

윤검군이 질문했다.

"신표가 받아 줘야 나라신이 되는 거죠?"

나라신이 밝은 표정으로 웃었다.

"김무영 신을 나라신이 될 재목이 생각하고 있어요. 아마 내 생각 으로는 신표가 나보다 더 기뻐할 거요."

"신표가 더 기뻐하다니요?"

"나라신이 바뀔 때 그 자리에 있다면 알게 될 겁니다. 지금 내가 하 는 말이 무슨 말인지 말이요. 김 부장의 빛에 신표가 반응하는 거 보이 시오?"

나라신이 자신의 허리에 있는 신표를 잘 보여 주려고 일부러 배를 내밀었다. 세 개의 원이 이어져 있는 신표가 무영의 빛에 반사되어 찬 란하게 빛나고 있었다.

"빛에 반사되니까 문양도 선명하게 보이고 약간 움직이는 것 같아 요. 나라신!"

서금화가 눈을 동그랗게 뜨고 신표를 보았다.

"태극 문양과 삼족오가 있어요. 문양들이 움직이는 것 같은데 착각 인가요?"

윤검군도 문양을 알아보고 질문했다.

"평상시엔 안 그러는데 오늘은 빛에 반응해서 조금씩 움직이는군 요. 전에도 김 부장과 있을 때 조금씩 반응했어요. 그러니 김 부장에게 당부하는 겁니다. 이 영역의 미래를요."

외무 대장신이 박수를 쳤다.

"와! 신기합니다. 신표가 신물이긴 하지만 움직이다니요."

"여기에 삼신이 봉해져 있습니다. 영역의 수호신이지요. 김 부장은 이 삼신을 나중에 보게 될 거요."

나라신의 말에 무영이 신표를 뚫어지게 쳐다보았다. 지금과 많이 다른 삼족오, 태극 문양, 조선 왕가의 문양이 둥근 원 안에 있었다.

"자, 일합시다. 여기 모인 것은 앞으로의 중대사를 의논하기 위함이요. 먼저 홀로그램 하나 봅시다."

나라신이 홀로그램을 띄웠다. 중국이 작은 섬을 공격하는 내용으로 미국과 일본이 연합해 중국과 싸우는 장면이었다.

어스름한 새벽녘에 빛의 바다를 까맣게 덮을 정도로 많은 군대를 동원한 대대적인 급습이었다. 먼저 하늘에서 비행기 폭격을 시작으로 작은 섬을 포위하며 중국이 작은 섬 내부로 벌떼같이 상륙했다. 작은 섬의 통치자는 즉각 미국에게 도움을 요청했고 미국도 일본에 있던 미군을 바로 출동시켰다. 여기에 일본도 참전하였고, 공중에서 빛의 바다에서 중국군에 맞서 싸웠다. 미국과 일본은 작은 섬 외곽에서 중국 공군기와 군함들만 공격했다. 작은 섬 내부의 공장을 보호하기 위함이었는데 전세가 녹록지 않자, 공장을 자신들이 폭격하여 박살 내 버렸다. 중국으로 공장이 넘어가는 걸 원치 않았기 때문이다. 그리고 미국과 일본 연합군은 사라졌다.

홀로그램이 끝나자 나라신이 말했다.

"중국이 러시아에 자극받은 것 같습니다. 위쪽에 있는 거대한 영역들이 난리를 치고 있으니 불안하군요. 여러 차례 예행연습처럼 군사 훈련을 하더니 기어이 일을 저질렀어요. 작은 섬에 있던 공장도 날아가서 미국도 중국도 난감할 겁니다."

"그 공장에서 생산하는 건 우리 영역에서도 생산하고 있으니까 오히려 잘된 것 아닌가요?"

외무 대장신의 말에 나라신이 대답했다.

"좋은 일일 수도 있고 부작용이 날 수도 있겠지요. 우리 영역의 생산품이 신계에서 독점적인 위치를 차지하게 되는 건 좋은 일이죠. 다른 영역에서 생산하는 곳이 없으니까요."

외무 대장신이 맞장구를 쳤다.

"그렇죠. 우리 영역에는 호재인데요."

"마냥 그렇지만도 않습니다. 우리 영역에도 있지만 미국이 일부 공장을 미국에 짓도록 했잖아요. 다른 공장은 우리에게 다시 돌아오도록 허락하고 있지만 그 공장만큼은 미국을 못 떠나게 막고 있어요. 미국도 자연재해가 계속되고 있어서 우리 공장들의 손해가 커지고 있죠. 그래서 많은 공장들이 우리 영역으로 다시 돌아오고 있는데 이 공장은 돌아오지 못하도록 막고 있단 말입니다. 공장 관계자는 미국과 협상을 해 달라고 하는데, 이 문제만큼은 천왕이 말을 자꾸 바꿔서 협상 자체가 안 되고 있어요."

"천왕이 골통이군요."

이성순이 퉁명스럽게 천왕을 비판하자 서금화도 가세했다.

"가진 자의 횡포에요."

나라신이 웃었다.

"가진 자의 횡포라면 우리 공장이니까 우리가 횡포를 부려야 하는데 천왕이 부리고 있어요. 어떻게 해야 할까요?"

외무 대장신이 먼저 입을 열었다.

"참 고약한 일입니다. 자기네 공장도 아닌데 왜 이래라저래라하면서 공장 관리신들을 피곤하게 한답니까? 재해로 공장이 멈춰도 도와줄 생각도 안 하면서요. 제 생각은 외교적인 노력을 기울여서라도 그 공장을 우리 영역 안으로 불러들여야 한다고 생각합니다. 공장이 멈추면 손해가 이만저만이 아니라더군요. 공장 관계자들도 우리 영역으로 돌아오기를 원하고 있고요."

"외교적인 노력이라…… 당연히 그랬는데 안 먹혔잖아요. 또 다른 의견은요?"

서금화가 조심스럽게 말했다.

"저…… 천왕의 성격이 괴팍하진 않잖아요? 나라신께서 천왕과 단독으로 회담하셔서 그 공장을 우리 영역으로 옮기는 게 타당하다는 의견을 다시 한 번 제시해 보는 건 어떻겠어요?"

"외무 대장신의 의견과 같군요. 음.…… 내가 생각하는 천왕의 성격은, 미국의 나라신인지라 자국 신들을 생각하는 마음은 끔찍하죠. 다른 영역에서 자국 신을 건드렸다면 천왕은 물불 안 가리고 복수하는 그런 성격이요. 거기다 자국의 이익이라면 다른 영역, 동맹이라도 웬만해선 양보하지 않지요. 이 문제도 그런 차원에서 협상이 난항을 겪는 거고요."

이성순이 혀를 찼다.

"그것참, 상대 영역으로선 불공평해도 자국 신에게는 잘하니 뭐라고 탓할 수만은 없겠어요. 그 상대가 우리 영역이라는 건 유감이지만요."

"그러게요. 우리 영역은 동맹국인데도 이렇게 강경한데, 눈 밖에 난 영역에게 제재를 가할 땐 더럽게 호되게 하더구먼요. 성격이 지네

142

식구에게만 좋은 거지, 남의 식구는 다 호구로 보는 거 아닙니까?”

윤검군이 입을 씰룩거리며 덧붙였다.

“그래서 천왕과 대화할 땐 긴장하고 정신 똑바로 차려야 합니다. 자칫하다간 당하기 십상이거든요.”

나라신의 말에 서금화가 한숨을 쉬었다.

“하여튼 힘 있는 자들의 갑질은 성토를 해도 해도 풀리지가 않아요. 어쨌든 천왕과 협상은 해야 하니까 계속 부딪쳐야 하는 거잖아요? 아래 관리신들과 협상해도 결국 천왕이 승인해야 하는 거니까요.”

“그렇죠. 여러분들이 생각하는 천왕의 그 더러운 성격을 내가 이겨내고 우리의 바람대로 하려면 뭔가 한 방이 있어야 해요. 그 무기를 여러분이 도출해 주세요.”

외무 대장신이 나섰다.

“붙잡아 놓는 근거가 아직 계약 기간이 남아 있다는 겁니다. 미국에 공급해야 할 물량도 있고 그게 충분히 되면 나머지는 다른 영역으로 수출도 가능한데요. 이 계약 기간이라는 게 족쇄입니다. 그러면 미국에서 생산이 원활하도록 재해를 당했을 때 수리·복구라도 바로 되어야 하는데 그렇지가 않아요. 공장이 못 돌아가는 만큼 손해가 나니까 그 피해액을 미국에 청구하는 건 어떻습니까? 그 금액을 물어내기 싫어서라도 한국으로 공장을 옮기라고 할 수 있지 않을까요?”

“그것도 저것도 다 거절당했어요. 재해는 미국의 잘못이 아니니 너희가 고쳐라, 공장은 알아서 돌리고 물건은 제때 납품하라는 겁니다. 생떼지요.”

외무 대장신이 인상을 찌푸렸다.

"젠장, 아직 계약 기간이 많이 남았는데…… 어쩌지?"

윤검군이 말했다.

"우리 영역 내에도 큰 공장이 있으니 미국 내 공장이 재해로 가동이 안 되면 차라리 그냥 놔두고, 우리 영역 내 공장만 가동해서 납품하는 건 어떨까요?"

"시설을 썩히라는 거요? 그리고 미국이 그 꼴은 안 봐줄 거요."

윤검군의 얼굴이 일그러졌다.

"그 꼴을 안 봐주다니요? 그러면 자기네가 재해로 공장이 멈추면 손해 배상을 해 주든가 해야지요. 잽싸게 수리를 해 주든가요. 그도 저도 아니면서 재해로 손해가 나든 말든 지네 잇속만 차리겠다는 거 아닙니까?"

서금화도 미간을 찌푸리며 고개를 절레절레 저었다.

"이거 어디서 많이 보던 생떼인데요. 어째 하는 짓이 위쪽 애들이랑 비슷하지요?"

나라신이 웃었다.

"나도 그렇게 생각하고 있어요. 위쪽이랑 많이 닮았지요."

다들 한마디씩 구시렁거리기 시작했다.

"이익 앞에선 동맹이든 아니든 상관없군요."

"정말 치사한 거 아니에요? 미국이, 이럴 수가 있어요?"

"막무가내식이면 어떤 말을 해도 공장 옮기는 걸 허락하지 않을 거예요. 자기네가 필요해서 유치한 공장이고 일부러 계약 기간도 길게 해 놨으니까요."

나라신이 손을 흔들었다.

"그렇게 힘든 상황이니까 여러분의 지혜가 필요한 겁니다. 공장을 무리 없이 한국 내로 옮길 방법을 생각해 주세요."

지금까지 가만히 듣고만 있던 무영이 슬며시 끼어들었다.

"나라신, 역삼동 폭격 건으로 천왕을 옭아매시지요. 효과적일 거예요."

"하지만 그것도 지금까지 많이 써먹었어요."

"그때 우리가 제시한 요구를 들어줬나요? 아직 우리 영역이 통일이 안 됐으니 한 번 더 써먹어도 돼요. 동맹국 수도 한복판에 미사일을 쏜 당사국이잖아요."

나라신이 웃었다.

"만약 적당한 방법이 나오지 않는다면 최후의 수단으로 한 번 더 써먹을 생각이었어요. 문제는 천왕이 이 문제에 대해서 강경한 데다 대화 자체를 거부하고 있다는 거지요. 퍽 난감합니다."

"동맹국 수도 한복판에 미사일을 쏘는 강심장인데…… 정말 치사하네요."

무영의 말에 나라신이 고개를 저었다.

"만약 내가 미국 나라신이라면 나라도 그렇게 했을지도 몰라요. 하지만 난 한국 나라신이니까 한국 신들을 위해 천왕과 맞서야 한다는 게 버겁군요. 김 부장이라면 천왕을 어떻게 하려나?"

무영에게 모두의 시선이 집중되었다.

"……."

윤검군이 대신 대답했다.

"김 부장은 멋지게 천왕을 상대할 겁니다. 이미 능력도 천왕을 넘어섰으니까요. 김 부장의 영향으로 한국이 더 번영하면 천왕뿐만 아니라 어느 영역이라도 김 부장에게 대들지 못하도록 막강해지겠죠. 그때 천왕이 있을지 모르겠지만요."

"그렇죠. 김 부장이 천왕이 될 수도 있고 '전설의 신'이 된다면 까짓거 미국이 문제겠어요."

서금화가 윤검군의 말에 힘을 실어줬다.

나라신이 또 웃었다.

"내가 요즘 김 부장만 생각하면 기분이 좋아져서 언제나 웃음이 나요. 왕신이 되든 전설의 신이 되든 우리 영역에 유례가 없던 대단한 영광이니까요."

"저어…… 그런 말씀은 제 앞에서 삼가 주셨으면 좋겠습니다. 듣기 민망하거든요."

무영의 말에 나라신이 고개를 끄덕였다.

"안 하려고 했는데 또 했어요. 들으셨죠? 김 부장이 민망한 소리는 듣기 싫답니다. 모두 이 소리는 자제해 주세요."

이성순이 미소를 지으며 대답했다.

"예! 나라신. 저 또한 나라신과 같은 마음이라 김 부장만 보면 흐뭇해서 웃음이 절로 납니다만 이후 그런 발언은 삼가겠습니다."

"그래 주시오. 그나저나 미국을 어떻게 해야 찍소리 못하게 하고 우리 영역으로 공장을 돌려보내게 할 수 있을까요?"

나라신의 말에 외무 대장신이 의견을 냈다.

"일단 저희 관리신들끼리 만나서 협의해 보고 합의점을 도출해 보는 건 어떨까요? 혹시 그들이 바라는 게 있고 우리가 수용할 수 있는 거라면 협상해 볼 여지가 있을지도 모르고, 또 다른 방법이 나올 수도 있으니까요. 그런 다음 어느 정도 성과가 있으면 나라신과 천왕이 만나서 매듭짓는 수순을 밟는 거죠."

"다른 사안은 그런 수순으로 해결했었죠. 이것도 그런 단계를 밟다가 계속 미국 측의 어깃장으로 지금까지 온 거 아닙니까? 그래서 쉽지 않다는 거지요."

나라신의 말이 끝나자 서금화가 나섰다.

"미국도 상황이 썩 좋지만은 않으니까 다시 한 번 접촉해 보는 것도 괜찮을 것 같습니다. 상황은 언제나 바뀌니까요."

"서 부장은 어떤 무기라도 생각해 놨소?"

윤검군이 되물었다.

"없어요."

"뭐라고요?"

외무 대장신이 서금화에게 질문했다.

"서 부장은 무슨 근거로 대책 없이 다시 부딪혀 보자는 거요?"

서금화가 씨-익 웃었다.

"대화할 때 이기려면 기 싸움에서 이기는 게 중요해요. 같은 말이라도 기를 넣어 세게 얘기하는 것과 맥없이 따지기만 하는 건 확실하게 차이가 나거든요."

"음, 역시 강사 출신답소."

윤검군이 눈을 반짝이며 추켜세우자 서금화가 다시 말을 이었다.

"말에 기가 실리면 상대방을 압도하면서 휘어잡을 수 있어요. 내가 전달하고자 하는 뜻도 명확하게 전달되고요. 우리가 막무가내로 안 되는 말을 하는 것도 아니잖아요. 우리의 뜻을 강력하게 전달하고 우리의 권리를 찾아야지요."

외무 대장신이 박수를 쳤다.

"서 부장이 부딪혀 보시오. 서 부장의 기개라면 믿을 만합니다."

"그러시오. 서 부장이라면 빈손으로 돌아올 것 같지 않소. 말씀대로 상황은 계속 변하니까 어떤 변수가 생길 수도 있지요. 부딪혀 보세요."

나라신도 서금화의 뜻을 받아들였다.

"서 부장님과 윤 부장님 두 분이서 같이 부딪혀 보세요. 잘 되었으면 좋겠습니다."

나라신이 거듭 격려하자 외무 대장신도 다시 한 번 다짐을 받았다.

"두 분이 수도를 하신 분이고 지금까지 일하신 역량으로 봐선 충분히 해내실 겁니다. 화이팅!"

나라신이 다시 말했다.

"그 문제는 두 분이 부딪혀 보고 결과를 본 후에 다시 의논하기로 합시다. 이제 중국이 향후 한국에 어떻게 나올 것 같습니까? 막 남쪽 섬을 수복해서 중국은 잔치 분위기에요."

이성순이 목청을 가다듬고 의견을 냈다.

"흠, 흠, 제 생각으로는 중국보다는 일본을 더 경계해야 할 것 같습니다. 나라신! 이번에 미국과 연합해서 중국과 붙었는데 미숙한 작전으로 손실을 봤거든요. 군사력을 끌어올리기 위해 앞으로 더 노력할 겁니다. 그리고 어느 정도 궤도에 오르면 또 과거와 같이 힘자랑을 하려고 하겠지요. 중국은 이번에 작은 섬을 수복했음에도 불구하고 자연재해로 내부 사정을 다스리기에도 벅찰 겁니다. 저는 중국보다 일본의 군사 대국화를 견제해야 한다고 생각합니다."

나라신이 말없이 고개를 끄덕였다.

외무 대장신이 동조했다.

"저도 국방 대장신의 말씀에 전적으로 동감입니다. 일본의 군사 무장은 가장 가까운 한국은 물론이고 신계 전체가 긴장해야 하는 내용입니다. 일본은 일반 신들의 의견과 무관하게 무장하고 침략하는 것을 정치 도구로 사용했었으니까요."

윤검군도 목소리에 힘을 주었다.

"일본의 군사력 확장은 두 눈 부릅뜨고 감시해야 합니다. 그리고 어떤 상황에서도 즉시 대응할 수 있도록 우리 영역도 막강한 군사력을 갖춰야 합니다. 또다시 과거처럼 오판하지 않도록 물리적으로 참교육할 수 있는 수준까지 한국의 군사력에 힘을 모아야 합니다."

"확실히 일본의 재무장은 우리에게 위협이 됩니다. 가장 가까이에 있고 그들의 호전적인 성향으로 과거에 무수히 침입을 당했으니까요. 아직 통일도 안 된 상태에서 일본의 재무장은 우리 영역에 매우 부정적인 요소가 될 거고, 경계해야 합니다."

서금화가 비슷한 의사를 밝혔다. 나라신이 굳은 표정으로 말했다.

"옳은 지적이요. 일본의 신군국주의를 경계해야지요. 다행인 것은 우리 영역도 군사력에 있어서 어느 정도 궤도에 올라 있어서 저들이 오판만 하지 않는다면 우려하는 일은 발생하지 않을 겁니다. 하지만 말씀대로 워낙 호전적이라 그게 문제군요. 만약을 대비해서 만반의 준비를 하고 긴장해야지요. 일본의 동향을 예의 주시하고 그들의 움직임을 끊임없이 살펴야 합니다. 국방 대장신!"

"예! 알겠습니다, 나라신!"

이성순이 씩씩하게 대답했다.

"그리고 외무부도 이러한 관점을 밑바닥에 깔고 일해 주시기 바랍니다."

"예! 알겠습니다."

외무 대장신이 대답했다.

"정말 중국은 신경 안 써도 될까요? 자연왕의 다음 행보가 어떻게 될까요?"

나라신이 다시 중국 이야기를 꺼냈다. 이성순이 대답했다.

"남쪽의 작은 섬은 본토 수복이라는 명분이 확실하지만 다른 영역에는 눈을 돌리지 못할 겁니다. 가뭄과 홍수 같은 자연재해가 너무 심해서 당장 신들 먹여 살리기만도 급급하거든요. 식량부족이 갈수록 심화되고 있답니다."

외무 대장신도 의견을 말했다.

"중국은 워낙 다민족으로 구성된 영역이라 분열의 조짐도 보이고 있습니다. 내부 사정이 녹록지 않으니 외부로 눈 돌릴 여력이 없을 겁니다."

윤검군도 의견을 냈다.

"중국의 소수 신족 군신들이 러시아로 일만 명 정도 넘어간 정황이 포착되었습니다. 러시아에서도 중국으로 식량을 보냈고요. 아마 모종의 거래가 있었던 모양입니다."

나라신이 숨을 크게 들이마셨다.

"그럴까요? 자연왕이 워낙 내세우는 걸 좋아해서요. 거기다 신의 수가 워낙 많으니 신명을 경시하는 풍조도 있고요. 혹시라도 내부의 불만을 외부로 표출시키고 단속하기 위해 어떠한 움직임이 있을 수도 있습니다. 우리는 영역을 책임지는 관리요. 우리를 믿고 있는 신들을 위해 우리가 할 수 있는 어떠한 경우의 수도 생각해서 대비해야 합니다. 그럴 리가 없을 거라고 안이하게 생각했다가 나중에 일이 터지고 나서 후회하는 건 과거의 사례로 충분해요. 제 말이 무슨 뜻인지 아시겠습니까?"

"예!"

모두 힘차게 대답했다.

"특히 김 부장님, 내 말을 명심해 주세요."

"예!"

무영은 간단하게 대답했지만, 조금씩 생각이 많아지고 있었다.

'무슨 수업 받는 기분이네.'

"중국은 덩어리가 커요. 덩치가 큰 만큼 작은 영역의 우리로선 마음을 놓아선 안 됩니다. 그쪽이 잘 나가든, 내부가 쪼개지든, 우리는 항상 그쪽을 경계해야 해요. 일본 못지않게 호시탐탐 우리 영역을 노렸던 신족이니까요."

이성순이 대답했다.

"예! 명심하겠습니다. 나라신!"

서금화가 말했다.

"나라신의 말씀이 맞습니다. 그러잖아도 신계의 중심은 중국이라며 근거 없는 자신감으로 충만한 신족이에요. 우리 입장에서는 코웃음이 날 수밖에 없지만, 그런 맹점 때문에 오판의 소지가 충분히 있을 수 있습니다. 전적으로 나라신의 생각에 공감합니다."

이성순도 고개를 끄덕였다.

"그렇군요. 내부 사정이야 어떻든 기본적으로 다른 영역을 깔보는 성향이 있어요. 중국도 경계해야죠."

나라신이 손깍지를 끼더니 한 명씩 보면서 말했다.

"북한은 어떨까요? 북한이 지금 모든 면에서 굉장히 힘들어하고 있거든요. 식량부터 경제는 말할 것도 없고요."

이성순이 입을 열었다.

"제가 가장 걱정하는 곳도 북한입니다. 북한 신들이 워낙 궁핍하다 보니까 '정화의 숲'에 가서 줄 서 있다고 하더군요. '정화의 숲'에서 받아 주지 않아도 영역으로는 돌아가지 않는답니다. 그들은 어떤 일이 벌어져도 잃을 것이 없으니 가장 신경 쓰이는군요. 이판사판으로 덤빌 수 있거든요."

나라신이 고개를 끄덕였다. 서금화가 심각한 표정으로 나라신에게 질문했다.

"전에 천왕이 나서서 통일시켜 준다고 하지 않았습니까? 그 말은 물 건너갔나요?"

"아직 유효합니다."

"천왕이 우리의 통일을 위해서 뭘 하고 있지요?"

나라신이 고개를 갸웃거렸다.

"딱히 하는 게 없는 거 같아요. 다시 닦달해 봐야지요. 약속을 상기시켜 주기 위해서라도요."

"통일이 되면 우리도 영역의 덩치가 좀 생기니까 중국이든 일본이든 덜 예민할 것 같아요."

"어떻게 보면 지금 가장 신경을 써야 할 곳이 북한이에요. 국방 대장신 말씀대로 사정이 안 좋으면 극단적인 생각을 할 수 있거든요. 그래서 신경을 곤두세우고 있는데 하루빨리 통일을 해야 그나마 한시름 놓을 겁니다."

이성순이 말을 받았다.

"기왕이면 제가 국방 대장으로 있을 때 통일이 되었으면 좋겠습니다. 그럼, 이곳에서의 소임을 다하고 가는 건데요."

"그건 우리도 마찬가지입니다."

윤검군의 말에 나라신이 웃었다.

"아마 여기 계신 분들 다 같은 마음일 거요. 통일이 되면 그야말로 최고의 업적 아닙니까?"

외무 대장신이 한숨을 푹 쉬었다.

"그런데 북한 나라신이 꼴통이라 쉽게 될 것 같지 않아요. 웬만해야지요. 신들이 죽든 말든 신경도 안 쓰잖아요."

"구멍가게를 해도 손님에게 책임감을 느끼고 대하는데 영역을 책임지는 나라신이 신민들을 책임지지 않으면 물러나야 하는 거 아닌가요? 참, 대책 없는 북한 나라신입니다."

서금화가 탄식했다.

"책임감이요. 지금의 북한 나라신은 그 무게를 견딜 만한 신이 못 돼요. 나라신이 바뀐다면 몰라도요. 얼른 바뀌길 바라야죠."

나라신의 말에 서금화가 질문했다.

"북한 나라신이 된 지 꽤 됐지요?"

"저보다 먼저 나라신이 됐으니 조만간 사신이 가지 않을까요?"

"빨리 '정화의 숲'으로 가고 새로운 나라신으로 바뀌었으면 좋겠어요. 기왕이면 북한 신들을 불쌍히 여기는 마음을 가진 신으로요. 그래야 대화가 될 테니까요."

서금화의 말에 윤검군이 화답했다.

"그렇게만 된다면야 오죽 좋겠소. 정말 그러면 금방 통일이 될 거요."

외무 대장신이 미소 지으며 무영을 보았다.

"북한 영역이 그런 심성이 나오기 어려운 환경인데 그래도 기대해 봐야겠지요. 한국 신족을 위하여. 이 영역 미래의 찬란한 영광을 위하여."

이성순도 무영을 보며 손을 펼쳤다.

"통일이 되고 신계에 흩어져 있는 한국의 신족이 다 모이면 우리 영역도 작지 않아요. 이미 힘도 있고 경제, 문화까지 모든 게 갖춰졌으니, 앞으로 우리가 원하는 방향대로 이끌어 갈 수 있을 겁니다. 전 확신할 수 있어요. 한국의 앞날에 무궁한 발전이 있을 것을요."

나라신이 빙그레 미소 지었다.

"여러분들이 한국의 미래를 밝혀 주는 등불입니다. 정말 힘이 되고 자랑스럽습니다. 역시 통일은 어떻게든 되어야겠군요. 천왕을 만나서 독촉해 볼게요."

윤검군이 낄낄대며 웃었다.

"천왕에게 빚 독촉하시는 겁니까?"

"맞아요. 천왕이 한국에 갚아야 할 빚을 통일에 힘써 주는 걸로 갚겠다고 했잖아요. 그러니 빚 독촉이 맞아요."

무영이 슬쩍 미소 지었다.

"확실하게 받아 내십시오, 나라신!"

"아! 알았어요, 알았어. 하하하……."

이성순이 손을 저었다.

"아직 웃으실 때는 아닙니다. 통일이 된 후에 마음껏 웃으세요."

나라신이 웃음을 그치고 고개를 살짝 끄덕였다.

"맞아요. 미래에 통일이 된 후에 마음껏 웃자고요. 여기 계신 분들 다 같이 모여서 기분 좋게 웃을 수 있는 날이 어서 왔으면 좋겠소."

서금화가 고개를 갸웃거리며 말했다.

"통일이 되어도 경제나 문화가 엄청 차이 나서 문제가 많을 거예요. 북쪽으로 개발, 투자를 집중적으로 해야 하니까 그동안 기득권 세력들이 통일을 반대했잖아요. 그런 문제점들을 다 극복하려면 지금과는 다른 골치 아픈 일들이 많을걸요."

윤검군이 서금화를 쳐다봤다.

"골치 아프다고 통일을 안 할 거요?"

"문제가 산더미처럼 많을 거라는 얘기지요. 통일은 무조건 해야지요. 그래야 주변국들에 끌려다니지 않으면서 한국이 신계의 높은 곳에 우뚝 설 수 있어요."

"일단 통일부터 하고 나서 문제점은 차후에 해결하면 돼요. 물론 지금도 조금씩 통일에 대비하고는 있지만 말이요."

나라신이 손을 흔들었다.

"통일은 우리가 간절히 원하는 겁니다. 어쩌면 북쪽도 나라신만 빼고 일반 신들은 다 원할 수 있어요. 남쪽의 경제력을 북쪽의 신들도 알고 있으니까요. 잘 먹고 잘사는 욕구는 누구나 가지고 있으니까 어쩌면 나라신이 바뀌면 갑자기 통일이 될지도 몰라요. 그때 당황하지 말고 잘 대처할 수 있도록 해야 합니다."

나라신은 말을 하면서 무영을 쳐다봤다. 무영은 대답 대신 고개를 끄덕였다. 이성순이 나라신의 말에 덧붙였다.

"맞습니다. 갑자기 통일되면 혼란이 생길 수 있으니까 준비를 철저하게 해야겠습니다. 내부에 혼란이 생기면 어떤 일이 발생할지 모르니까요. 이웃 영역들이 우리의 혼란을 기회라고 오판하면 안 되거든요."

"어, 그러면 큰일이지요. 절대로 그런 일이 생기면 안 되죠."

윤검군이 우려를 나타냈다.

"그러잖아도 요즘 다른 영역의 신들이 허락 없이 불쑥불쑥 들어와서 군대가 동원되고 있거든요. 그 수가 갈수록 많아지고 있습니다."

나라신이 이성순에게 질문했다.

"어디가 가장 많은가요?"

"중국, 러시아, 일본 순이죠. 다른 영역도 있지만 지금은 이 두 영역에서 무단으로 넘어오는 신들이 많습니다. 아무래도 내부 사정이 안 좋으니까요. 중국과 일본은 자연재해로, 러시아는 전쟁으로 신들이 살기가 힘드니까요."

"살겠다고 넘어오는 신들이군요. 그래도 너무 많으면 안 되는데요."

"아직까진 괜찮지만, 점점 늘어나는 게 문제에요. 거기다 통일까지 된다면 북한 신들까지 남쪽으로 밀려올 거예요. 그래서 이 문제는 준비가 따로 있어야 할 걸로 보입니다."

"정말 준비해야 할 게 많군요."

나라신이 한숨을 쉬고, 서금화가 이어 말했다.

"결국 현재 가장 큰 문제는 북한인데요. 외교상으로 해결할 수 있는 영역이 아니니까 국방부에서 바짝 신경을 써 주셔야겠습니다."

"가장 많이 신경 쓰고 있습니다."

나라신이 이성순에게 질문했다.

"북한을 최우선으로 신경 쓰면서 일본을 경계하고 중국과 러시아 순이군요. 그렇죠?"

"그렇습니다."

"앞으로 우리 영역 주변의 전체적인 흐름은 어떨까요? 지금 미묘하게 흐름이 바뀌고 있거든요. 일본이 전쟁에 참여하면서부터요."

"그렇습니다. 미국은 미국의 이익을 위해 이번에 일본과 연합 작전을 펼쳤어요. 러시아와 중국을 견제하기 위해 일본군의 재무장을 찬성했지만, 일본이 군사 대국이 되는 건 원치 않을 겁니다. 미국도 일본의 속성을 잘 파악하고 있거든요. 그렇다고 일본이 미국 눈치 보면서 군사 대국화를 멈추지 않을 겁니다. 이런 일본의 우경화로 우리 영역뿐만 아니라 주변국들도 긴장하며 일본을 지켜보는 상황이 당분간 지속될 겁니다."

이성순의 말에 윤검군도 찬성의 뜻을 나타냈다.

"그럴 거예요. 일본의 재무장은 확실히 새로운 변수예요. 안보 질서를 위협하는 안 좋은 일입니다."

나라신이 혀를 찼다.

"북한도 신경 쓰이는데 일본까지 저 모양이니 참, 쯧."

서금화가 말했다.

"일본이 재무장하면 지금 국력이 약화된 쪽을 건드릴 가능성이 있습니다. 한국은 북한 때문에 꾸준히 전력 증강을 해 왔고 무기를 수출하는 강국으로 부상하고 있어서 제 생각에는 최근 우크라이나 전쟁으로 약해진 러시아를 건드릴 가능성도 배제할 수 없습니다. 러시아가 군대를 많이 잃었고 무기 고갈로 여기저기 우호국들에 무기를 조달하는 데 애를 먹고 있다지요. 멈췄던 무기 공장을 다시 가동했다는 소리도 들리고요."

나라신이 박수를 쳤다.

"매우 현명한 논리요. 약해진 러시아를 일본이 노릴 수 있다?……영역 분쟁도 있으니 일본은 명분도 있고 딱 노리기 좋은 표적이 되겠어요. 그런 일이 안 일어나면 좋겠지만요."

이성순이 서금화에게 엄지를 치켜올렸다.

"정말 좋은 지적입니다. 허점을 보이면 먹잇감이 되는 건 한순간이지요. 만약 그런 일이 벌어지면 우리 영역은 어떻게 처신해야 할까요, 나라신?"

나라신이 잠시 생각하다가 대답했다.

"우리가 어느 영역을 편 들 수는 없어요. 경제로는 일본과 협력 관계지만 재무장을 한 일본은 경계의 대상이에요. 러시아는 이념상 대척점에 있잖아요. 그냥 서로 잘 지내기만을 바라야겠지만 그에 대한 대비책도 외무부와 국방부가 세워 놓으셔야 합니다."

"예!"

"둘러싸인 영역들이 한결같이 만만치 않군요."

외무 대장신 말에 서금화가 쓸쓸한 미소를 지었다.

"우리 영역이 작은 영역은 아니에요. 워낙 큰 영역들에 둘러싸여 있어서 상대적으로 작아 보일 뿐이지요. 게다가 한결같이 호전적이고요. 아주 유감이지만 그것이 우리 영역이 정신 차리지 않으면 안 되는 이유입니다."

나라신이 고개를 끄덕였다.

"맞아요. 맞아. 서 부장의 말이 내 뜻과 같습니다. 내가 할 말을 서 부장이 다 하고 있네요. 우리 영역이 둘러싸인 영역들에게 밀리지 않기만 해도 신계의 높은 위치에 있는 거예요. 만약 통일이 되면 한국은 더 이상 작은 영역이 아닙니다. 미국에 있는 공장 하나를 걸 만하지요. 그렇죠, 김 부장?"

나라신이 가만히 듣고만 있던 무영에게 말을 걸었다.

"아, 예! 통일이 되고 영역 내의 화합만 잘 된다면 반드시 모두가 바라는 영역이 될 겁니다. 반드시."

나라신이 박수를 치자 서금화도 따라서 박수를 쳤다.

"어느 때보다 우리의 미래는 밝아요. 비록 지금까지 이웃이 안 좋아서 시달림을 당했지만, 그 시달림을 극복하고 여기까지 왔으니까요. 어쩌면 우리에게 불량하게 대했던 이웃들 때문에 우리가 각성하는 촉매제가 되었다고 생각합니다. 반드시 우리는 신계의 높은 위치에 우뚝 설 거요."

모두 돌아가고 나라신과 무영만 남았다.

"저에게 따로 당부하실 말씀이 있으신가요?"

"예…… 오늘 회의를 보니까, 어땠어요?"

"나라신을 받쳐 줄 훌륭한 관리신이 많아야 한다는 걸 생각했어요. 이승과 비슷하네요."

"그렇죠. 만약 나라신 주위에 안 좋은 관리신들이 득실댄다면 나라신이 제대로 된 일을 할 수 없고 영역은 형편없이 망가질 거예요. 관리신이 중요합니다."

"그런 거 같아요. 지금 나라신 주변에 계신 분들을 보면 매우 훌륭한 신들이 많아서 나라신께서 일하시는 데 수월해 보입니다."

"맞아요. 나는 정말 복이 많은 신이지요. 영역이 잘 돌아가고 있다는 증거고요."

"나라신께서 신들을 잘 찾아 쓰시는 겁니다. 신계에서 나라신이 신을 찾아다니면서 관리신을 뽑는 경우가 거의 없는 걸로 알고 있거든요. 나라신께서는 직접 능력 있는 신들을 찾아서 쓰시니까 정말 잘하고 계시는 겁니다."

"김 부장에게 칭찬을 듣다니 기분 좋군요. 회의 내용은 어땠어요?"

"내용도 알찼다고 생각해요. 주변 영역들 내용이 골고루 나왔고 문제가 될 만한 것들을 잘 짚어 내시더군요. 문제가 생기면 해결까지 도출해 가는 과정이 좋았어요. 미래에 대한 건 어차피 가정이니까 확신할 수 있는 건 아니지만요."

나라신이 미소 지었다.

"내가 김 부장에게 보여 주고 싶었던 내용이었어요. 관리신을 잘 뽑고 잘 운용해서 나중에 이 영역을 잘 이끌어 달라고요."

무영이 씨―익 웃었다.

"일종의 나라신 예습이었나요?"

"아! 맞아요, 예습! 하하하……."

나라신이 호탕하게 웃었다.

"김 부장을 보고 있으면 즐거워요. 예습이라고요, 예습이 난 필요하다고 보는데, 김 부장 생각은 어때요?"

무영은 고개를 끄덕였다.

"제가 지금까지 예습의 연속이었어요. 이승에서 수련할 때 수련 속에서 각종 신들과 싸웠거든요. 그걸 신계에 와서 그대로 써먹을 줄 몰랐어요. 지금 나라신께서 제게 가르치는 일이 미래의 제가 할 일이라면 역시 전 예습 체질인 거지요. 언제나 예습을 거쳐서 실전에 투입되는 식이었거든요."

"그래서 실수가 없고 완벽하게 일을 처리해 오셨군요. 난 준비가 안 된 나라신이 얼마나 영역에 피해를 주는지 똑똑히 봤어요. 그래서 김 부장에게 미리 준비시키는 겁니다. 이렇게 예습 된 준비가 최고의 실력을 만들어 주는 겁니다. 예습의 위력을 아시니까 언제 어느 때 나라신이 되더라도 당황하지 않도록 많이 습득해 주세요."

"예, 노력하겠습니다."

"회의 내용 중에서 혹시 더 말하고 싶은 게 있습니까?"

"좋은 말씀이 많이 나와서 제가 따로 드릴 말씀은 없습니다."

"한 가지 물어보고 싶은 게 있는데요. 아까 다른 분들 앞에서 했던 질문입니다만, 비밀 공간에서 어떤 수도를 하시는지 여쭤봐도 될까요?"

"아까 말씀드린 대로예요."

"말한 대로라면, 다른 신들은 따라 할 수 없는 거라고 했지요. 그래도 방법이라도 알고 싶어서요. 확실히 빛이 더 강해졌어요."

나라신도 수도에 일가견이 있는 만큼 무영이 비밀 공간에서 어떤 방법으로 도력을 쌓아 가는지 궁금했던 것이다.

"제가 빛이 강하잖아요. 이 빛을 이용해서 모험을 해야 하는 극강의 수련이에요. 그래서 다른 분들은 아예 따라 할 수도 없고 따라 해도 안 되는 수도라 말씀을 못 드리는 거예요."

사실대로 말하는 것이었지만 그래도 대낮에 비밀 공간을 빠져나간다는 말은 차마 할 수 없어서 더 이상 묻지 않기를 바라는 마음으로 대답했다.

"아! 빛을 이용한다고요. 어떻게 빛을 이용한다는 거지요?"

묻지 않기를 바랐던 질문이 나오자 무영은 난감해졌다.

"제가 총이나 폭탄을 맞아도 타격을 안 받는 건 제게서 나는 빛이 흡수해 주고 있기 때문이에요. 무기 자체가 다 빛이 응축되어 만들어진 것이니까요. 그래서 빛을 키웠다 줄였다가, 이렇게도 해 보고 저렇게도 해 보고 그러지요. 빛을 이용하는 거라 일반 신들에게는 말이 안 되는 내용이고 알려 줘도 할 수 있는 내용이 아닙니다."

"나처럼 작은 빛을 가진 신은 엄두도 내지 말라는 소리로 들리는군요?"

"빛 조절에 실패하면 스스로 소멸하고 마니까요."

"스스로 소멸한다고요?"

"빛이 강하면 소멸하죠. 일반적으로요."

"결국 빛, 빛이군요. 그 강한 빛이 무기도 되지만 잘못 조절하면 소멸할 수도 있다는 거예요. 그렇죠?"

"네."

"김 부장 빛을 너무 키우면 위험해지는 거 아닙니까? 김 부장 입에서 소멸 얘기가 나오니까 무서운데요. 김 부장 잃을까 봐 걱정됩니다. 적당히 하세요."

"아, 예! 그러지요."

나라신과 헤어져 비밀 공간으로 온 지 얼마 지나지 않아 홀로그램이 떴다.

'긴급 상황 브리핑을 위해 잠깐 뵙겠습니다.'

나라신으로부터 온 홀로그램이었다.

긴급이라는 말에 다시 커다란 비밀의 방으로 갔다. 나라신과 국방대장신 이성순이 인사를 하자마자 홀로그램을 띄웠다.

"나라신! 이것 보십시오. 중국과 파키스탄에 지진이 발생하며 그곳에 있던 무기고에 포탄이 서로 부딪쳐 터지면서 주변에 있던 빛응축 폭탄을 건드렸던 모양입니다. 그게 터져서 일대가 초토화됐다고 합니다."

이성순이 흥분해서 설명했다.

"무기가 쌓여 있는 곳에 지진이 일어났는데 폭탄이 연쇄적으로 터지면서 빛응축 폭탄까지 터져 버린 엄청난 폭발이랍니다. 저것 보십시오. 빛이 끝도 없이 퍼져 나가고 있습니다, 나라신!"

홀로그램은 파키스탄 무기고 주변에서 지진이 발생하며 강한 충격으로 무기가 연쇄적으로 폭발하고 주변에 있던 빛응축 폭탄까지 영향을 미쳐 터지고 있었다. 엄청난 폭발로 빛이 주위를 온통 삼켜버린 듯 주위로 빛이 쭉쭉 퍼져 나가는 그림이었다.

"말로만 들었던 빛응축 폭탄이 드디어 중국과 파키스탄에서 터졌습니다. 실로 엄청나요. 수십킬로 반경 안에 살아 있는 생명이 없답니다."

이성순이 흥분하여 말하자 유심히 홀로그램을 지켜보던 나라신이 중얼거렸다.

"맙소사! 저렇게 터지는구나. 저런 강력한 빛 속에서 살아남을 신은 없지. 기어이 터졌군. 그런데 전쟁이 아니라 자연재해로 터졌군요."

이성순이 대답했다.

"예! 지진으로 빛응축 폭탄이 터질 줄은 몰랐습니다. 중국이 지금 난리예요. 얼마나 많은 신들이 죽고 있는지 가늠이 안 된답니다."

"뭐, 신이 워낙 많은 영역이니까요."

"지금도 빛이 퍼져 나가는 중이니까 가늠할 수가 없겠어요. 정말 상상을 초월하는군요."

"우리 영역과 좀 떨어진 곳이긴 하지만 바람이라도 불면 어쩌지요?"

"제발 바람이 이쪽으로 불지 않기를 바라야지요."

이성순의 걱정에 나라신도 같이 걱정했다.

"저걸 보면서 빛응축 폭탄을 터트리려고 하는 미친 신은 없겠지요?"

"없어야겠지요."

이때 문으로 누군가 들어왔다. 외무 대장신이었다.

"아이고, 이게 무슨 일이랍니까? 빛응축 폭탄이 터지다니요?"

등장과 함께 호들갑을 떨며 외무 대장신이 홀로그램을 보았다.

"이러면 또 신계의 정세가 바뀌겠어요. 이번 폭발로 엄청 많은 신명 피해가 있을 거예요. 자연왕의 빛이 더 줄어들겠어요."

나라신의 말에 이성순이 대답했다.

"외부로 군대를 돌리는 일은 당분간 없을 것 같군요. 중국엔 불행이지만 우린 한시름 놓아도 되겠습니다."

"참, 남의 불행이 나의 안녕이라니…… 좀 씁쓸하군요. 다 같이 잘 살면 좋으련만."

외무 대장신의 혼잣말에 이성순이 눈을 흘겼다.

"다 같이 잘 살면 좋지만 덩치 큰 영역이 잘 살면 항상 작은 영역을 잡아먹으려고 하니까 문제지요. 그것 때문에 우리 영역이 언제나 시달렸잖아요."

나라신이 홀로그램을 껐다.

"신명이 많이 상하는 것은 슬픈 일이요. 그래서 더 이상 빛응축 폭탄은 안 터졌으면 좋겠어요. 매우 충격적이요."

"천왕이 표현은 애석하다고 했지만, 속으로는 기뻐할걸요. 아무래도 경쟁 구도였으니까요."

외무 대장신의 말에 이성순이 맞장구를 쳤다.

"그렇죠. 천왕에겐 희소식일 거예요."

"희소식이요?"

나라신이 질문했다.

"중국이 러시아를 돕지 못하게 되었으니까요. 중국 군대도, 전쟁물자도 러시아에 넘어갈 수 없는 상황이 되면 아무래도 러시아가 전쟁을 수행하는 데 타격을 받을 거예요. 전쟁이 끝나는 건 아니지만 러시아의 공급선이 하나라도 줄은 건 미국과 우크라이나에 희소식이지요."

나라신과 외무 대장신이 수긍하는 듯 고개를 끄덕였다.

"이에 따라 판도가 또 변할 수 있겠군요?"

나라신의 질문에 이성순이 대답했다.

"이제 전적으로 북한과 일본만 신경 쓰면 되겠습니다. 중국과 러시아는 당분간 정보 수집만 하는 차원으로 경계를 늦추겠습니다."

"그래도 너무 안심하는 건 안 돼요. 궁지에 몰리면 어떤 돌발 행동이 나올지 모르니까요. 러시아의 전쟁 상황은 어떤가요?"

"끝날 듯하면서도 안 끝나고 있습니다. 참, 러시아도 끈질기네요."

"우크라이나도 러시아 내부로 포격을 한다면서요?"

"예! 하지만 대규모는 아니고 우크라이나가 당했을 때 보복성이거나 경고성으로 좀 때리는 정도입니다. 우크라이나는 미국의 눈치를 봐야 하니까 러시아 깊숙이 진격하진 못할 겁니다."

외무 대장신이 걱정스럽게 말했다.

"우크라이나 벌판에서 곡식이 생산되지 않으니 곡물이 신계 전체에 부족해지고 있어요. 여기다 어느 영역을 막론하고 기후 변화로 인해 홍수와 한발로 농사를 망치는 것도 한몫하고 있고요. 점점 신들 살기가 팍팍해지고 있습니다."

"신계 전체가 식량난으로 들끓고 있어요. 빛의 바다도 오염되어 있고요. 기단의 곡물은 자연재해, 전쟁으로 농사를 지을 수 없으니 큰일입니다. 다른 영역 걱정할 때가 아니에요. 당장 우리 영역도 식량난에 대비해야 합니다. 경작지를 늘려서 멍때리는 신들, 일 좀 시켜요."

이성순과 외무 대장신이 서로 쳐다보다가 이성순이 나라신에게 고개를 돌렸다.

"나라신, 그 일은 부서가 다릅니다. 담당 대장신 오라고 할까요?"

나라신이 손을 흔들었다.

"아니요. 됐어요. 내가 따로 불러서 얘기하도록 하지요. 식량 안보도 매우 중요한 문제라 반드시 챙겨야 해요."

"미국이 앞으로 운신하기가 훨씬 수월하겠습니다."

외무 대장신의 말에 나라신이 맞받았다.

"그래도 신경 써야 할 곳이 우리보다 많지요. 신계 전체를 관할 구역으로 두고 있는 미국 경찰이니까요."

외무 대장신과 이성순이 웃었다.

"관할 구역이 신계 전체인 경찰이요. 하하하."

"신계 전체의 경찰, 하하하."

"다 무기 판매 같은 이권이 걸려 있으니까 경찰 노릇을 하는 거지요. 자국의 힘을 자랑하고 싶은 마음도 있을 거예요. 천왕 보유국이다, 하는 거요."

나라신의 말에 이성순이 잽싸게 토를 달았다.

"뭐, 천왕 보유국쯤이야⋯⋯. 우리는 김 부장 보유국이에요."

"아니 근데 이상하지 않아요? 이 정도면 자연왕이 바뀌어야 하는데, 왜 안 바뀔까요?"

외무 대장신이 두 손을 펼치며 이해가 안 된다는 표정을 지었다.

나라신이 무영을 쳐다보았다. 아무 말도 하지 않고 회의를 지켜보고만 있던 무영의 눈이 나라신과 마주쳤다.

"자연왕뿐만 아니라 천왕도 바뀔 수 있어요. 천왕도 자연재해로 빛이 많이 줄었더군요. 그리고 빛응축 폭탄이 기어이 터졌어요. 앞으로 신계가 어떤 방향으로 갈지 예측할 수가 없어요. 어떤 식으로든 주변 상황이 계속 바뀌니까 대비하셔야 합니다."

외무 대장신이 농담처럼 말했다.

"자연왕이어도 좋고, 천왕이면 더 좋고, 전설의 신이면 우리 영역이 대박이에요."

이성순이 무영에게 말했다.

"부담 갖지 마세요, 김 부장. 우리는 지금 신계에서 벌어지는 상황을 이야기하는 거고 관리신으로서 앞으로 해야 할 일을 예상하여 준비하려는 거예요. 앞으로 어떤 일이 벌어질지 모르지만, 준비를 해 놓으면 확실히 일이 닥쳤을 때 수월하게 풀어갈 수 있더군요. 그런 차원으로 들어 주세요."

"알았습니다."

무영의 입에서 짧게 대답이 나왔다. 나라신이 혀를 차며 말했다.

"쯧쯧…… 전쟁은 신들의 욕심으로 일어나는 거니까 신들의 욕심만 자제하면 끝나는 줄 알았는데, 그게 안 되는군요. 신명이 저렇게 많이 죽고 있는데도 나라신이 전쟁을 끝낼 생각을 안 하니 문제예요. 자연재해만으로도 신들이 고통받고 있는데 말이죠."

외무 대장신도 따라서 혀를 찼다.

"쯧, 자연재해가 점점 더 심해지고 있습니다. 대책을 세웠다 싶으면 그 이상의 재해가 발생하고 있어요. 전혀 예측할 수 없이 발생하고 있어서 예방도 안 되고 대책도 헛수고입니다. 우리 영역은 그나마 나은데 다른 영역은 자연재해로 신들이 '정화의 숲'으로 가는 경우가 많아지고 있습니다. 이게 다 신들 스스로가 만들어 놓은 재앙이긴 하지만요.”

나라신이 외무 대장신의 말에 반박했다.

“우리 영역은 재해에 좀 낫다고 하셨죠? 아니에요. 일전에도 수해로 몇 명의 신들이 피해를 입었어요. 우리도 안전지대가 아닌 만큼 헛수고라 생각하면 안 되고 대비해야 합니다. 신계 어느 한구석도 재해에 노출되지 않은 곳이 없어요. 얼마 전에 사막에 홍수가 났다면서요?”

외무 대장신이 대답했다.

“네, 그랬습니다. 비가 거의 오지 않던 사막에 갑자기 비가 쏟아지더니 홍수가 나고 갑자기 강이 생겼다더군요. 기가 막힐 노릇이지요. 정말 안전지대가 없어지는 것 같습니다.”

나라신이 무영에게 질문했다.

“김 부장! 자연재해에 대해 하실 말씀 있으실까요?”

“없습니다.”

“우리 영역에 대해서 하고 싶은 말씀이 있으면 하세요. 앞으로 이런 회의, 김 부장이 할 일이거든요.”

무영이 미소 지었다.

“그때 가서 할게요. 지금은 나라신이 하셔야 할 일입니다.”

천왕과 유럽연합 회동

미국 천왕의 요청으로 유럽연합의 나라신들이 홀로그램으로 만났다. 이 자리에는 미국, 영국, 독일, 프랑스의 나라신들이 참여하였다. 이란을 비롯한 미르왕 신자들의 영역 일부가 적극적으로 러시아와 협력하고 러시아가 전력을 재정비하여 우크라이나에 대한 공세를 강화하자 급히 모인 것이다.

먼저 천왕이 우려 섞인 말을 했다.

"처음엔 미르왕 군대가 없었는데, 이번엔 많진 않지만 좀 있어요. 거기다 중국군이 상당수 포함되어 있는데, 첩보에 의하면 중국군은 더 투입될 수 있다고 합디다. 매우 걱정되는 대목이요."

독일 나라신이 한숨을 쉬었다.

"미르왕의 전사들이 이번 전쟁에 왜 끼었을까요? 그러잖아도 그쪽 난민들 때문에 골치가 아픈데요."

영국 나라신이 고개를 흔들었다.

"그들의 사고방식은 우리와 완전히 다르니까요. 그나저나 이번에 러시아와 중국, 미르왕 신자들까지 대규모로 합세하면 초반처럼 쉽지 않겠는데요. 무기도 여기저기서 끌어모은 것 같던데요."

프랑스 나라신이 말했다.

"중국의 군대가 계속 러시아로 넘어가고 있습니다. 그들은 신들이 워낙 많아서 몇 명 죽어도 별로 신경 쓰지도 않아요. 신의 수로 밀어붙이면 이쪽이 고성능 무기라도 힘들어질 수 있어요."

천왕이 대답했다.

"아직 숫자가 그렇게 많지는 않아요. 중국이 내부 단속 때문에 군대를 많이 뺄 수는 없을 거요. 들어온 정보로는 앞으로의 숫자까지 더해서 5만 정도 파병할 거라는군요."

"5만이 적습니까? 거기다 미르왕의 군대와 러시아 군대까지 합치면 무시 못 할 군대가 되지요."

"그것도 소수 신족들이 독립하겠다고 반란을 일으키니까 소수 신족들의 남신들을 주로 빼내 러시아 병력으로 보내고 있더군요. 중국으로썬 반란군의 힘을 빼는 효과도 있고 러시아를 돕는다는 생색도 낼 수 있으니 일석이조일 거요. 거기다 러시아로부터 식량 원조까지 받으니 일석삼조겠군요. 중국은 러시아를 지원하면서 내부적으로 많은 도움이 될 겁니다. 중국과 러시아가 머리를 많이 썼어요."

천왕의 말에 영국 나라신이 말을 이었다.

"그래도 우리가 무기는 더 우위에 있어요. 미국의 무기 중에 첨단 무기들을 동원하면 좀 더 손쉽게 이길 수 있을 것 같은데요."

천왕이 고개를 끄덕였다.

"우리도 초반에 많은 무기를 써 버려서 지금 남아 있는 것과 새로 생산하고 있는 것을 합쳐도 물량이 충분치 않아요. 그러니 무기 비축에 신경 써 주세요. 다른 물자도요."

영국 나라신이 말했다.

"초반보다 판이 커지고 있는데 이러다 3차 신들의 전쟁으로 이어지지 않을까 걱정입니다."

프랑스 나라신이 동조했다.

"동감이요. 러시아가 미르왕 신자들의 영역까지 끌어들여 판을 키워서 다시 덤비고 있으니까요."

독일 나라신이 강경하게 말했다.

"게다가 이번에 두 군데에서 빛응축 폭탄이 터졌어요. 파키스탄 접경지와 중국에서 터진 빛응축 폭탄은 지진 때문이었지요. 비록 자연재해로 터졌지만, 시사하는 바가 큽니다. 전쟁이 아니더라도 빛응축 폭탄은 터질 수 있다는 거지요. 매우 충격적이었습니다."

천왕이 대답했다.

"나도 충격이 컸어요. 우리 영역에도 빛응축 폭탄이 많으니까요. 자연재해가 규모도 커지고 늘고 있는데 걱정입니다."

"러시아가 이번 빛응축 폭탄이 터진 걸 보고 자극받지 않으면 좋겠어요. 만약 우크라이나 전쟁터에 빛응축 폭탄을 쏜다면 그야말로 아수라장이 될 거고 3차 신들의 전쟁이 일어날 거요."

영국 나라신이 긴장한 얼굴로 말하자 천왕이 고개를 흔들었다.

"러시아가 바보는 아니겠지요. 우크라이나에 빛응축 폭탄을 쐈다간, 그랬다간 모두 다 죽어요. 지금의 무기는 2차 신들의 전쟁 때와는 비교가 안 될 정도로 어마어마합니다. 절대로 그런 일이 있어선 안 돼요."

천왕의 말에 영국 나라신이 안도하는 모습이었다.

"절대로 있어선 안 되지만 때로 세상은 우리 생각과 다르게 흘러갑니다. 러시아가 우리처럼 위기의식이 있었으면 좋겠군요."

프랑스 나라신이 덧붙였다.

"러시아가 위기의식이 있다면 이렇게 나오지 않았겠죠. 문제는 위기의식이 없어서 어떻게 나올지 예측 불가란 겁니다."

독일 나라신이 천왕에게 질문했다.

"그럼, 러시아에게 어떤 식으로 본때를 보여 줘야 할까요?"

"무기는 우리가 월등히 성능이 뛰어나고 수량도 많아요. 그러니 충분히 러시아를 제압할 수 있을 겁니다. 만약 러시아가 빛응축 폭탄을 쓴다면 중국을 비롯해서 외부에서 지원되는 군수물자와 무기도 끊겼다는 신호에요. 러시아가 더 버틸 수가 없다는 신호 아니겠어요?"

프랑스 나라신이 말했다.

"아니 그럼 군대만 물리면 전쟁이 끝날 텐데 왜 그렇게 안 할까요?"

"지금까지 많은 군신들이 죽었는데 보상받고 싶은 거겠지요."

"예를 들면 우크라이나의 땅 조각을 원하는 건데, 그건 우크라이나가 절대 안 된다고 하니까 협상도 안 되죠. 그러니 이렇게도 못하고 저렇게도 못하니 답답한 마음일 겁니다."

천왕이 못마땅한 표정으로 말했다.

"러시아 나라신이 신들을 위하는 마음이 좀 있었으면 좋겠소. 자존심 한 번만 접으면 신들이 더 이상 소멸하는 것을 막을 수 있을 것을……."

나머지 나라신들 역시 표정이 일그러졌다. 천왕이 분위기를 수습했다.

"자, 우리에게 아직 시간은 있어요. 우리는 전쟁에서 이겨야 하고 이번에야말로 러시아가 다시는 전쟁을 꿈도 못 꾸도록 해야겠습니다. 그러자면 지금까지 해 왔던 제재만으로는 실효성이 없어요. 좀 더 강력하게 러시아의 기관 시설을 타격해야겠소. 그들이 가진 에너지로 인해 우리 제재가 먹히질 않고 있으니 그 에너지 생산 자체를 못 하도록 해야겠소이다."

나라신들이 깜짝 놀랐다.

"러시아 본 영역을 타격한다고요? 그건 러시아에게 죽기를 각오하고 덤벼들 구실을 주는 겁니다."

"안 돼요. 러시아에서 에너지를 공급받는 영역들에게 반감을 살 겁니다. 그러면 많은 영역이 적으로 돌아설 수 있어요."

"그러다가 빛응축 폭탄을 유럽에 퍼부을 수도 있고 미국에도 쏠 겁니다. 그건 안 돼요. 빛응축 폭탄을 쏠 명분을 주는 겁니다."

영국, 프랑스, 독일 나라신이 펄쩍 뛰며 반대하자 천왕이 고개를 갸웃거렸다.

"세 영역도 러시아에서 에너지를 공급받던 입장이라 역시 반대하시는군요."

나라신들이 대답을 못 하고 머뭇거렸다.

천왕의 말은 사실이었다. 세 영역뿐 아니라 유럽 전역이 러시아의 에너지로부터 자유롭지 못했다. 러시아는 에너지가 무기였고 그로 인해 우크라이나를 적극적으로 돕지 않는 영역도 다수 있었다.

"러시아가 언제나 큰소리칠 수 있는 건 에너지 때문이오. 러시아의 큰 수입원이기도 하지만 러시아의 엄청난 무기 역할도 하는 셈이지요. 나는 이번에 러시아의 무기 역할을 하는 그 에너지 시설을 파괴하려고 하오. 그래야 우리가 러시아에 하던 제재도 효력을 발휘할 수 있을뿐더러 러시아도 에너지에 기대어 큰소리치는 걸 못 할 것이요. 에너지와 식량 자급자족이 가능하니까 큰소리치고 있잖소. 에너지 쪽을 막아버리고 앞으로 러시아가 어디를 군사적으로 침략하는 꿈을 꾸지 못하도록 하겠단 말이요."

천왕의 말에 영국 나라신이 다급하게 손을 흔들었다.

"안 돼요. 천왕! 천왕, 그러면 안 됩니다. 그러다가 막바지에 몰린 러시아가 빛응축 폭탄을 쏘면 어떡합니까? 아마 당장 그렇게 할 걸요? 그럴 땐 어쩔 겁니까?"

프랑스 나라신도 말리고 나섰다.

"맞아요. 그럴 가능성도 있어요. 절대로 그건 안 됩니다. 지금 유럽이 에너지 수입을 다각도로 바꾸고 있어요. 러시아에서 에너지를 공급받지 않는 영역이 점점 늘고 있으니 그렇게까지 할 필요는 없을 것 같습니다. 우리도 에너지보다 영역 안보가 우선이니까요. 그러니까, 천왕! 절대 그렇게 하지 마시오. 러시아 나라신이 무모하다고 맞대응하다간 큰일 납니다. 절대 안 돼요. 빛응축 폭탄을 사용하게 해선 안 됩니다."

천왕이 대답했다.

"너무 반대를 심하게 하는군요. 알았어요. 그 문제는 보류합시다. 이번엔 중국도 확실하게 끌어들이고 미르왕 영역들도 끌어들였는데요. 그 대가로 미르왕 연합군에게 빛응축 폭탄도 몇 개 넘겨줬습디다. 미르왕 연합군이 기고만장해 있는 이유지요."

"아, 그 폭탄들……."

프랑스 나라신의 탄식에 이어 천왕이 계속 얘기했다.

"러시아가 위기에 몰리면 빛응축 폭탄을 터트릴까 봐 걱정되지요? 러시아가 저렇게 빛응축 폭탄을 주변 영역들에게 팔다 보면 그걸 다 막을 수도 없고 어디서든 터지게 되겠지요. 일단 러시아가 더 이상 다른 영역으로 빛응축 폭탄을 반출하는 걸 막아야 합니다. 어떻게 해야 빛응축 폭탄의 반출을 막을 수 있을까요?"

영국 나라신이 말했다.

"러시아가 전쟁에 들어가는 돈이 필요해서 빛응축 폭탄을 팔아넘기는 거 아닙니까?"

"맞아요. 그럴 겁니다."

프랑스 나라신이 동조하자 천왕이 다시 말했다.

"그런 악순환의 고리를 확실하게 끊으려면 이번에 러시아와 중국을 한꺼번에 정리해야 해요. 중국이 끼어들었으니, 판이 쉽게 돌아가지는 않을 거요. 하지만 중국에서 지진으로 빛응축 폭탄이 터지는 바람에 우리 일이 수월하게 됐어요. 엄청나게 많은 신들이 '정화의 숲'으로 갔으니까요. 이 틈을 타서 중국 내 소수 신족들이 모두 독립을 준비하고 있어요. 중앙 정부는 이를 제지할 엄두도 못 내고 있고요. 우리에겐 매우 중요한 시기이고 세 영역의 도움이 절실하게 필요한 시기이기도 하지요. 다른 동맹과도 긴밀히 연계해서 러시아와 중국을 이번에 확실히 잡을 거요."

영국 나라신이 손을 흔들었다.

"그게 가능할까요? 덩치 큰 두 영역을 한꺼번에 잡는다는 게……."

천왕이 말을 이었다.

"그동안 너무 방치한 감이 있어요. 이번 기회를 잘 잡아야 합니다."

"어떻게요? 또 에너지를 타격하려고 합니까?"

독일 나라신이 의아하게 물었다.

"그게 가장 좋은 방법이지만 여러분이 반대하시니 다른 방법을 제시해 주세요."

"하지만 저는 다 반대입니다. 러시아가 우크라이나를 침략하면서 우크라이나 벌판에서 자라던 곡물이 제대로 공급되지 않으니 많은 신들이 굶주리고 식량 가격은 폭등했어요. 그런데 러시아가 에너지 생산을 못 하게 되면 러시아의 곡물들이 제대로 유통될 수가 없다는 얘기이고, 지금보다 굶는 신들이 많아질 겁니다."

"맞아요. 요즘 들어 가뭄이 심해지고 어떤 때는 유례없는 홍수가 나고 매번 난리입니다. 프랑스도 폭염에 시달리고 있고, 농업에 차질을 빚고 있어요."

프랑스 나라신이 이맛살을 찌푸렸다.

"영국도 폭염 때문에 난리예요. 춥든 덥든 러시아 에너지는 안 살 거니까 에너지를 파괴하는 건 놔둡시다. 에너지 타격도 환경파괴니까요."

"그럽시다! 그리고 중국이 전쟁에 참여하면 지난번 전쟁과는 다른 양상을 띨 수밖에 없습니다. 많은 변수가 생긴다는 거요. 중국이 가장 자신 있는 게 신의 수가 많다는 거니까요."

프랑스 나라신이 헛웃음을 지었다.

"하긴 머릿수로야 따라갈 영역이 인도 정도밖에 안 되니……."

영국 나라신도 헛웃음을 지었다.

"허, 이번에 만 명 정도라던데 러시아가 계속 군대를 요구하면 자연왕이 들어줄까요?"

독일 나라신이 손을 흔들었다.

"중국도 내부 사정이 녹록지 않아서 추가 파병은 힘들지 않을까요? 소수 신족들이 독립을 준비하는 와중에 중앙 정부의 요구를 순순히 들어줄까요?"

천왕이 단호하게 말했다.

"추가 파병은 할 거요. 중국 내 식량이 부족해서 식량을 지원하는 조건이고 추가 원조를 바란다면 5만까지 추가 파병이 될 겁니다. 파병되는 군대는 소수 신족을 주축으로 하니 힘을 빼는 효과도 있으니까요."

영국 나라신이 우려를 나타냈다.

"오, 중국은 지금 지진에 빛응축 폭탄이 터져서 난리인데 파병이라니요."

천왕도 공감하는 듯 엄지와 검지로 동그라미를 만들어 보였다.

"바로 그거요. 중국은 신이 워낙 많으니까 얼마 정도 죽어도 눈 하나 깜박하지 않소. 또한 신명을 귀하게 여기지도 않지요. 이번에 빛응축 폭탄이 터져서 엄청난 수의 신들이 소멸했는데도 눈 하나 깜박하지 않잖아요. 우리 같으면 참담한 심정에 우울증에 걸렸을 법도 하지만 역시 중국은 달랐어요. 중국이 수세에 몰린다면 나라신 말씀대로 빛응축 폭탄을 터트릴 수도 있을 겁니다. 그럴 경우를 대비해 한국에 방어 무기를 가져다 놓았습니다. 러시아와 중국을 견제하는 데 한국만큼 지정학적으로 좋은 영역이 없거든요."

두 나라신이 감탄사를 연발했다.

"오! 그렇군요. 한국, 한국이 있지요."

"오우! 한국은 우방이에요. 무기도 성능이 좋지요. 여기저기서 사겠다고 줄 섰잖아요."

천왕의 얼굴에 미소가 번지기 시작했다.

"무기 생산 능력도 좋습니다. 우크라이나 사태 이후 유럽 영역들이 영역 수호를 위해 무기를 재정비하고 있는데 우리는 실질적으로 우크라이나에 무기를 많이 줘서 재고가 별로 없어요. 계속 생산은 하고 있지만요. 반면 한국은 계속 개발하면서 생산하다 보니까 성능 좋은 무기가 나오고 있어요."

영국 나라신이 감탄사를 쏟아냈다.

"정말 대단해요. 전쟁으로 폐허가 된 영역이었는데 짧은 시간에 이렇게 신계를 주름잡는 위치까지 올라오다니요. 정말 놀랍습니다."

프랑스 나라신이 고개를 끄덕였다.

"맞아요. 서로 배려하고 돕는 신성도 엄청난 차이가 있어요. 문화 면에서 우리 프랑스 신들이 굉장히 좋아하기도 해서 여러모로 한국은 호감도가 높습니다. 그런 한국이 우방이라서 정말 다행이요."

천왕이 말을 이었다.

"어느 영역이든 호불호가 있기 마련인데 대체로 한국 신들은 환영하더군요. 우리도 마찬가지고요. 가장 중요한 건 한국이 다른 것은 몰라도 중국과 러시아를 견제해 준다는 거요. 그것만으로도 한국의 역할은 충분하고 나머지는 우리가 감당하면서 전쟁에서 확실히 이기는 거요."

영국 나라신이 미간의 주름을 펴고 대답했다.

"한국이 우리 편이라 다행이요. 한국이 중국이나 러시아 편이었다고 생각하면 머리가 어지러울 지경입니다. 엄청난 무기들도 무기지만 한국의 군대는 미군과 또 달라서 고도로 훈련된 군대가 많다고 들었거든요."

천왕이 다시 말을 이었다.

"그래서 말인데요. 한국에 좀 더 힘을 실어 주려면 영역을 통일시켜야 할 것 같습니다."

"예?"

독일 나라신이 눈을 휘둥그레 떴다.

"신계에서 유일하게 분단된 영역이요. 그 책임은 일부 미국에도 있고요. 그래서 한국의 통일에 우리가 힘을 실어 주려 합니다. 중국도 저 모양이 됐으니 반대할 기운도 없을 거고, 당사국인 북한도 식량이 부족해서 많은 신들이 '정화의 숲'으로 가고 있답디다. 아마 우리가 손을 내밀면 살기 위해서라도 이번에는 거절하지 않을 것 같소."

독일 나라신이 질문했다.

"한국 나라신과 협의가 끝난 사항이지요?"

"한국 나라신은 언제라도 환영이지요. 그동안 분단된 영역으로 주변 영역들에게 서러움을 많이 받았으니까요."

천왕의 말에 독일 나라신이 반색했다.

"그럼, 한국을 통일시켜야지요. 뭘 망설입니까? 독일의 통일 전후를 보면 통일이 독일 발전에 크게 이바지했다고 생각합니다. 그러니 한국도 통일되면 일본이나 중국 눈치 안 보고 스스로 강대국의 지위를 제대로 누릴 수 있을 겁니다. 절대적으로 찬성이에요."

"때가 적당한 것 같소."

영국 나라신도 찬성하자 천왕이 고개를 끄덕였다.

"유일하게 반대하는 영역이 일본이요. 2차 신들의 전쟁에서 패한 일본은 한국 전쟁이 일어나면서 부흥할 수 있는 기틀을 잡았으니까요. 지금 휘청대는 일본 입장에서는 다시 한 번 한국에서 전쟁이 일어나길 간절히 바라고 있어요."

독일 나라신의 얼굴이 일그러졌다.

"에이, 그럼 안 되지요. 지난 전쟁에서의 일이나 과거 역사에 대해 진심을 다한 사과도 없이 역사 왜곡만 하고 있던데요. 제대로 약속을 지키지 않는 일본은 그럴 자격이 없습니다."

영국 나라신도 거들었다.

"네, 일본은 한국 통일에 관여할 자격이 없으니 천왕이 나서서 한국 통일에 앞장서 주세요. 한국이 통일되면 힘도 더 생길 거고 그러면 동쪽의 문제는 한국에 맡겨도 될 겁니다. 일본은 믿을 수가 없거든요."

프랑스 나라신도 따라서 표정을 밝아졌다.

"한국을 비롯해서 역시 천왕은 다 계획을 짜 놨었나 봐요. 우리가 전쟁에서 이기는 방법도 생각해 놓으셨습니까?"

천왕이 웃었다.

"그걸 나라신들과 상의하기 위해 이 자리에 있는 거 아니겠어요?"

프랑스 나라신이 물었다.

"중국은 러시아와 붙어 있고 사이가 좋았으니까 그렇다 쳐도 미르왕의 신자들은 느닷없이 왜 끼어든 걸까요?"

천왕이 대답했다.

"러시아 나라신이 이란 나라신을 설득했어요. 그쪽이 가뭄으로 식량 사정이 안 좋으니 식량과 에너지를 묶어서 거래한 거죠. 중국도 물난리와 지진 같은 재난으로 식량이 부족하니까 식량을 보내고 대가로 중국 군대를 받았고요."

프랑스 나라신이 고개를 갸웃거렸다,

"러시아 나라신이 말주변이 좋은가 봅니다. 중국도 처음에는 국내 사정을 핑계로 발을 빼다가 이번에 군대를 보냈고, 미르왕 신자들 영역도 설득시킨 걸 보면 수완이 보통이 아니에요. 확실히 수완이 좋은 것 같죠?"

영국 나라신이 웃었다.

"그런 것 같습니다. 러시아로선 끌어들일 영역을 다 끌어들인 거요. 이란을 그동안 제재로 몰아붙인 게 원인이 되지 않았나 싶습니다."

천왕이 고개를 끄덕였다.

"그럴 수 있어요. 구석에 몰리면 어디든 손 내밀어 주는 쪽을 잡게 되니까요."

프랑스 나라신이 조심스럽게 말했다.

"그러니까 천왕! 신계의 질서를 벗어난다는 이유로 영역을 고립시킬 게 아니라 다른 방법을 강구해야 하지 않을까요? 고립당하는 영역 신들의 원성이 곧 척이 되어 돌아올 거고 이란 같은 부작용도 있습니다."

천왕의 표정이 급격히 굳었다.

"그렇다면 어떤 방법으로 그들이 신계의 질서 안으로 들어올 수 있게 하겠소? 다들 지키는 질서를, 외면하는 영역을 그냥 두고 볼 수만은 없잖겠소?"

"……."

천왕이 되묻자 나라신들은 아무 말도 못 했다.

"질서를 위반한 영역들에게 전쟁을 제외한 평화적인 방법으로 제재를 택한 것이요. 만약 제재를 하지 않는다면 질서라는 신계의 약속이나 규범도 필요치 않을 것이요. 그러면 무질서 속에 그야말로 엉망이 되고 말겠지요."

천왕의 말이 옳았기 때문에 나라신들은 가만히 고개만 끄덕이며 수긍하는 수밖에 없었다.

"문제는 이란과 같은 신념을 가진 미르왕 신자들의 군대들이요. 서로 다른 영역에 있으면서 이란과 같은 방식으로 미르왕을 섬기는 파벌이라 이란의 요청으로 러시아군에 편입된 군대요. 악명 높기로 소문이 자자한 테러 집단들도 포함되어 있어서 그들이 어떤 영향을 줄지 걱정되는 부분이기도 하지요."

영국 나라신이 말했다.

"테러 집단은 걱정할 부분은 아닌 것 같습니다. 정규군 군대가 받는 훈련과 테러 집단처럼 한정된 훈련만 받는 것에는 차이가 많습니다. 무기 다루는 것부터 큰 무기는 사용해 본 적도 없는 오합지졸에 불과할 겁니다. 걱정하지 마세요."

"그럴까요?"

"그럴 겁니다."

"그럼 크게 세 부류군요. 러시아군, 중국군, 미르왕 신자들의 군대, 이 중에서 어느 군대가 가장 강하고 우리가 경계하며 상대해야 할까요?"

프랑스 나라신이 대답했다.

"아무래도 주력인 러시아군이 아닐까요? 전쟁의 주체이고 무기 다루는 것도 러시아제 위주로 되어 있을 테니까요."

"제 생각도 그렇습니다."

영국 나라신도 동감을 표하자 천왕이 말했다.

"연합군 사령부의 의견도 그렇게 나왔어요. 아직 중국군이 부분적으로 훈련에 참여하고 있어서 당장은 러시아군 위주로 전쟁이 진행될 겁니다. 중국군은 러시아 군대를 보조하는 역할을 할 것으로 보여요. 이렇게 저들의 군사적인 건 연합군 사령부에서 수집한 정보를 토대로 작전과 전략을 짜서 전쟁에서 수행할 겁니다. 전쟁에 대비해서 즉시 투입이 가능하도록 물자나 무기를 충분히 비축해 주시기 바랍니다. 군대는 연합 사령부에서 통제하면서 싸웁니다. 아시겠습니까?"

나라신들이 일제히 대답했다.

"예!"

미국의 우방인 영국을 비롯해 프랑스, 독일, 폴란드, 이탈리아, 발트 3국까지 군대를 훈련시키며 군대 일부를 연합군 훈련에 보냈다. 중립을 지키던 핀란드와 스위스까지 중립을 포기하고 러시아를 등지며 군사력을 키우고 무기를 사들이고 군대를 양성했다. 유럽 전역은 러시아의 우크라이나 침략에 모든 촉각을 곤두세우면서 국방력을 높이는 데 총력을 기울이고 있었다. 우크라이나도 다시 점화된 전쟁에 이전보다 좀 더 숙련된 전술을 구사하며 러시아군에 맞섰다. 미국과 연합군의 최신식 무기까지 지원받아 전 전선에 배치하고 온 신민과 군대가 합심하여 영역 방어에 나섰다.

통일

잘 나가는 한국과 반대로 북한은 어려움을 겪고 있었다. 아무리 경제가 어려워도 체제 유지를 위해 통상수교 거부 정책을 고수하고 있는 북한은 신들의 안전이나 고통은 안중에 없고 오로지 빛응축 폭탄 개발에만 몰두하였다. 이 개발에 러시아의 도움을 받았던 북한은 자신들이 강대국만이 가지고 있는 빛응축 폭탄을 소유하고 있다는 자부심이 대단했다.

그러나 북한 신들은 '천 개의 방'에서 나와 북한 영역으로 오자마자 곧바로 '정화의 숲'으로 가는 경우가 많아서 신들의 수는 항상 적었고 관리도 제대로 되지 않았다.

신들은 항상 굶주림에 시달렸는데 러시아가 우크라이나를 침공하고 나서 러시아로부터 식량 수급이 되지 않자 굶주림은 더 심해졌다. 일반 신들의 불만은 최고조에 달했다. 굶주려서 자발적으로 '정화의 숲'으로 가는 신들이 속출하자 관리신들까지 나라신에게 불만을 품었다. 하지만 불만을 말하는 즉시 처단되는 경우가 많아서 관리신들은 속으로 불만을 삭일 수밖에 없었다. 그중에 의견이 맞는 관리신들이 모여 은밀히 나라신을 제거하기로 계획을 세웠다. 앞서 여러 번 실패하여 나라신도 경계를 심하게 하고 있어서 섣불리 다가가기 힘든 상황이라 좀처럼 기회는 오지 않았다.

그러다가 그들 중 한 명이 나라신의 부름을 받고 만나게 되었다. 무기 소지가 안 되어서 단정하게 옷을 차려입고 나라신에게 갔다. 북한 나라신은 누구든 거리를 두고 앉았다. 아무도 믿지 못하기 때문이었다. 방은 장식 없이 정갈했고 경호하는 신 둘이 문 입구에 있었다. 관리신은 약간 고개를 숙인 채 재빠르게 주위를 한 번 훑어보았다. 무기가 될 만한 건 아무것도 없었고 경호원들만 허리춤에 보이지 않게 총을 차고 있었다. 관리신은 속으로 절망하면서 내색하지 않고 태연하게 행동했다.

인사를 하자 나라신이 본론을 이야기했다.

"신들이 불만이 많다는 거 내래 알고 있습매. 부장신도 신들의 움직임을 알고 있지비?"

"예, 나라신! 알고 있습네다."

"그 불만을 잠재우기 위해 하고 있는 일이 뭐이 있지비?"

부장이 대답을 못 하자 나라신의 목소리가 커졌다.

"빛응축 폭탄만으로 영역의 영광을 살릴 수 없어. 빛응축 폭탄은 미제로부터 영역을 수호하는 거이고, 신민들이 먹고사는 데는 관리신들이 신경을 써야 하는 거 아니갔어. 아직 '정화의 숲'에 가려면 시간이 있는 신들도 먹을 게 없다고 일찌감치 '정화의 숲'으로 가 버리면 이 영역은 어찌하누. 엉?"

"죄송합니다. 나라신! 요즘 러시아가 전쟁 중이라 그쪽에서 들어오던 곡물도 중단됐고 중국도 식량부족으로 곡물 반출을 안 하고 있습네다.”

“그 내용은 알고 있어야. 그러면 다른 영역과 거래를 시도했어야지 비. 이대로 굶길 거이가?”

“대상 영역을 물색하고 있습네다만 모두 미국의 눈치를 보느라 우리와 대화하길 꺼려 합네다요.”

“미제새끼들이야 언제나 우리를 깠으니까 그것도 넘어야 할 산 아니갔어.”

“나라신!”

관리신이 마음을 굳게 먹고 대답하려다 멈칫거렸다.

“와 그라네? 어이?”

나라신 옆에 두 명의 사신이 나타나 있었다. 문 앞에 있던 경호원들도 깜짝 놀라서 재빠르게 나라신 옆으로 왔다. 나라신이 두 사신을 보더니 한숨을 내쉬고 관리를 쳐다봤다.

“‘정화의 숲’에 가야 하는 시간이구마. 다 가는 길이니 나도 가야디. 이 자리에 자네밖에 없구만. 잠시 기다려 주시기요.”

나라신은 양옆에 있는 사신들에게 양해를 구하고 얇은 허리띠를 풀었다.

“이기 신표디. 나라신이 되려면 이 신표가 있어야 하디. 허리띠로 되어 있으니 해 보라우.”

얼떨결에 나라신이 내민 허리띠를 두 손으로 받아 들고 관리신이 들여다보았다. 허리띠 중앙에 네 개의 조각이 물결처럼 휘어져 모여드는 형상을 하고 있었고 네 개의 조각은 각각 다른 빛을 희미하게 띠고 있었다. 사신들이 나라신의 겨드랑이에 손을 끼우자 나라신이 다급하게 말했다.

"어서 하라우."

관리신이 시키는 대로 허리에 띠를 둘렀다. 온몸이 감전된 듯한 느낌이 들더니 이내 허리에 감겨들었다. 눈앞에서 벌어진 광경에 놀란 두 경비원만큼이나 새로운 나라신이 된 관리신도 놀라서 어쩔 줄 모르고 쩔쩔매기는 마찬가지였다. 그러는 사이 그들 앞에서 나라신은 두 사신과 함께 서서히 사라졌다.

경호원이 새로운 나라신에게 예를 갖췄다. 새로운 나라신은 즉각 영역 내 모든 신들에게 서로 감시하던 자세를 버리고 무조건 생업에 최선을 다하여 살아남으라고 훈시를 내렸다. 북한에 나라신이 바뀌었다는 소식은 바로 신계에 퍼졌다.

고집불통이던 전 나라신과 달리 새 나라신은 당장 영역의 신들에게 필요한 물자 공급을 남한에 요청하면서 대화를 하자며 먼저 개방적인 자세로 나왔다. 때마침 미국에서 회담 요청이 오자 회담을 수용하고 적극적으로 세상 밖으로 나올 태세를 보였다. 가장 먼저 시급한 식량 문제를 해결하기 위해 북한 나라신은 관리신들을 남한의 당국자들과 회담하라며 보냈다.

남북한의 만남은 영역을 가르는 중간에 설치된 공간에서 관리신들끼리 만났다. 이전과는 다르게 북한 관리신들은 시종일관 얼굴에 미소를 지으며 남한 관리신들을 대했고, 남한 관리신들은 지금까지 무수히 속았던 경험치를 새기며 속지 않겠다는 각오로 의례적인 인사와 형식적인 답변으로 일관했다. 북한 관리신들은 자신들의 식량 사정이 안 좋은 것을 말하며 필사적으로 원조를 부탁했다. 남한 관리신들이 식량

판매 대금에 대해 묻자 북한 관리신들이 난감한 표정을 짓다 나라신들끼리 만나서 회담을 하는 게 어떻겠냐는 의견을 냈다. 남측이 긍정적으로 검토하기로 하고 그들은 헤어졌다.

그리고 열심히 홀로그램을 통하여 몇 번의 회의를 거친 다음 나라신들과의 회담이 성사되었다. 영역 간 중간에서 만난 두 나라신은 환하게 웃으며 반가워했다. 남측 나라신의 머리에서 은은한 빛이 나는 반면 북측 나라신은 일반 신과 다름없는 모습이었다. 남측 나라신이 먼저 말을 꺼냈다.

"새 나라신이 되신 걸 축하드리고, 먼저 만나자고 해 줘서 고마워요."

"한 신족인 기라요. 한 신족이니 다른 영역 나라신보다 먼저 만나야 하디요. 그리고 아쉬운 우리가 먼저 손 내미는 거이니 당연한 기라요."

"우리가 해 드릴 수 있는 게 있었으면 좋겠소. 신들이 다 잘 사는 것이 우리의 목표니까요."

"역시 남쪽이 잘 사는 이유가 있었습네다. 나라신께서 이렇게 신들을 위하시니 신들이 행복하겠습네다. 우리 북쪽 신들도 남쪽 신들처럼 행복하기 위하야 나라신과 이렇게 만난 겁네다."

남쪽 나라신이 기분 좋게 껄껄 웃었다.

"어이구, 듣던 중 반가운 소리요. 내가 제일 듣고 싶었던 소리였거든요. 하하하."

"그렇습네까? 그럼, 오늘 회담에서 제 말을 잘 경청해 주시기요."

"여부가 있겠습니까."

"남쪽의 문화가 지금 신계를 휩쓸고 있습네다. 우리 북쪽도 젊은 이, 늙은이 할 것 없이 홀로그램을 통해 남쪽 문화를 다 보고 듣고 있습네다. 그러니 북쪽과 비교할 수 없는 차이가 나는 거이 죄다 알고 있어서리 북쪽의 홀로그램은 아예 보려고도 하질 않습네다. 남쪽 거이 보다가 북쪽 거이 보면 하품 나오는 기라요."

"그래요. 우리 문화가 좀 화려하고 우수하지요."

"문화라는 기 막는다고 막아지는 거이 아닙네다. 영역의 반대편에서도 남쪽의 문화에 열광하는 것을 봤습네다. 멀리 떨어져 있어서 모를 것 같던 문화권까지 남쪽의 문화에 환호하는 것을 보니끼 같은 신족으로서 우쭐한 감정이 들었습네다. 아마 북쪽의 일반 신들도 기렇게 생각할 겁네다."

남쪽의 나라신이 흐뭇하게 고개를 끄덕였다.

"문화와 경제를 한꺼번에 신계 높은 자리에 우뚝 세운 남쪽 나라신께 경의를 표합네다."

그러더니 북쪽 나라신이 조용히 일어서서 허리를 반으로 꺾어 절을 했다. 남쪽 나라신이 화들짝 놀라서 벌떡 일어나 맞절을 했다.

"아이고…… 당황스럽게 왜 이러십니까? 나라신!"

"내래 나라신께 부탁드릴 기 많아설라무네."

"그래요. 어디 하나씩 들어 봅시다."

"그동안에 북의 억지 같은 건 생각지 마시라요. 오늘 확 까발리고 나라신의 생각을 듣갓습네다."

북측 나라신은 체면을 내세우지 않고 북쪽의 사정을 까발리기 시작했다.

"지금 북쪽 신들이 굶주리고 있습네다. 계속 이어진 자연재해와 천왕의 제재로 지금까지 북조선이 할 수 있는 거이 없었던 기라요. 중국마저 재해로 식량이 부족하고, 러시아도 전쟁 중이라 우리와 교역은 무기밖에 없습네다. 신이든 사람이든 기본은 먹는 거이 아니갔시오. 같은 신족으로서 우리에게 식량을 나누어 주시기요. 나라신이 원하시는 조건은 우리가 할 수 있는 한 들어드리겠습네다."

북쪽 나라신의 파격 제안에 남쪽의 나라신은 잠시 생각하다가 대답했다.

"아니, 잠깐만요. 우리가 원하는 조건이라는 게 북쪽이 수용할 수 없는 내용일 수도 있잖아요. 그런 내용이라도 괜찮다는 건가요?"

"우리를 모두 죽이겠다는 내용만 아니믄 됩네다."

"아이고, 무슨 그런 험한 말씀을 하십니까? 살자고 회담을 하는 건데 절대로, 그런 일은 없지요."

"어떤 조건으로 우리 북쪽의 신들을 살려 주실 겁네까? 아무리 신들이 안 먹어도 된다지만 굶주리는 거이 일상이 되니 신계에 붙어 있으려고 하질 않습네다."

"먼저 원하는 것부터 들어 봅시다."

"당장 먹을 것이 필요합네다. 기후가 우리 편을 들어주지 않아서 식량이 턱없이 부족합네다. 어떤 해는 가뭄으로 힘들고 어떤 해는 큰물로 힘들게 하더니 신들이 굶주림에 서둘러 '정화의 숲'으로 가고 있어서리 영역 내 신들의 수가 많지 않습네다. 남쪽은 경제력이 받쳐 주니끼 신들이 많잖습네까? 서둘러 '정화의 숲'으로 가는 신들도 많티 않갔구요."

"우리도 그런 신들 있어요. 북쪽만큼은 아니겠지만요."

"적어도 배곯아서 '정화의 숲'으로 가지는 않겠지비."

"그건 그렇지요. 아직 우리 신들이 굶주려서 '정화의 숲'에 갔다는 소린 못 들었으니까요."

"길티요. 남쪽은 풍요롭다고 들었습네. 홀로그램으로 봐도 풍요롭게 보임네. 참말 엄청 부럽습네. 나라신!"

"북의 나라신이 그런 말씀을 하실 줄은 정말 몰랐군요. 놀랍네요."

"머이가 말입네까?"

"이전의 나라신은 자존심 때문에 없어도 없다는 내색을 안 했어요. 언제나 없어도 있는 척, 뭘 했어도 안 한 척, 조금 있어도 부풀려서 많이 있는 척, 척을 많이 했는데 지금의 나라신은 다 내려놓고 너무 정직하십니다. 그래서 놀라는 중이요."

남쪽의 나라신은 진심으로 놀라고 있었다.

"척해서 지금까지 얻은 기 쥐뿔도 없었으니끼 이래 나라신께 식량 구걸하는 거이 아니겠습네까. 숨긴다고 숨겨질 것도 아니고 다 아는 사실인기라요."

"성격이 시원시원하군요."

"남쪽 나라신이야말로 미남이시고 성격은 더 좋다고 들었습네. 남쪽 신들은 신성도 좋고, 부지런하고, 재주가 좋아 남쪽의 문화가 신계에 영향을 미치지 않는 곳이 없을 정도라 이 또한 부러움의 대상입네다."

"북쪽과 사이가 좋아진다면 우리가 해 줘야 할 게 많겠군요."

"다른 영역에 퍼 주디 마시고 기왕이믄 같은 신족인 우리에게 좀 주시라요. 북쪽의 번영을 위하야 나라신이 하라는 대로 하갔습네다."

북쪽의 나라신은 예상보다 더 적극적으로 나왔다. 정말 이전의 나라신과는 완전히 반대였다. 남쪽의 나라신은 자신과 말이 잘 통하겠다 싶어서 흐뭇했다.

"우리가 북쪽이 원하는 만큼의 식량을 드리면 북쪽이 우리에게 줄 수 있는 게 뭐가 있나요? 그래도 거래는 거래라 공짜로 드릴 수는 없는데요."

"아! 거럼요. 원하시는 걸 말씀해 보시기요. 우리에게 있는 거이 드리고 사겠습네다. 길티만 비싸게 팔디는 마시라요. 우리 돈 없습네다. 신들이 일도 안 하고 지상에서 들어오믄 한 번 형편 보고 바로 '정화의 숲'으로 가 버린단 말입네다. 기래 영역이 피폐되는 기라요. 기후도 영역을 망치는 데 한몫 거들었다 아임메. 거기다 중국이 퍼트린 질병으로 신들이 더 곤란을 겪게 되어 매우 난처한 지경이었습네다. 지금까지 버티느라 고생했는데 싸게 해 달라요. 나라신!"

남쪽 나라신이 환하게 웃었다.

"그렇게 고생하며 버티셨는데 어떻게 비싸게 받겠어요. 나라신! 돈 달라면 주시겠습니까?"

"줄 돈이 없으니끼니 현물로 드리겠습네다. 현물로요."

"그럽시다. 돈이 있다면 굳이 남쪽에 식량을 달라고 말씀 안 하셔도 되셨겠지요. 북쪽의 산, 광산 개발권을 주세요. 거기서 북쪽의 신들도 일하게 해서 월급도 주면서 돈도 벌게 해 줄 수 있게요. 광물은 물론 남쪽으로 가져오겠지만요."

"아, 좋은 생각입네다. 연료로 쓰는 광물은 우리도 개발하고 있습네다만."

"우리가 산 몇 군데를 정해 조사를 하고 마땅한 산을 지정해 개발할게요. 괜찮죠?"

"물론 좋습네다. 남쪽의 과학 신들을 북쪽으로 보내서 탐사하라 하시기요. 북쪽의 신들도 남쪽의 신을 도와 함께 일하도록 합세다."

"북쪽 신들을 위해서라도 식량은 바로 보내 드릴 거요."

"고맙습네다. 나라신! 살려 주셔서 감사합네다. 신민들이 기뻐할 겁네다."

북쪽 나라신이 활짝 웃으면서 남쪽 나라신의 손을 잡고 세차게 흔들었다.

"기리고 또 말씀드릴 기 있습네다."

"말씀해 보세요."

"남쪽은 다른 영역에 많은 투자를 하고 있습네다. 다른 영역에 투자하는 돈을 북쪽에 투자해 주시기요. 안전을 보장해 드리는 것은 물론이고 원하신다믄 북쪽의 제도를 바꿔서라도 맞춰 보갔습네다."

"그건 빛응축 폭탄의 개발을 포기하고 우리에게 모두 넘긴다면 가능할 거요. 아시다시피 북쪽이 항상 우리에게 빛응축 폭탄 시험이다 뭐다 해서 위협을 하니 미국이 제재를 하는 거고 남쪽의 신들도 그로 인해 불안을 느끼거든요. 지금이라도 북쪽이 미국의 제재를 받지 않고 영역을 마음껏 개발하고 외부의 투자를 바란다면 선결 조건이 빛응축 폭탄을 포기하는 거예요. 우리도 이미 그 기술과 방어할 시스템을 가지고 있지만, 만약 북쪽이 빛응축 폭탄을 모두 우리에게 넘긴다면 남쪽을 전적으로 믿는다고 생각할 겁니다. 그럼 다른 영역으로 빠질 투자가 북쪽으로 향하도록 해서 남쪽의 신들처럼 북쪽의 신들도 풍요롭게 잘 살도록 할 거요."

"빛응축 폭탄은 방어용임메. 남쪽은 믿지만 미국이 우리를 공격 안 한다고 어째 믿습네까?"

"남쪽을 믿듯이 미국을 믿어 보시오. 신들을 살리고 영역을 풍요롭게 하고 싶다면서요. 그러자면 절대적으로 미국의 도움을 받아야 합니다."

"미국과 우리는 상호 적으로 생각하고 있습네다. 기거이 되갔습네까?"

"되도록 하기 위해 이 자리에 있는 겁니다. 신계에서 천왕의 뜻을 거스르는 영역이 곤란을 겪는 경우는 북쪽 말고도 많지요."

"그런 영역들 모두 미국의 제재를 받다가 침략을 당했고 많은 신이 죽고 고통을 당했습네다. 우리는 미제에 핍박받아 왔고 신민들이 미제라면 치를 떱네다. 미국도 우리를 적으로 보고 매일 으름장이나 놓고 있는데 미국이 도움을 주갔습네까?"

"서로 대화가 부족해서 생기는 벽이에요. 대화를 해서 벽을 하나씩 하나씩 허물어 가면 됩니다. 빛응축 폭탄이 없어지면 미국이 제재를 풀 거고 어느 영역과도 거래를 할 수가 있어요."

"우리도 그라믄 좋갔시오. 시내에 외국 신들이 와서 구경하고 다른 영역들의 다양한 물건도 들어오고, 우리 물건도 다른 영역으로 팔고 그라믄 좋갔시오. 지금까지 닫혔던 문을 앞으로 활짝 열고 남쪽 신들도 많이 오고, 다른 영역의 신들도 많이 오게 하고 싶습네다."

"미국의 마음부터 여십시오. 그러면 모든 제재도 풀리고 원하시는 대로 일이 술술 풀릴 거요."

"미국이 요구하는 거이 남쪽 나라신의 요구 사항과 같겠지비?"

남쪽 나라신이 근엄한 표정으로 고개를 끄덕였다.

"아마 그럴 거요. 위험한 요소를 확실하게 제거하고 확인한 다음 제재를 풀 거요. 지금까지 말해 왔듯이 선지원은 없어요. 빛응축 폭탄이 모두 제거된 게 확인된다면 우리 남쪽에서도 미국에서도 북쪽을 개발하는 데 나라신이 생각하는 것 이상으로 투자가 이루어질 수 있어요. 그건 나라신의 몫이니 내가 이러쿵저러쿵 할 말은 아니지만요."

북쪽의 나라신은 곰곰이 생각하다가 입을 열었다.

"무기를 넘겨주고 만약 미국이 우리를 파괴하거나 지배하려고 하면 어떡함메? 우크라이나가 빛응축 폭탄을 러시아에 넘겨주지 않았다면 이번처럼 러시아에 공격당하지 않았을 겁네다. 안 그렇습네까?"

남쪽 나라신은 그 말에 수긍했다. 우크라이나는 2차 신들의 전쟁 후에 빛응축 폭탄이 러시아보다 많았다. 하지만 러시아가 침략을 안 한다는 약속을 하자 순진하게 빛응축 무기를 러시아로 다 넘겨 버렸었다. 시간이 흘러서 러시아는 약속을 어기고 우크라이나를 침략했고 우크라이나는 겨우겨우 미국과 주변 영역들의 도움으로 만신창이가 된 채로 영역을 지키는 전쟁을 하고 있었다. 우크라이나 영역은 참담하게 부서졌고 신들도 많이 '정화의 숲'으로 갔다. 이런 상황에 빛응축 폭탄을 포기하라는 말은 자신들이 다음의 우크라이나가 될 수 있다는 생각을 안 할 수가 없을 것이다.

"이해합니다. 하지만 우크라이나와 러시아는 우리들 관계와는 달라요. 우리는 한 신족이지만 그들은 한 신족이 아니잖아요. 그리고 남쪽이 러시아처럼 한답니까? 미국이 러시아처럼 한답니까?"

"미국이지비."

"아니에요. 미국은 평화를 지키기 위해 힘의 균형을 맞추기 위해 그러는 거예요. 만약 남쪽이 약한데 미국이 없었으면 지금처럼 번영된 영역을 가꾸지 못했을 거요. 반대로 북쪽도 중국이나 러시아가 없었다면 지금까지 버티기 어려웠을 거예요. 안 그런가요?"

"맞습네다. 기러니까 조선 반도는 위나 아래나 아직까지 외세의 손아귀에서 놀아나고 있음네다. 고달픈 조선 신족의 현실이라요."

"그래서 힘이 중요합니다. 힘이 있어야 말 한마디라도 더 하고 한 대라도 더 때리며 맞설 수 있으니까요."

"기거 보시기요. 힘이 있어야 한다 아임메. 북조선이 빛응축 폭탄을 다 내어 주면, 맨몸으로 싸움터에 나가는 거이랑 다름 없시오. 남조선이래 미국과 동맹이니끼 기렇게 말해도 우리 북조선이래 사정이 확 다릅네다."

북쪽 나라신의 빛응축 폭탄에 대한 믿음은 확고했다.

"남쪽이 원하는 건 다 주겠다면서요?"

남쪽 나라신이 고개를 갸웃거리며 반문했다.

"빛응축 폭탄을 포기하란 말만은 하지 말라우요. 북조선의 자존심이고 최후의 방어수단이라요. 우리도 살기 위해 빛응축 폭탄에 매달리고 있는 겁네다."

회담 분위기가 무거워지고 있어서 화제를 돌렸다.

"혹시 남쪽의 문화 중에서 나라신이 좋아하는 게 있을까요?"

"예?"

갑작스러운 질문에 북쪽 나라신이 눈을 크게 뜨고 쳐다봤다.

"남쪽 문화가 신계를 휩쓸고 있는데 북쪽도 남쪽의 문화를 알고 있다고 했잖아요? 앞에서 못 보고 못 듣게 해도 다 보고 듣는다면서요. 나라신은 어떤가 해서요."

"고운 처자들이 노래하고 춤추는 거이 좋아합네다. 남쪽에는 참 고운 처자들이 많습네다. 기건 와 묻습네까?"

"나라신의 취향 좀 알고 싶어서요. 어떤 걸그룹을 좋아하십니까?"

북쪽 나라신의 양 입꼬리가 위로 슬쩍 올라갔다.

"많이 본 건 아니고…… 다 곱드래요."

"그러니까 누구요? 혹시 압니까? 제가 나라신을 위해 공연을 주선할지."

북쪽 나라신이 쑥스럽게 웃었다.

"하하하. 일없이요. 회담이나 하시기요."

남쪽 나라신도 따라 웃으며 손을 흔들었다.

"아니요. 딱딱한 회담 분위기를 부드럽게 하는 데는 공연 같은 문화의 힘도 중요해요."

"혼을 빼놓고 원하는 거이 얻으려는 겁네까?"

북쪽 나라신이 약간 경계하는 듯한 말을 하자 남쪽 나라신이 미소를 지었다.

"그렇게 해서라도 북쪽을 도울 길이 생긴다면 좋겠소."

북쪽 나라신이 남쪽 나라신을 빤히 쳐다봤다.

"나라신을 믿고 싶은 마음이 자꾸 커지고 있습네다."

"믿으시오."

"같은 신족이니 믿어야 하갔디만 뒤에 미국이 있으니끼 거저 한숨만 나옵네다."

"나도 미국도 당장 믿어 달라고 하지 않겠소. 미국과도 대화를 하면서 차차 믿음을 쌓아 가며 성과를 내도록 하지요. 나라신! 조급하게 생각하지 마시고 북쪽의 신들과 남쪽의 신들이 다 같이 잘살도록 우리 함께 힘을 합쳐 봅시다."

"내래 북의 신민을 위하는 기라믄 뭐든 하갔시오. 하지만 북의 신민들에게 위해가 간다면 좌시하지 않갔시오."

"하하하. 새로운 나라신도 북의 기본적인 성질은 가지고 계시는군요. 그건 마찬가지요. 누가 우리 남쪽의 신에게 위해를 가한다면 나 또한 가만히 있지 않아요. 북의 신들도 같은 신족인데 왜 우리끼리 아옹다옹해야 합니까? 서로 믿고, 의지하고, 돕고, 협력해서 주변 영역들이 우리에게 위해를 가하지 못하도록 해야지요. 중국이든 러시아든 일본이든 미국이든 어떤 영역이라도 말이요."

"좋은 말씀입네다. 나라신의 본분이 신민을 지키고 영역을 수호하는 기라요."

"맞습니다. 그러니 우리 자주 만나서 도울 건 도우면서 주변 영역으로부터 우리 신족을 보호하고 영역을 수호하도록 합시다."

"나라신의 말씀을 들으니 한껏 마음이 가벼워집네다. 사방이 꽉 막혀 있던 곳에 있다가 한쪽 길이라도 확 뚫린 기분이라요."

"미국과 대화할 수 있도록 주선할 테니 잘 진행해 보시오. 한 번에 안 되면 두 번 만나고, 두 번에 안 되면 세 번 네 번 만나서 대화하고 방법을 찾아야 합니다. 방법을 찾고 길을 내야 신민들이 잘살 수 있다는 걸 생각하시고요. 미국과 대화할 때 너무 강경하게 하지 마세요."

남쪽 나라신이 부드럽게 말하자 북쪽의 나라신이 고개를 끄덕였다.

"명심하갔시오. 이제 북쪽도 변해야 할 때입네다. 더 이상 나빠질 수 없으니 짚이라도 잡고 발버둥 쳐야 합네다. 기라믄 식량 외에 다른 원조는 미국의 눈치 때문에 더 이상 안되는 기요?"

"또 어떤 걸 원하시오?"

"에너지라요. 남쪽은 밤이고 낮이고 활동이 가능한 에너지가 가득한데 북쪽은 에너지 원동력이 없습네다. 신들이 최소한의 에너지도 받지 못하니 자꾸 '정화의 숲'으로 바로 가는 겁네다. 이 문제도 도와주시라요."

"그것 역시 미국의 제재가 풀려야 가능하니 미국과의 대화가 먼저인 것 같군요."

북쪽 나라신의 이마에 주름이 잡혔다.

"또 미국입네까? 혹시 미국 핑계로 도울 생각이 없는 건 아닙네까?"

남쪽 나라신이 놀라서 황급히 손사래를 쳤다.

"무슨 그런 말씀을 하시오. 절대 그런 의도는 아닙니다. 지금껏 북쪽이 다른 영역과 교역이 힘들었던 게 미국 제재 때문이었잖아요. 그것 때문에 우리가 돕는 것도 제한받고 있으니 미국과 대화를 잘해서 제재를 풀어야 우리가 마음 놓고 도울 수 있다는 걸 강조하는 겁니다. 오해하지 마세요."

"우리는 미국 얘기가 나오면 뿌리 깊은 반감이 있어서 반응하게 됩네다."

"그건 남쪽도 마찬가지요. 미국이 우리가 예뻐서 도와주는 건 아니요. 자기들 필요에 따라서 도와주는 거지요. 빼먹을 게 있고 중국이나 러시아 견제를 위해서 우리가 필요하니 이용하는 겁니다. 우리는 미국을 또 이용하는 거고요. 상호 의존하면서 발전하는 거지요."

북쪽 나라신이 한숨을 내쉬었다.

"후! 알겠시오. 일단 나라신만 믿고 미국과 만나 보갔습네다."

"그래요. 오늘은 이만하고 다음에 만나면 더 많은 얘기 나누도록 하지요."

"반가웠습네다. 나라신! 많이 도와주시라요."

"당연하지요. 잘 가시오."

남북의 두 나라신은 사라지면서 서로 빙그레 웃었다.

남측의 주선으로 북쪽의 관리와 미국의 관리가 만났다. 북쪽의 관리는 이전과 달리 표정을 밝게 하려고 애쓰는 것 같았고 이전과는 사뭇 다르게 옷도 밝은색으로 입었다. 미국 측의 관리도 천왕과 미리 만나 여러 가지로 언질을 받은 게 있어서 고압적인 자세는 아니었다.

각 두 명의 대표신들이 참석했고 인사한 다음 본격적으로 회담에 들어갔다. 먼저 미국 측 피부가 검은 여신이 말했다.

"대화의 장으로 나오신 걸 먼저 환영합니다. 한국 나라신이 이번에 북쪽 나라신이 바뀌어서 분위기도 바뀌었다고 하여 기대를 가지고 나왔어요. 그렇죠?"

그러면서 옆의 백인 남신에게 동의를 구했다.

"그렇소. 그동안 계속 의견이 평행선을 달려서 의견 차가 좁혀지지 않았잖아요. 만나 봤자 뻔해서 아예 한동안 연락조차 하지 않았고요. 한국 나라신의 말을 믿고 한 번 더 속아 본다는 생각이지만 기대는 하고 있어요. 나라신이 바뀌었으니까요."

둘 다 빼빼 마른 북한 관리는 한 명은 쌍꺼풀이 크게 져서 눈이 튀어나올 듯이 컸고, 또 한 명은 민꺼풀 눈이 위로 치켜 올라가서 사나운 느낌이 들었다. 비슷한 키에 살집이 없는 둘은 가무잡잡한 피부이면서 얼굴 분위기는 완전히 달랐다.

눈이 큰 관리가 어색한 웃음을 띠며 말했다.

"우리 새로운 나라신이래 영특하시어 신민을 잘 먹고 잘살게 하기 위하야 이 자리에 우리를 보내셨습네다. 우리도 오늘의 회담에 기대가 큽네다."

눈이 작은 관리가 말을 보탰다.

"길티요. 부디 오늘 푸짐한 성과를 가지고 돌아가면 좋갔습네다."

미국 백인 관리가 말했다.

"푸짐한 성과를 기대하기엔 그동안 너무 의견이 안 맞았지요. 우선 오늘 토론할 주제부터 봅시다. 첫 번째, 북한이 제안한 제재를 풀 방법에 관한 토론이요. 두 번째는 우리가 제안한 빛응축 폭탄의 포기에 관한 토론입니다. 주제는 달랑 두 개지만 사실 한 개나 마찬가지요. 빛응축 폭탄 문제가 해결되면 북한의 문제는 다 해결되는 거거든요. 문제는 북한이 이 문제의 폭탄을 포기하지 않는다는 거요. 거기서 문제가 발생했고 말이죠."

북한의 눈이 작은 관리가 나섰다.

"빛응축 폭탄은 우리에게 매우 큰 의미라요. 우리 신민을 지킬 수

202

있는 절대적인 무기라고 전 나라신이 입이 마르고 닳도록 우리에게 말했습네다. 빛응축 폭탄이 있어야 미국이 못 쳐들어온다고 하셨습네다. 미국은 빛응축 폭탄을 우리보다 수백 배나 많으면서 고작 몇 기밖에 없는 우리에게 제재를 가해 사방팔방을 다 막아 버렸습네다. 기래서 다른 영역과 소통을 할 수 없었고 우린 매우 분노했던 기야요."

피부가 검은 여신이 조용히 맞받았다.

"말씀 잘하셨어요. 우리에겐 빛응축 폭탄이 꽤 많이 있어요. 아시다시피 이게 한 개의 무기만으로도 작은 영역은 통째로 날려 버릴 수 있는 위험하고 강력한 무기잖아요. 한 개만으로도 수많은 신들의 희생을 가져올 수 있으니 신계의 각 영역이 모여서 회의를 했고, 모두 빛응축 폭탄을 더 이상 만들지 않기로 약속하고 기구를 창설했어요. 우리가 가지고 있는 건 이 기구가 탄생하기 전에 만들어졌던 것이고 이후엔 만들지 않았어요. 하지만 당신들은 꾸준히 개발하더군요. 그 대가로 제재가 들어간 거예요. 많은 신들의 목숨을 담보로 개발하고 있는 빛응축 폭탄을 중지하라고요."

백인 관리신도 고개를 끄덕이며 말했다.

"맞소. 이번 자연재해로 파키스탄과 중국에서 빛응축 폭탄이 터져서 수많은 신들이 정화의 숲으로 갔소. 무려 이천만입니다. 이 빛응축 폭탄은 신계를 파멸로 몰아갈 거요. 파멸을 막기 위해 더 이상 만들지 않기로 하는 기구를 만들었던 거였지요. 그걸 지키지 않는 영역들은 제재를 받았고 북한도 거기에 해당된 거요."

눈이 작은 북한 관리가 입을 한 번 씰룩거리더니 굳은 표정으로 말했다.

"우리도 영역을 지키기 위해 발버둥 친 기라요. 딱히 내세울 것 없는 작은 영역이 거대한 영역들에 둘러싸여 있어서래 언제나 마음 놓을 수가 없는 기라요. 할 수 있는 기라도 해서 영역을 지켜야 하디 않갔시오."

백인 관리신이 고개를 끄덕였다.

"그런데 너무 드러내 놓고 도발하면서 개발하지 않았소? 무슨 일 있을 때마다 보란 듯이 시험 발사하고 도발해서 미국과 주변 영역들을 자극했어요. 그게 더 제재의 강도가 올라간 이유요."

눈이 큰 북한 관리가 나섰다.

"우리네 자위권을 다른 영역이 와 이래라저래라 간섭하는 기야요? 지네들 다 가져놓고 다음에 개발하는 영역들은 하지 말라는 기 어드메 있는 잣대라요? 우리 영역을 수호하는 기반은 우리 신민인 기라요. 우리 신민을 지키기 위해 빛응축 폭탄을 내세워 주변의 강대국으로부터 우리 영역을 수호하고 신민을 수호하는, 수호신 같은 존재인 빛응축 폭탄인 기라요."

흑인 여신이 고개를 삐딱하게 틀더니 목소리에 힘을 주고 고압적인 자세로 물었다.

"지금까지 그런 고집이었는데 오늘도 그 고집을 부릴 건가요? 회담을 하자는 거요, 말자는 거요?"

북한의 두 관리신이 서로 쳐다보더니 난감한 표정을 지었다.

눈이 큰 북한 관리신이 고개를 푹 숙이며 말했다.

"우리네 깊게 박힌 인식이 고쳐디질 않누만요. 우리 나라신이 부드럽게 미국 대표와 회담하랬는디 거저 잘 안 되는누만요. 미안합니다."

눈이 작은 북한 관리신이 동료 관리신의 어깨를 토닥거리며 미국 대표신들을 보았다.

"우리래 부드러운 분위기를 몰라서리 기러니끼 리해하시라요. 습관이란 거이 무서운 겁네다. 맘먹는다고 쉽게 고쳐지는 거이 아닌 기라요. 기리고 빛응축 폭탄에 대하야 나라신도 대안이 될 수 있는 어떤 해결책이 있어야 한다고 말씀하시셨습네다. 빛응축 폭탄이 없어도 신민이 안전하다는 생각을 하게시리 따로 대책이 필요하다는 말씀입네다."

흑인 여신이 고개를 끄덕이며 슬쩍 미소를 흘렸다.

"습관도 나에게 독이 된다고 생각되면 고쳐야지요. 당신들 영역을 위한 거라면 더더욱 그래야 하고요."

백인 관리신이 맞장구쳤다.

"아무렴요. 눈치 보는 억압의 습관에서, 내 스스로 판단하고 독자적이고 창조적인 습관을 들이려면 노력을 많이 해야 할 거요. 될지 안될지는 모르겠소만."

"먼 소리입네까? 우리 주체사상을 다 버리라고 강요하는 기요?"

눈이 큰 북한 관리신이 큰 눈을 부라리며 물었다.

흑인 여신이 조용히 말했다.

"당신들이 여기 왜 나왔는지 기억하세요. 북한의 나라신이 남한의 나라신에게 부탁하여 우리와 마주 앉아 있는 것이고 북한이 그동안 신계의 제재를 받아왔던 족쇄를 풀기 위해 이 자리에 와 있는 것이란 걸 명심하세요. 회의할 의사가 없으면 그냥 나가도 좋아요. 하지만 그걸로 북한은 좀 더 확실하게 우리에게 적이 되는 것이에요."

북한의 두 관리는 마른침을 꿀꺽 삼켰다. 눈이 작은 북한 관리신이 흑인 여신을 보며 말했다.

"새로운 나라신이 들어선 이후 우리 영역이래 무력시위를 한 적도 없고, 어떠한 무기 생산 실험도 한 적이 없시오. 이거이 미국이 바랐던 내용 아니갔시오?"

백인 관리신이 대답했다.

"맞소. 그래서 이 자리가 있는 것이요. 혹시라도 새로운 나라신이 전 나라신과 달리 세상으로 나올 생각을 한 것일지도 모른다고 생각해서지요. 남한 나라신에게서도 그렇게 전해 들었고요."

"바로 맞습네다. 우리 나라신이 영역을 다 닫고선 미래가 없다고 말씀하시어서 다른 영역과 교류를 하고 자본도 끌어들여서 영역을 발전시켜야 한다고 역설하시었시오."

흑인 여신이 눈을 반짝였다.

"오! 그럼, 북한이 드디어 신계의 일원이 되겠다고 확실하게 마음 먹었단 말인데요. 듣던 중 반가운 소리예요. 그렇다면 오늘 회의가 이런 식으로 진행되면 안 되지요."

"그러게, 말이오. 그동안 하도 손바닥 뒤집듯이 말 바꾸기를 많이 해서 믿을 수가 없어요. 이러다가 또 어떻게 순식간에 바뀔지 몰라서 말이죠."

백인 관리신이 의심하자 눈이 큰 북한 관리가 멋쩍게 웃으며 고개를 끄덕였다.

"기야 전 나라신이 우리 주체사상을 흔들까 봐 워낙 자본주의를 경계하야 기랬던 기요. 지금 새로운 나라신은 신민을 어쩌 잘 살게 할까 그 궁리만 하고 있시오. 기러니 기딴 일은 없을 기라요."

흑인 여신이 방긋 웃었다.

"제발 그러길 바랄게요. 내가 한국을 워낙 좋아해서 하는 말인데 그동안 북한을 보면서 같은 신족인데 어떻게 저렇게 다를까, 항상 생각했거든요."

눈이 큰 북한 관리신이 놀라며 물었다.

"남조선을 좋아한다구래? 남조선을 어케 좋아하는 기요?"

"그야 워낙 모든 문화가 발달했으니까요."

"그렇지요. 한국의 모든 문화가 신계를 휩쓸고 있고 미국도 예외는 아니요."

백인 관리신이 호응했다.

눈이 작은 북한 관리신이 물었다.

"남조선이래 에너지가 많디요. 문화는…… 우리도 슬쩍슬쩍 보기는 했디만 정말 대단하단 말밖엔 안 나옵네다. 같은 신족이라는 거이 믿기지 않을 정돕네다."

흑인 여신의 입꼬리가 슬쩍 올라갔다.

"한국이 그렇게 발전할 때 북한은 어땠나요? 굶주리고 헐 벗는 신들을 위해 뭘 했죠? 빛응축 폭탄으로 미국으로부터 보호해 주겠다고 현혹하면서 그 전 나라신은 신민들을 위해 아무것도 안 했어요. 오로지 자신의 영달을 위해 체제 보존에만 힘썼지요. 이제 나라신이 바뀌었으니 그 전의 고리타분한 체계 같은 허울은 벗어 던지고 자유롭게 생각을 얘기해 봐요. 나라신이 허락했잖아요."

눈이 큰 북한 관리신이 어깨를 움츠렸다.

"길티요. 자유란 거이…… 우리에겐 낯설어서 어케 해야 할디 막막

합네다. 늘 감시당하고 눈치 보는 거이 일상이었딘 기라요.”

“나라신이 허락했으니 맘 편히 하고 내키는 대로 자신의 영역을 위해 말하면 돼요.”

백인 관리신이 측은하게 바라보다가 손을 흔들었다.

“자, 자! 빨리 적응하기 바랍니다. 미국이 북한에 바라는 것을 먼저 말하지요. 아시는 것처럼 빛응축 폭탄을 비롯해서 더 이상의 무기 개발하지 말라는 것입니다. 물론 빛응축 폭탄은 개발뿐만 아니라 모든 수량을 폐기하거나 한국이나 미국 쪽에 넘겨야 합니다.”

“기럼 우린 뭘로 우리를 방어하지비? 아무것도 없는 우리를 미국이 지배하려 든다믄 식은 죽 먹기 아닌기요?”

눈이 작은 북한 관리신이 실눈을 뜨고 반박했다.

“안전은 우리가 보장할 겁니다. 오히려 중국이나 러시아에 압박당하거나 침략을 당했을 때 미국과 한국이 막아 주고 보호해 줄 거요.”

“기거이 어째 믿습네까?”

“우리를 믿지 못하니까 지금까지 이렇게 온 거요. 단 한 번이라도 미국을 믿어 본 적 있소?”

“주체사상을 강력하게 시행했딘 전 나라신은 언제나 미제는 우리의 가장 큰 적이라고 했시오. 남조선도 미제의 압박으로부터 구해야 한다고 했시오.”

이 말에 두 미국 관리신이 폭소를 터트렸다.

“와 웃는 기요?”

미국의 흑인 여신이 깔깔대며 대답했다.

“하하하…… 한국을 미국으로부터 구한다고, 너무 웃기는 얘기잖소. 한국은 이미 선진국 반열에 올라섰는데 신계에서 한국을 누가 구한다고요? 너무 현실과 동 떨어진 말이라 웃지 않을 수 없소. 하하하.”

북한의 두 관리신이 서로 쳐다보다가 얼굴을 찡그렸다.

“웃지 마시기요. 우리래 바깥소식을 들을 수 없게 막아 놨으니끼 몰랐던 기라요. 안 기래도 남조선이래 발전한 모양새 보고 깜짝 놀라 자빠졌더랬시오.”

“나라신이 바뀌고 나서리 요즘 남조선에서 흘러 들어오는 홀로그램을 조금씩 보고 있습네다. 기거 보고 충격받은 신민들이 ‘정화의 숲’에 가기보다 남조선으로 넘어갈 생각만 하고 있습네다. 나라신도 기걸 알고 있고 서둘러 신민들을 살릴 생각을 하신 기라요.”

백인 관리신이 웃음을 거두고 말했다.

“당신들 신족끼리 남북으로 갈라져 싸울 때 미국이 돕지 않았다면 지금의 한국은 없었을 거요. 한국처럼 발전하고 싶으면 미국과 손을 잡아야지요. 중국이나 러시아처럼 덜 발전한 영역과 손잡아선 발전할 수가 없어요.”

눈이 작은 북한 관리신이 손을 흔들었다.

“기러지 마시라요. 다른 영역들이 우리 영역을 모두 등질 때 우리 영역을 기래도 도와줬던 영역이 중국과 러시아였드랬시오. 도와준 영역에 대해 기딴 소리 듣는 거이 영 불편합네다.”

흑인 여신도 웃음을 거두고 진지한 표정으로 물었다.

“역시 의리 있는 신족이요. 좋습니다. 하지만 한국을 보니까 한국처럼 발전하고 싶은 마음은 있지요?”

“기럼요. 두말하믄 잔소리라요. 참으로 잘살고 싶습네다.”

"그러면 어떻게 할 것인지를 우리에게 확실하게 보여 줘야 해요."

"빛응축 폭탄은 기대로 두고 우리 영역을 잘살게 해 주믄 안 되갔습네까?"

흑인 여신의 표정이 냉랭하게 싹 바뀌었다.

"공짜는 없습니다. 어떻게 우리의 요구를 충족시킬 것인가 하는 해답부터 내셔야지요. 얼렁뚱땅 넘어갈 생각 말아요."

"맞아요. 주고받고, 주고받고, 그게 기본적으로 되어야 거래가 이루어지지요."

백인 관리신이 흑인 여신의 의견에 동조했다.

눈이 작은 북한 관리신이 시무룩한 표정으로 말했다.

"만약 우리가 빛응축 폭탄을 넘긴다믄요, 우리에게 해줄 수 있는 거이 뭡네까? 확실하게 어드렇게 우리를 보호해 줄 겁네까?"

흑인 여신이 즉각 대답했다.

"지금까지 사방팔방 막았던 제재를 다 풀어 줄 겁니다."

"기럼 어드렇게 됩네까?"

"물건을 자유롭게 사고팔 수가 있겠지요. 발전하고 싶다고 했지요? 발전에 필요한 뭐든 시도해 볼 수가 있습니다. 돈이 없으면 돈을 빌릴 수도 있겠고요. 멋진 세상을 만들어 가는 여러 가지 시도가 가능하지요. 북한 신들에게 막혀 있던 통로도 다 열릴 겁니다. 그럼, 어디고 다닐 수 있게 되겠지요."

"길쿠만이요. 길케 많은 거이 막아 놓구 있던 기였시오. 지금과는 완전 다른 신세계 아닙네까?"

"맞아요. 신세계! 한국이 돕고 미국이 돕는다면 매우 환상적인 발전 속도를 경험할 거예요."

"남조선이 돕는 기야 같은 신족이니끼 믿갔지만 미국은 아직 믿지 못하겠습네다."

"한 번이라도 믿어 보고 그런 소리 하시오."

백인 관리신이 답답한 표정으로 말하자 흑인 여신도 덧붙였다.

"믿지 못하면 아무것도 변하지 않아요. 믿는 것에서부터 변화가 시작될 겁니다."

"빛응축 폭탄만 포기하면 되는 기요?"

"우선 협상은 빛응축 폭탄이지만 거기에 더해 사거리가 긴 대형 폭탄들도 포함해서 넘기시오."

"다 넘겨주면 우린 뭘로 우리를 지킵네까? 기본적으로 우리를 지킬 수 있는 수단은 있어야 하디 않갔시오?"

"기럼 대형 폭탄들을 넘길 테니 빛응축 폭탄은 방어용으로 남게 해 달라우요."

북한 대표들이 반발하고 나서자 백인 관리가 고개를 저었다.

"빛응축 폭탄이 먼저입니다. 협정에 위반하는 게 빛응축 폭탄이니까 그것부터 넘기는 것은 물론이고 만드는 시설과 발사대까지 모든 걸 무력화하는 것을 우리가 확인해야 해요."

"참말로 독하기요. 만약 미국이나 남조선이 우리를 배신한다믄 우리는 거저 호랑이 아가리로 들어가는 기라요. 기래서 전 나라신이 빛응축 폭탄을 포기하지 못했던 기야요."

"우리는 못 믿어도 한국은 같은 신족이니까 믿는다고 했잖소. 한국을 믿으시오. 한국의 힘은 지금 누구도 건드릴 수 없을 만큼 막강하오.

한국이 당신들을 침략하는 일 따위 없을 테니까 어차피 같은 신족이고 뭉쳐 살면 더 좋은 일이잖소."

"뭉티 살아요?…… 기거이 뭔 소리라요?"

"말 그대로 같이 사는 거지요. 당신들 한 신족이니까요. 같은 언어를 쓰고 같은 글을 쓰고 같은 문화를 지녔으니까 같이 뭉쳐 사는 게 시너지 효과를 내면서 한국도 더 잘살게 될 거고 북한은 한국 따라서 잘살게 될 거란 말이죠."

흑인 여신의 말에 백인 관리가 덧붙였다.

"북쪽으로 막혔던 홀로그램이 들어가면서 한국이 얼마나 잘사는지 알 거요. 북쪽도 한국처럼 그렇게 변할 수가 있다는 거지요. 신계의 다른 영역도 보고 있겠지만 한국만큼 굉장한 영역은 없어요. 가장 최첨단을 향해 가고 있는 영역이면서 가장 안전하게 발전하고 있는 영역이지요. 가장 잘 사는 영역과 가장 못 사는 영역이 같은 신족이라는 게 놀라울 뿐이요."

"가장 못 사는 영역이라고?"

눈이 작은 북한 관리신이 입을 실룩거리면서 표정이 일그러졌다.

"다른 영역과 비교해 봤을 거요. 북한이 잘살던가요?"

북한 관리신들은 대답을 못 했다.

홀로그램이 차단됐던 전 나라신 시절과 달리 지금은 여기저기서 쏟아져 들어오는 홀로그램을 가감 없이 볼 수 있었고 골라서 보기도 했다. 그러니 한국이 다른 영역과 비교해서 얼마나 잘 사는지 북한의 관리들도 익히 알고 있었다. 하지만 과거의 체제하에 물들어 있던 북한의 습관은 여전히 그대로였다. 나라신이 바뀌고 새로운 흐름으로 바뀐

지 얼마 안 되었기 때문이다.

"신민들이 먹고사는 문제에 매달렸어야 했던 돈들로 무기 개발이나 하고 있었으니 굶주리는 신들이 생기지요. 무기 개발이 한두 푼 들어가는 일이랍니까? 시험 삼아 한 발 쏘는 것에도 신들 한 달 먹여 살릴 수 있는 돈이 들어가요."

북한의 두 관리들이 크게 놀라는 것 같았다.

"기렇게 많이 들어갑네까?"

"뻥치는 거이 아니디요?"

"홀로그램으로 다른 영역의 무기당 수입 단가나 생산 단가를 알 수 있을 거요. 한 번 찾아보시오."

북한의 두 관리가 급히 허공에 홀로그램을 띄우고 자신들이 궁금해하는 무기의 생산 단가를 열람했다. 그리고 입을 쩍 벌렸다. 미국 관리신들이 말하는 게 전부 사실이었던 것이다.

"이거이 숫자가 맞는 거이가? 무기 하나가 와 이리 돈이 쎕네까? 우와~ 이기 사실이라믄 그동안 엄청난 돈이 무기 개발에 들어간 거이 맞습네다."

"시험 발사에도 똑같은 돈이 들어갔으믄 무기 개발 때문에 신민이 못 살게 된 기라요. 그 돈이믄 신민들이 배곯을 일은 없을 긴데요."

흑인 여신이 씨-익 웃었다.

"돈 잡아먹는 무기 개발이나 하면서 굶주리고, 그러면서 신계의 제재를 받아 활동에 제약을 받고…… 그 무기는 누구를 위한 무기였는지 생각해 봤나요?"

흑인 여신의 질문에 북한의 두 관리는 잠시 말을 못 하다가 눈이 큰 관리가 입을 열었다.

"기야 신민을 지키기 위한 무기라고 들었시오. 언제나 일방적으로 떠들어 대던 홀로그램에서 귀에 못이 박히게 듣던 내용인 기라요."

흑인 여신이 가볍게 부정했다.

"흥! 신들을 지키기 위한 거라고요? 그게 아니지요."

북한의 두 관리신들이 홀로그램을 지우고 흑인 여신을 바라보았다.

"그 무기가 필요한 신은 단 한 명, 북한 나라신뿐이었어요. 북한 나라신의 욕심만 버리면 영역 내의 모든 신들이 험하게 사는 걸 막을 수 있었을 텐데 나라신은 그러지 않았어요. 신들을 지킨다는 이유로 강력한 자신만의 왕국을 꿈꿨던 겁니다. 어차피 시간이 되면 다 '정화의 숲'으로 가는 걸 무슨 욕심을 그리 냈을까요."

눈이 큰 북한 관리신이 고개를 저었다.

"아니요. 아니라요. 전 나라신은 신민들을 굉장히 사랑했던 나라신이었더랬시오. 전 나라신을 모욕하디 말기요."

"모욕하려는 게 아니라 사실을 말한 거예요. 홀로그램을 다 눈 감고 보았나요?"

"아니 기게 아니라요."

"다 기만당하고 있던 거였어요. 일방적으로 선전하는 북쪽 나라신의 선동에 세뇌되어 다들 세상 돌아가는 걸 모르고 있던 거지요. 하지만 지금도 모른다고요? 그럼, 계속 그렇게 못 사는 쪽을 택할 건가요?"

"아니 기거이 아닌기요. 아니라요."

"뭐가 아니란 거죠?"

214

흑인 여신이 매섭게 몰아붙였다.

"아, 기거이……."

눈이 큰 북한 관리신이 대답을 못 하고 버벅 대자 눈이 작은 북한 관리신이 대신 대답했다.

"아까도 말했디만 우리는 외부와 단절되어 있더랬시오. 외부의 홀로그램을 본 기도 얼마 안 됐단 말입네다. 전 나라신의 오랜 주체사상에 세뇌되어 있었기 때문에 어떤 소리를 들어도 먼저 세뇌된 사상을 거쳐서 생각해야 하는 기라 우리도 혼란스럽습네다. 리해 바랍네다."

"아! 정말 답답하네."

흑인 여신이 손으로 가슴을 치며 답답해하자 북한 관리신들이 미안한 표정을 지으며 말을 돌렸다.

"기래 우리가 첫 번째로 해야 할 일이 뭡네까? 빛응축 폭탄을 넘기는 긴가요?"

백인 관리신이 대답했다.

"아까 말한 대로 빛응축 폭탄의 제조, 실험, 발사하는 시설들을 모두 없애는 겁니다. 기존에 완성품도 모두 넘기는 거고요."

"다른 무기는 가지고 있어도 되는 기구만요."

"일단 빛응축 폭탄부터 해결합시다. 그래야 제재를 푸는 데 도움이 될 거요."

"당장 시행해야 하는 기요?"

"빠르게 시행하면 빠르게 제재가 풀릴 거고 천천히 하면 천천히 풀리겠지요."

북한의 두 관리가 서로 쳐다보면서 눈치를 보았다.

미국의 관리신들이 이유를 몰라서 물었다.

"왜 그러지요?"

눈이 작은 북한 관리신이 대답했다.

"우리가 여기 대표로 오긴 했어도 나라신의 허락을 받아야 할 것 같아설라무네 대답을 못 하갔시오."

"뭐요?"

백인 관리신이 기가 막힌 듯 북한의 두 관리신을 쳐다보았다.

"그런 거 회의하고 결정하라고 여기 온 거 아니요? 나라신이 허락을 해야 한다고?"

흑인 여신이 백인 관리신을 제지했다.

"참으세요. 뭐든 명령대로 움직이던 신들이라 자의적으로 못하는 거예요. 아까도 들었잖아요. 결정 장애가 있을 수밖에 없으니 저들을 나무라지 맙시다."

백인 관리신이 자조 섞인 소리로 물었다.

"기가 막히는군. 그래서 한소리 또 하고 또 했군. 결정 장애가 있는 신들을 협상 대표로 내보내다니…… 그럼, 누구와 협상을 결정지으란 말이오?"

눈이 작은 북한 관리신이 나섰다.

"잠깐 기다려 달라우요."

이목이 집중된 가운데 눈이 작은 북한 관리신이 홀로그램을 띄웠다.

홀로그램 안에서 북한 나라신의 얼굴이 떠오르자 북한 관리신이 지금까지 회담 내용을 전하면서 어떻게 할 것인지를 나라신에게 물었다.

북한 나라신이 단호하게 대답했다.

"영역의 주권이 침해되지 않는 범위 내에서 미국이 요구하는 바를 실행하갔소. 또한 우리의 주권 방어를 위한 대책도 마련되어야 하니 이러한 틀에서 협상을 진행하시라요."

북한 나라신의 홀로그램이 사라졌다.

"역시 나라신은 다르군요. 간단명료하군요."

흑인 여신이 감탄하며 말하자 눈이 큰 북한 관리신이 웃으며 엄지를 치켜들었다.

"우리 나라신 멋쟁이래요."

"나라신만큼 당신들도 멋쟁이였으면 좋겠군요."

흑인 여신의 말에 눈이 작은 북한 관리신이 말했다.

"기럼, 빛응축 폭탄을 먼저 단계를 밟아 가며 제거하기로 하디요. 그 단계마다 제재가 풀어져야 그다음 단계로 갈 기라요."

"물론이요."

"이제야 제대로 말이 통하네. 어휴!"

미국 관리신들이 안도의 미소를 지었다.

이때 눈이 작은 북한 관리가 질문했다.

"기던에 빛응축 폭탄이 없으믄 우리의 안보는 어드렇게 보장받디요? 미국이 우리 영역을 지켜 줄기요? 확실히 우리 영역을 침략하지 않을기 맞는 기요?"

이어서 눈이 큰 북한 관리가 추가적으로 질문했다.

"이기래 우리 나라신께서 주문하신 말씀이야요. 우리의 주권과 영역의 보전이 최우선이어야 한다는 기라요. 이 말씀에 대한 답변부터 듣자우요."

백인 남자 관리가 미간에 주름을 잡으며 손으로 머리를 짚었다.

"그럼 그렇지. 그렇게 쉽게 들어주지 않을 줄 알았어. 그래요. 어떤 말이 듣고 싶소?"

눈이 큰 북한 관리가 말했다.

"문서로 작성하야 신계 전체에 공표하시라요. 미국은 절대 우리의 주권과 영역을 침범하지 않겠다고 말이야요. 기렇게 한다믄 빛응축 폭탄의 역할을 미국이 하게 되는 것이니 빛응축 폭탄을 포기할 수 있을 기야요. 들어주시갔디오?"

백인 남자 관리가 대답했다.

"그렇게 하지 말래도 할 거요. 우리 동맹국인 한국을 봐서라도 말이요."

"문서화해서 공표해 달라우요."

"그러겠소."

"정말 믿어도 되갔디요?"

"제발, 믿으시오. 중국 신들과 우리는 완전히 다르다는 걸 알게 될 거요."

흑인 여자 관리가 말했다.

"만약 우리가 당신들에게 한 말을 지키지 않는다면 한국이 가만히 있지 않을 거요. 한국이 꽤나 깐깐하거든요. 우리를 완전히 못 믿겠다면 못 믿는 나머지만큼 한국을 믿으시오. 한국의 신성은 신계 여느 영역의 신성과는 영 딴판이니까요. 좋은 의미에서 차별화된 신족이라는 거요."

"남조선을 높게 보는 기요? 길티요?"

"맞아요. 신계에서 한국은 매우 높은 위치에 있어요. 아무도 그걸 부인하지 못하죠."

두 북한 관리가 눈빛을 주고받았다.

"기럼 상호 영역의 나라신의 사인을 받아 문서를 작성하고 일을 진행합세다."

북한이 의견을 수용함에 따라 미국에서 빛응축 폭탄 사찰단이 북한에 들어가 조사를 시작했다. 빛응축 폭탄이 어디에 얼마만큼 있고 시설과 관계된 일체를 조사했다. 그동안 정확한 자료를 제공하지 않아 어디에 얼마나 있는지 불확실했던 것이 드러났다. 빛응축 폭탄은 신계에 알려진 것보다 많지 않았다. 기술도 문제였지만 하나를 만드는 데 엄청난 돈이 들어가는데 그만한 돈이 없었기 때문이다. 대신 폭탄의 성능이 탁월하다는 것을 증명하고 보여 주는 전시 효과를 위해 무리하게 장거리 미사일 실험을 시도 때도 없이 강행했었다.

사찰관 하나가 기가 막혀서 말했다.

"아니, 요 몇 개를 가지고 그런 독한 제재를 견디다니 미친 거 아냐?"

다른 사찰관이 웃으며 말을 받았다.

"제재보다 더 무서웠던 게 체제가 무너지는 거겠죠. 신계에서 가장 폐쇄적인 곳이었으니까요. 외부의 홀로그램마저 철저하게 차단한 곳이었잖아요."

"오~ 맙소사! 이곳은 숨 쉬는 것도 허락받고 숨 쉬는 곳이었군요.

차라리 사막에서 사는 게 낫겠어요."

"이곳이 못 사는 곳이니 이것밖에 못 만들었지, 만약 조금 사정이 나았다면 많이 만들었겠지요. 하나만으로도 엄청난 살상력을 지녔으니까 위험한 영역에 있으면 안 됩니다."

사찰단은 곳곳에 있던 실험용 장소를 기록하고 보유한 폭탄의 수, 실험의 횟수 등 폭탄 제조에 필요한 재료의 재고까지 꼼꼼하게 조사했다.

남북한 나라신과 천왕이 한자리에 모였다.

"오늘은 정말 기쁜 날입니다. 이런 날이 올 줄 알았어요."

한국 나라신의 말에 북한 나라신이 초조한 기색으로 맞받았다.

"더 이상 뒤로 물러날 곳이 없어서리 선택한 결정이기는 하디만 이거이 잘한 결정인지 아직 모르갔습네다."

"신들이 잘사는 것을 보시면 탁월한 선택이었다는 것을 알게 될 거요. 어려운 결정을 하셨고 정말 잘하신 겁니다."

천왕도 한마디 거들었다.

"한국 나라신의 훌륭한 리더십에 찬사를 보내고요. 한반도에 영원한 평화가 찾아오는 첫 시발점이 되는 중요한 날이고 매우 뜻깊은 자리요."

"천왕까지 함께해 주셔서 더 뜻깊고 빛나는 자리가 되었습니다. 고마워요."

한국 나라신이 천왕에게 감사의 인사를 하자 북한 나라신도 따라서 인사했다.

"벼랑 끝에 선 신민들의 간절한 소망이 이루어지기를 바라는 마음으로 이 자리에 나온 겁네다. 부디 북조선의 경제를 살려 주시기요."

천왕이 웃었다.

"빛응축 폭탄이 남쪽으로 이동하면 제재는 풀릴 거고, 그러면 그때부터 북한은 미국의 투자와 남한의 자본으로 본격적인 개발이 시작될 거요. 신들의 굶주림은 끝나고 스스로 '정화의 숲'으로 가는 신들도 없어질 것이요."

"참말 기렇게 되기를 바랍네다."

"정말 그렇게 될 거요. 나를 믿어요."

한국 나라신의 말에 북한 나라신도 처음의 긴장이 조금 누그러진 듯 슬쩍 미소를 보였다. 문서가 작성되고 나라신 셋이 사인을 하며 일은 일사천리로 진행되었다.

곧이어 한국으로부터 식량을 비롯한 여러 가지 필수품 지원이 줄줄이 북쪽으로 향했다. 빛응축 폭탄의 기지가 하나씩 제거될 때마다 제재가 하나씩 풀렸다. 기지와 발사대가 다 제거되고 빛응축 폭탄들도 한국으로 천천히 이동하여 서쪽 빛의 바다와 인접한 남한의 군 기지에 안착했다.

한국의 나라신과 북한의 나라신이 다시 마주했다. 이 자리에는 미국과 영국의 고위 관리신도 배석해 두 나라신의 회담을 지켜봤다. 한국 나라신이 활짝 웃으며 북한 나라신을 끌어안았다.

"큰 결심을 해 주셔서 얼마나 기쁜지 모르겠습니다. 지금까지 북한을 돕고 싶어도 못 했는데 이제 얼마든지 도울 수 있게 되어서 정말 기뻐요."

"제재가 풀리니끼 신들이 여기저기서 들어오고 있시오. 무역도 눈치 안 보고 하니끼네 신들의 얼굴에 생기가 도는 것 같습네다. 진즉 자존심 엿 바꿔 먹고 돈 잡아먹는 고철 덩어리 주고 남조선 돈줄 끌어들였으면 좋았겠다 싶습네다. 제재가 풀리니끼 하루하루 북조선 바뀌는 거이 보이잖습네까?"

한국 나라신이 호탕하게 웃었다.

"하하하. 앞으로 가속도가 붙으면서 더 바뀔 겁니다. 한국과 똑같이 잘살아야지요. 안 그래요, 나라신?"

"기래야디요. 긴데 빛응축 폭탄을 내어 주니 무장 해제되어 발가벗겨진 기분이라요. 앞으로 남조선이 우리 북조선을 잘 보호해 줘야 합네다. 나라신!"

"걱정 마시오. 미국과 합심하여 어떠한 영역도 우리 신족의 영역을 침범하지 못하게 할 것이오."

한국 나라신이 미국 고위 관리신을 돌아보며 말하자 미국 관리신이 반응했다.

"이제 설계도만 넘겨주면 모든 절차는 끝납니다. 물론 복사본이 있겠지만."

북한 나라신이 웃었다.

"역시 미국은 우릴 끝까지 믿지 않는기구만요. 아직 제재가 몇 가지 풀리지 않은 거이 있시오. 이 설계도 미련 없으니 가져가고 날래 제재나 풀기요."

북한 나라신이 길쭉한 상자 하나를 내밀자 한국 나라신이 받아 들었다. 상자 뚜껑을 열어 본 한국 나라신이 다시 뚜껑을 닫고 미국 관리신에게 넘겨주었다. 미국 관리신도 상자를 열어서 투명한 종이를 꺼내어 훑어보았다. 이윽고 만족한 표정을 지으며 미국 관리신이 말했다.

"이것 때문에 그동안 고생했군요. 이렇게 간단한 일인 것을요. 나머지 제재는 다 풀릴 겁니다. 넓은 세상으로 나와 신계의 정식 일원이 된 것을 축하합니다."

북한 나라신이 어색한 미소를 지으며 한국 나라신을 쳐다봤다.

"내래 같은 신족인 나라신을 믿습네다."

그 자리에서 휴전이었던 전쟁 상황을 전쟁 종식으로 공식적으로 선포하고 대내외에 발표하였다.

북한의 제재가 모두 풀리자 한국과의 교류가 활발해졌다. 북한의 신들은 떼로 남한으로 몰려와 남한의 발전상을 보고는 입을 떡 벌리곤 했다. 홀로그램으로 이미 보고 왔어도 한국의 발전은 그들이 상상하던 것 이상이어서 충격으로 다가왔던 것이다. 그러자 너무 갑작스러운 북한 신들의 유입이 혼란을 가져올 수 있다고 판단해서 정확한 목적이 없으면 출입을 금지했다. 결국 먼저 들어와 있던 북한 신들은 북쪽으로 쫓겨갔다.

북한 나라신은 매일 한국 나라신에게 홀로그램으로 어떻게 해야 경제가 하루라도 빨리 발전할 수 있는지를 묻고 또 물었다. 한국의 나라신은 북한에 경제 전문가로 꾸려진 사절단을 보냈다. 그들은 북한을 둘러보고 꼼꼼하게 기록하며 개발 목록표를 작성하였다. 시가지에는 신들이 별로 없었고 간혹 다니는 신들의 표정은 그다지 밝지 않았다. 차들은 더 없어서 썰렁한 느낌을 주었고 집집마다 생활하는 모습이 남쪽과 크게 달랐다. 한국은 많은 부분을 기계가 대신하고 에너지가 풍부해서 밤낮으로 일하고 있지만, 북한은 많은 부분을 직접 손으로 하고 있었다. 지역에 따라서 에너지 부족으로 아무것도 할 수 없는 곳도 있었다. 에너지 수급이 최우선이었고 다음이 신들의 생활환경 개선이었다. 겨우 연명하는 수준의 환경을 한국과 같은 수준으로 당장 끌어올릴 수는 없었다. 차츰 단계적으로 끌어올릴 계획이 필요했다.

한국 경제 전문가들이 북한 나라신에게 북한의 문제점들을 나열했다. 북한 나라신은 고개를 끄덕이며 공감했지만 결국 돈이 문제였고 한국의 도움 없이 할 수 있는 일은 아무것도 없었다. 다시 한국 나라신에게 홀로그램을 보내 한국의 경제 전문가들이 했던 말을 전하며 어떻게 해야 좋겠는지 조언을 부탁했다. 한국 나라신은 대답 대신 서울로 북한 나라신을 초청했다.

비공식으로 북한 나라신은 북쪽 관리신들 몇 명과 함께 서울로 왔다. 남쪽 관리신들의 인도로 서울을 둘러보고 경기도를 보았다. 휙휙 지나가면서 보는 것이지만 북쪽의 신들은 보는 것마다 감탄하고 입이 벌어졌다. 홀로그램으로 본 서울과 직접 눈으로 본 서울은 달라도 너무 달랐던 것이다. 서울 번화가뿐 아니라 경기도 구석진 곳까지 둘러보아도 어느 한 곳 북한보다 못 한 곳이 없었다. 생활 수준도, 기술도 상상 이상으로 높아서 북한과는 아예 비교 자체가 불가능할 지경이었다. 북한에서 일일이 손으로 하는 작업들이 남한에서는 자동화가 되어 있었고, 첨단 시설을 볼 때는 다른 세상에 와 있는 것 같다며 연신 감탄을 쏟아냈다.

엄청난 충격을 받고 돌아간 북한 나라신은 깊은 생각에 잠겼다. 한

동안 생각에 잠겨 있던 북한 나라신은 한국 나라신에게 만나자는 홀로 그램을 보냈다. 한국 나라신은 북한 나라신의 표정이 심상치 않음을 느끼고 조심스럽게 말을 꺼냈다.

"나라신, 표정이 안 좋으십니다. 한국을 돌아보시면서 안 좋은 일이라도 있었나요?"

"아니라요. 생각 좀 많이 하느라 기런 기야요."

"제가 도울 일이 뭐가 있을까요?"

"염치가 없어서리…… 부탁을 해도 해도 끝이 없어서 염치가 없습네다. 나라신!"

"별말씀 다하십니다. 뭐라도 해 드릴 수 있으면 저도 기쁘지요."

"그게 너무 많은 부탁을 하니끼네……."

"같은 신족끼리 같이 잘살아야 하니까요."

"직접 보니까 너무 차이가 나서리…… 하늘과 땅 차이라요."

"한 번에 비슷해질 수는 없겠지만 조금씩 격차를 좁혀 가도록 해야지요."

"기거이 기냥 부탁하는 것도 한계가 있을 거이고 북조선이 남조선에 해 줄 수 있는 것도 있어야 할 거이 아니갔시오. 근데 아무리 생각해 봐도 북조선이래 남조선의 요구를 다 들어줄 수 없을 것 같습네다. 기냥 공짜로 모든 걸 주지는 않을 거이 아니갔시오?"

한국 나라신의 가슴이 철렁 내려앉았다. 지금까지 북한의 변덕을 익히 알고 있던 한국 나라신은 새 북한 나라신이 전임자와 다르기를 간절히 바랐다. 결국 도로 아미타불인가.

"나라신께 염치 불고하고 마지막으로 부탁드리갔네다."

"마지막이라니요? 어, 무슨 말씀을……?"

마지막 부탁이라는 말에 덜컥 내려앉은 가슴을 진정시키며 물었다.

"기거이…… 제가 서울을 둘러보고 느낀 기야요. 남조선이 아무리 지원을 훌륭히 잘해 주고 북조선이 아무리 발버둥 쳐도 이미 벌어진 격차가 하늘과 땅 차이 아닙네까? 내래 북조선이 남조선처럼 발전할 수 있는 방법을 생각해 봤시오. 이래 갈라져 있어서리 북조선이 발전하는 거이 거북이마냥 더딜 기라요. 기래서 부탁하는 긴데 나라신! 북조선과 남조선을 합치자우요. 어차피 같은 신족 아이요? 내가 모든 걸 내려놓고 합치는 절차까지 마무리 지으면 '정화의 숲'으로 가갔시오. 이후 남조선의 자본을 북조선에 마음 놓고 투자하야 개발하믄 영역 차원에서 부분적으로 개발하는 것보다 훨씬 능동적이고 전방위적으로 개발할 수 있다는 생각이 들었시오. 제 말 뜻 리해하시갔습네까?"

"완벽하게 이해했습니다. 대단하십니다. 자본주의를 잘 알고 계시는군요."

"제가 자본주의에 대해 공부했습네. 미국이 왜 잘사는지, 남조선이 짧은 시간에 어떻게 그렇게 발전할 수 있었는지 알아야 했습네. 결과는 개인의 능력을 최대치로 발휘하게 하는 거이 자본주의란 생각이 들었시오. 맞습네까?"

"맞아요."

"공산주의는 획일적이고 그 기준에서 벗어나면 처벌하니 신들이 능력 개발은 꿈도 못 꾸는 기라요. 기거이 근본적인 차이가 모여서 결과가 이래 벌어진 겁네다."

"맞습니다."

"기래서 결론을 말씀드리자믄 북남을 통일하야겠다는 말씀을 드리는 겁네다. 나라신!"

한국 나라신은 또다시 가슴이 두근거렸다. 수년간 갈라져 있던 한반도를 통일하자고 북측이 먼저 손을 내민 것이다.

"전…… 좋습니다."

한국 나라신이 떨리는 목소리로 동의하자 북한 나라신이 어색하게 웃었다.

"북조선이래 지금 남조선이 지켜 주디 않으믄 일본이든 미국이든 쳐들어와도 막을 수가 없습네다. 남조선 나라신이 다 맡아서 지켜 주시라요. 기럼 수락하시는 기디요?"

"예! 그러겠습니다."

"아이고, 한시름 놓입네다. 남조선의 잘사는 신민들 중에는 자신들 세금으로 북조선을 먹여 살려야 한다며 반대하는 신도 있다고 들었습네다. 기래서 나라신도 반대하믄 어쩌나 걱정이 됐었는디 찬동해 주셔서 참말 고맙습네다."

"당연한 말씀을요. 이렇게 어려운 결정을 해 주셔서 오히려 제가 감사해야지요. 정말 잘 생각하셨습니다."

"부디 북조선도 남조선처럼 잘살게 해 주시라요."

"같은 신족인데 당연하지요. 힘닿는 데까지 최선을 다할게요."

"내레 나라신만 믿습네다."

"나를 믿어 주셔서 이런 결정 내리신 거잖아요. 믿음에 보답을 해야지요."

"길티요. 이제 최고 관리신들을 통해 후속 작업을 하자우요."

"그럽시다."

후속 작업은 양측의 최고 관리신들이 여러 번의 회의를 하면서 착착 진행됐다. 하지만 한반도를 반으로 갈랐던 근본적인 당사자인 미국과 중국, 러시아의 승인을 받는 문제가 남아 있었다. 미국은 자신들이 통일시켜 주겠다고 나라신이 말했기 때문에 제일 먼저 승인했다.

또한 러시아는 우크라이나와의 전쟁이 장기화하면서 경제적으로, 정신적으로 피로도가 누적되어 한반도에 신경 쓰고 싶지 않아 했고, 전쟁 후에 한국과의 협력을 통해 경제를 살리기 위해 오히려 한국의 눈치를 보는 상황이었다. 러시아도 즉시 한반도 통일을 승인했다.

중국은 가뭄과 홍수로 신들의 터전이 황폐화되고, 최근 지진으로 인해 빛응축 폭탄이 일부 터지면서 영역 일부가 쑥대밭이 되어 버렸다. 그 틈을 타 소수 신족들이 그동안의 차별에서 벗어나기 위해 독립 선언을 하며 중앙 정부군과 대치하는 등 내부 문제로 시끄러운 상태였다. 곤두박질치고 있는 경제를 붙잡기 위해 안간힘을 쓰는 중이라 중국은 북한을 돌아볼 여유가 없었다.

이때 일본 나라신이 자연왕에게 홀로그램을 보냈다.

'한국의 통일을 승인하지 마시오. 그러면 북한이 중국으로부터 떨어져 나가는 것이오.'

자연왕은 답신을 보내지 않았다. 안 그래도 내부 문제 수습에 정신이 없는데 일본 나라신의 홀로그램은 관심 밖이었던 것이다.

그러자 일본 나라신은 또 홀로그램을 보냈다.

'북한이 남한과 통일을 한다는 것은 중국의 체제를 벗어나 천왕 편으로 들어가는 것을 의미하는 것이오. 한반도의 통일을 막으시오.'

228

이번에도 자연왕으로부터의 답신은 없었다. 일본 나라신은 포기하지 않고 또 홀로그램을 보냈다.

'한국이 통일되어 힘이 커지면, 한국에 있는 빛나는 신이 자연왕이 될지도 몰라요. 그렇게 되어선 안 되겠죠?'

자연왕은 세 번째 홀로그램을 보고 폭발해 버렸다.

"쌍, 그러잖아도 대가리 터질 지경인데 뭐라는 거야. 야! 원숭이 똥싸배기 같은 놈."

한바탕 욕을 퍼붓던 자연왕은 일본 나라신의 바람을 확 꺾어 버렸다. 그동안 미루던 한반도 통일을 홧김에 승인해 버린 것이다. 일본 나라신은 부들부들 떨며 다른 방법을 찾았다. 모든 절차가 마무리 되어갈 무렵, 천왕에게 홀로그램 하나가 떴다.

일본 나라신에게서 온 것이었다.

'친애하는 천왕! 한국의 통일은 미국의 국익에 도움이 되지 않습니다. 분단이 되어 있어야 미국의 무기를 더 팔 수 있을 것이고, 한국이 미국에 매달려 아쉬운 소리를 할 수밖에 없을 겁니다. 그러므로 한국의 통일은 재고하시기 바랍니다.'

천왕은 잠시 생각하다가 일본 나라신에게 답신을 보냈다.

'한국은 지정학적으로 중국, 러시아와 영역이 맞닿아 있소. 지금 이 두 영역이 재난과 전쟁으로 인하여 혼란한 상황이지만 이 두 영역을 견제하려면 한국의 힘이 더 커져야 한다는 게 우리의 입장이요. 지금 한국의 영역 크기로는 힘을 기르는 데 한계가 있는 듯하여 통일을 승인한 것이요.'

일본 나라신에게서 즉시 답신이 왔다.

'한국의 힘이 커지면 안 됩니다. 우리 일본과 사이가 좋지 않은데 일본이 위협받을 수도 있습니다.'

'절대로 그런 일은 없소. 일본이 한국을 도발하지 않는다면 말이오.'

'사이가 좋지 않으니 언제든 무력 충돌은 일어날 수 있습니다. 제발 한국을 그대로 두시오. 통일을 막아 주시오.'

일본 나라신은 한국 통일을 필사적으로 막고 나섰다. 천왕은 일본 나라신이 필사적으로 한반도의 통일을 막는 이유를 알고 있었다. 침체기를 넘어 무너지고 있는 자국의 경제를 분단된 한반도의 전쟁을 발판 삼아 일어서려는 목적이었다.

'나라신이 염려하는 일은 일어나지 않을 거요.'

'한국에 빛나는 신이 나타났다고 들었습니다. 한국의 힘이 커져서 천왕이 바뀔 수도 있단 말입니다.'

'만약 그렇게 되더라도 할 수 없지요.'

'안 됩니다. 한국에서 천왕이 나온다는 건 일본에 견딜 수 없는 수모요. 다시 생각해 보세요.'

'이미 유럽연합의 나라신들과도 합의한 사항이요. 미국의 이익에도 부합하고 이미 한국 통일을 승인했소.'

일본 나라신은 천왕을 설득하는 데도 실패했다.

이로써 한반도는 신계에서 마지막으로 남아 있던 분단 영역의 오명을 지우며 통일이 되었다.

비밀 공간에서 한참 정신없이 홀로그램을 보고 있는데 또 다른 홀로그램이 떴다. 서금화에게서 온 것으로 손님이 왔다는 내용이었다.

얼마 후, 무영의 비밀 공간과 가까운 또 다른 비밀의 방으로 네 명의 신이 찾아왔다. 한눈에 봐도 정겨운 모습들이었다. 윤검군과 서금화가 활짝 웃으면 무영을 맞아 주었다.

"어서 와요. 무영 도사! 하루 종일 해야 할 일들을 엄청 많을 텐데요."

"아까 보낸 내용처럼 깜짝 놀랄 만한 손님이 와 계세요. 짜잔~."

그들 뒤에는 이경수와 이서경이 무영을 보고 미소 짓고 있었다. 반가운 마음에 무영이 바로 다가가 이서경의 손을 덥석 잡았다.

"아! 이 의원님, 어서 오세요. 그러잖아도 너무 기다렸어요."

이서경이 몸을 부르르 떨며 얼른 손을 뺐다. 무영도 미안해하며 한 발 물러섰다.

"어, 죄송합니다. 제가 너무 흥분한 나머지…… 놀라게 해서 정말 죄송합니다."

"아! 깜짝 놀랐어요. 전기에 감전된 듯했어요. 여긴 저승이니 의원이 아닙니다. 오히려 무영 도사가 국방 부장신이 되셨다던데요. 축하드립니다. 이런, 저승에서 보니 풍헌 최씨임을 확실히 알겠군요. 이렇게 빛이 나다니, 놀라워라. 이승하고는 정말 확연히 다른데요."

이서경이 무영에게 축하 인사를 건넸다.

"저도 축하드려요."

이경수가 어눌한 말투로 옆에서 축하의 말을 하자 윤검군도 고개를 끄덕이며 박수를 쳤다. 무영이 손을 들어 윤검군의 박수를 막았다.

"이건 축하받을 일이 아니던데요. 국방 대장신과 만난 첫 인사가 혼나는 거였습니다."

모두 의아한 듯 눈을 동그랗게 뜨고 무영을 응시했다.

"왜요?"

"전전생에 임진왜란을 다 겪지 않았습니까? 그때 혼자 전쟁 치르느라 힘들었다고, 도인이든 선인이든 누구라도 나서서 도왔으면 자기가 그렇게까지 힘들진 않았을 거라고 말씀하셨어요. 그러면서 여기서 그동안 밀린 봉사 다 하라고, 빚진 거 다 갚으라고…… 혼났습니다."

이서경이 질문했다.

"국방 대장신이 누군데요?"

"전전생이 이순신 장군이었답니다. 바로 전생은 이성순, 군인이었고요."

무영이 말하며 쓸쓸하게 웃자 윤검군이 말했다.

"하긴, 그때 우리 영역 절반의 목숨이 일본 놈들 칼날에 저승길로 갔으니 살아남은 자들의 비통하고 사무친 원한이야 오죽 했겠어요. 스승님도 나도 산속에만 있기엔 너무 분통이 터졌는걸요. 그래서 나라님 말씀이 있었을 때 주저하지 않고 참전해서 몸 좀 풀고 울화도 다스리고 왔는데요. 현장에서 항상 그 상황을 겪은 이라면 그런 말이 나올 만도 하지요. 암요."

전전생에 사명당이었던 윤검군이 전전생에 이순신을 두둔하고 나서자 옆에 있던 서금화가 새초롬한 표정으로 말했다.

"그러니까 이번에 제대로 일해서 그때 빚진 것을 갚아라……. 흥! 그러니까 알아서 왔잖아요. 이자 쳐서 확실하게 갚기 위해서. 그걸 어찌 빚이라 그럴까. 개인의 마음에 달린 거지."

서금화가 볼멘소리하자 윤검군이 서금화의 어깨를 토닥였다.

"능력은 쓰지 않으면 고여 있는 물과 같아요. 능력을 써야 새로운 능력도 생기고 발전된 능력을 키울 수 있는 거요. 가만히 능력을 갈고 닦는 것보단 경쟁하면서 능력을 키운다면 더 빨리, 더 높게 능력을 펼칠 수도 있고요. 그런 면에서 북창 선생도, 풍헌 최씨도 이 기회를 이용해 능력을 한 단계 높이는 발판으로 삼았으면 좋겠요. 본인을 위해서, 이 영역을 위해서."

가만히 듣고만 있던 이서경이 조용히 말했다.

"그래요. 윤 이사 말씀대로 두 분, 아니 윤 이사님까지 세 분, 앞으로 이 영역을 위해 힘써 주기 바라요. 이 영역은 여러분의 능력을 필요로 하고, 앞으로 여러분의 힘으로 더 좋은 영역이 될 거예요. 그런 우리 영역을 나는 여러분의 활약을 지켜보면서 아낌없이 박수쳐 주는 관객이 되어 줄게요. 나는 삼사전생부터 이승까지 꾸준히 일해 왔으니, 이곳에서라도 좀 쉬어야지요. 여러분들은 이승에서 좀 쉬셨으니, 이곳에서 일 좀 하시구려. 허허허."

"국방 대장신과 같은 맥락의 말씀이네요."

무영의 말에 윤검군이 말을 받았다.

"뭐 이 의원님이 일을 하시게 될지 유람을 하시게 될지는 두고 봅시다. 나라신이 가만있으려나……."

무영이 분위기를 바꾸기 위해 손뼉을 쳤다.

"자! 이제 다 모였으니 우리끼리라도 이 저승에서 잘 지내봐요. 일을 하든 유람을 하든…… 정기적으로 모이면서 안부도 묻고 잘 지내보자고요."

"아직 한 분이 안 오셨어요."

서금화의 말에 윤검군이 흠칫 놀랐다.

"아! 진묵, 성진 스님!"

무영의 말에 잠시 침묵이 흘렀다. 이서경이 한숨을 쉬며 입을 열었다.

"그분은 좀 더 있다가 나오실 것 같아요. 아무래도 나와는 또 달라서 스스로 이승을 버린 게 하늘의 뜻을 거스른 거잖아요. 그래서 아마 시간이 걸릴 거예요. 나 봐요. 나도 이렇게 늦게 나왔는데 스님은⋯⋯ 그래도 나오실 때가 되었는데."

무영이 우두커니 서 있는 이경수를 위아래로 훑어보았다.

"경수 형, 고문당했어요? 몸 안에 피가 고여 있어요."

시선이 일제히 이경수에게 쏠렸다.

"그게⋯⋯ 날 잡아간 건 한국 사람들이었는데, 막상 가 보니까 미국인들이 심문하더라고요. 뭘 자꾸 불으라고 하는데 알아야 말하죠. 아는 게 없다고 하니까 최면을 걸더군요. 그래도 저놈들이 원하는 말을 못 들었는지 저더러 지독한 놈이라고 욕을 하며 따끔한 맛을 보여 주겠다며 몇 차례 때리더라고요. 이래도 저래도 아무것도 얻어 낸 게 없자 다시 몇 대 맞으면서 벽에 부딪혔어요. 악 소리 한 번 질렀는데 저승에 와 있더군요."

이경수가 두 주먹을 불끈 쥐고 몸을 부들부들 떨며 말했다.

"어이구, 저런⋯⋯ 얼마나 놀랐을까! 뇌진탕인가? 아니 뇌출혈이었군요."

"나쁜 놈들!"

모두 안타까운 탄식을 내뱉었다. 이경수가 다시 몸서리치며 머리를 만졌다. 무영이 다가가 두 손을 이경수의 머리에 올렸다. 이경수가 진저리를 치며 몸을 비틀더니 그대로 풀썩 주저앉아 버렸다.

"머릿속에 혈관 터진 걸 정상으로 돌렸어요. 개운할 거예요."

무영의 말에 서금화가 두 손을 가슴에 모아 쥐고 이경수를 내려다보았다.

"우리에게 무영 도사가 있어서 정말 다행이요. 이 비서도 이제 자유로워지겠군요."

"괜찮아? 일어나 봐."

이서경의 말에 이경수가 주춤거리며 일어났다.

"어때? 괜찮지?"

이서경이 이경수의 몸 상태를 살피며 물었다.

"예! 머리부터 발끝까지 전기가 쫙 훑어 내려가더니…… 이제 멀쩡해진 것 같아요. 무영 도사! 고맙습니다."

목소리부터 달라진 이경수가 얼떨떨한 표정으로 몸 상태를 점검하며 대답했다. 윤검군이 웃으며 박수쳤다.

"하하하. 이제 이 비서관까지 무영 도사라고 부르는구먼. 그렇지."

"이승부터 무영 도사라고 불렀어요."

옆에 있던 서금화도 웃으며 같이 박수를 쳤다.

"우리가 이 비서관 기분을 잘 알지요. 우리도 엉망으로 망가진 몸을 무영 도사에게 치료받았거든요."

이경수가 무영에게 머리를 숙이며 새삼스럽게 인사를 했다.

"그동안 몰라뵈어 죄송합니다. 무영 도사님!"

"아니, 뭐 이렇게까지…… 이러지 마세요. 어쨌든 이렇게 한곳에 모이게 됐으니 앞으로 종종 만나도록 하지요."

"그럼요. 왠지 죽어서 억울한 게 아니라 앞날을 기대하게 하는데요. 하하하."

윤검군이 호탕하게 웃자 서금화가 옆구리를 찔렀다.

"몸도 없는 귀신 주제에 뭘 기대해요. 주어진 일이나 열심히 하세요."

"역시 윤 이사 잡는 서 선생이요."

이서경의 말에 윤검군이 머쓱해하는 표정을 짓자 모두들 크게 웃었다. 화기애애한 분위기가 한창일 때 문 쪽에서 기가 뭉쳐지며 나라신과 정강순이 나타났다. 다들 놀라서 한쪽으로 비켜섰다.

"안녕하세요? 좋은 분위기에 불청객이 되었습니다만 저도 이 자리에 끼고 싶어서 왔는데, 괜찮지요?"

"이미 오셔서 그런 말씀 하시면 어쩝니까?"

윤검군의 말에 나라신을 비롯해 모두가 웃었다.

"역시 대화는 여럿이 해야 재미진 맛이 나요."

나라신이 말을 하며 이서경을 보자 이서경이 슬금슬금 윤검군 뒤로 숨었다. 나라신이 이서경을 불렀다.

"생각보다 '천 개의 방'에서 늦게 나오셨습니다. 이서경 님! 고생하셨어요."

나라신의 인사말에 이서경이 윤검군 뒤에서 한 걸음 나와 허리를 굽혀 절했다.

"걱정해 주셔서 고맙습니다. 나라신!"

"이서경 신의 친구분들이 모두 여기에 계시니 이서경 신도 이곳에

서 우리랑 같이 일하면서 이 영역을 신계 최고의 영역으로 만들어 나
갑시다."

여전히 뒤에 선 채 고개를 절레절레 흔들면서 이서경이 말했다.

"이래서 오지 않으려고 했어요. 난 관리를 너무 오래 해서 좀 쉬려
고 해요. 우리 영역에는 숨은 인재들이 많으니 찾아보면 훌륭한 신을
찾을 수 있을 거예요."

"이서경 신보다 나은 신을 찾으라고 하지 마시오. 우리는 신의 능
력이 필요합니다. 지금 우리 영역이 일대 전환기를 맞고 있어요. 이제
막 통일이 되어 남북의 신들이 화합해야 하고 경제도 북쪽을 신경 써
야 하고요. 밖으로는 여러 곳에서 전쟁이 진행 중이라 매우 중요한 시
기입니다. 이것은 한두 신의 힘만으로는 안 됩니다. 다 같이 힘을 합쳐
도 모자랄 판이에요. 그리고 내치에 있어선 이서경 신만한 신이 없습
니다. 많은 관리신이 있지만 구심점이 있어야지요."

"나라신이 계시지 않습니까?"

"물론이에요. 하지만 나 혼자 힘으로 되는 게 아니니 도움을 요청
하는 거 아닙니까? 이서경 신 친구분들도 한 고집하는데, 상황이 상황
이니만큼 다들 나선 거지요. 지금 상황 아시잖아요? 막 통일이 돼서
이것저것 해야 할 일이 산더미에요. 여기다 일본에서 재해가 자꾸 일
어나니 일본 신들이 몰려오고, 중국에서도 군대가 안에서 설쳐대니 신
들이 한국으로 도망 오고 있어요. 남북 간의 융화 작업과 경제 차이를
극복해 나가는 것만도 할 일이 많은 판국인데 말이요."

나라신은 간절한 표정으로 이서경을 쳐다봤다. 이서경이 난감한 얼
굴로 핑계를 찾으려고 잠시 머뭇거렸다.

"지금까지 숨어 있던 신들을 불러내어 쓰시고 나처럼 닳고 닳은 신은 조용히 있다가 '정화의 숲'으로 가야 합니다."

나라신은 윤검군과 서금화, 김무영에게 도와 달라는 눈길을 보냈다. 이서경도 잔뜩 못마땅한 얼굴로 이승의 동료들을 보았다. 나라신이 머뭇거리지 않고 바로 본론으로 들어갔다.

"여기 인사 담당하시는 분과 의논했어요. 마침 내무 대장신이 조금 전에 '정화의 숲'으로 가서, 그래서 이서경 님이 영역의 내부 문제를 담당하는 내무 대장신을 맡아 주면 좋겠는데 쉬게 해 달라는군요. 여러분 생각은 어떤가요?"

나라신이 대놓고 다른 신들에게 도와달라고 부탁하고 있었다. 하지만 방금 이서경으로부터 신계에서 쉬다가 '정화의 숲'에 가겠다고 들었던 신들은 선뜻 동조의 뜻을 표현하지 못하고 머뭇거렸다. 이서경이 황당한 표정을 지었다.

"아니, 나라신! 이건 아니지 않소. 내가 싫다는데 억지로 시키겠다는 것과 다름없지 않소."

"신계에서 일어나는 일은 인간계에 그대로 일어납니다. 이곳이 발전하고 제대로 갖춰져야 인간계에 내려가서도 어깨를 펴고 활보할 수 있는 나라에서 살 수 있는 것이오. 그대는 관리를 지낸 선인이요. 이 자리 누구보다 이승에서의 고단한 민생을 잘 알고 있는 관리 아닙니까? 다시 이승에 내려갔을 때 세상에서 가장 활기차게 돌아가는 나라를 보고 싶을 것이오. 이 영역의 모든 신들이 신계에서, 이승에서 더 이상 서럽지 않으려면 지금이 가장 중요한 시기에요. 알다시피 지금 내부의 문제가 나에게 커다란 짐이요. 그 짐 좀 덜어 주시오. 혼자 놀지 마시고요."

그러자 다들 나라신의 말에 한마디씩 보태기 시작했다.

"정말, 우리가 신계에 들어오고 나서 얼마 안 되어 통일이 됐어요. 대박이에요."

"맞습니다. 노는 건 사치예요. 우리가 사치 부릴 형편은 아닌 것 같아요."

"인간계에 있을 때 이서경 님의 염원이 통일이었잖아요. 그토록 원하던 통일이 됐으니 얼마나 좋아요. 기분 좋게 일하셔야죠."

서금화의 말을 받아 윤검군도 뒤지지 않고 말했다.

"그러니까요. 우리 같은 생짜보다야 관리도 하던 신이 해야지요. 이런 어수선한 분위기를 정리하는 건 아무래도 내치에 선수셨던 이서경 님이 적격이지요."

무영이 빙그레 웃으며 나섰다.

"의원님은 일복을 타고나신 것 같습니다. 우리가 다 일하고 있는데 혼자 놀면 심심하시잖아요. 일도 하시면서 가끔 이곳에 모여 서로 얼굴도 보고 함께 놀면 그게 더 낫지 않을까요?"

윤검군이 큰소리로 맞받았다.

"내 얘기가 그 얘기요. 같이 있어야 뭘 해도 재미있지요. 혼자 뭘 해요. 재미없게. 거기다 통일도 됐는데 기쁘게 일할 수 있잖아요."

이서경이 두 손을 치켜들고 흔들었다.

"난 혼자서도 잘 놀아요. 별걱정을 다하시는구려. 나 좀 내버려 두라고."

나라신이 다시 앞에 나서서 이서경을 똑바로 보았다.

"지금 상황이 엄중한 건 아시지요? 이제 막 나뉘었던 영역이 합쳐져서 혼란스러운 분위기란 말이요. 이승에서 계속 관리를 지낸 이서경 님이야말로 이 상황에 딱 맞는 관리신이오. 다시 한 번 말씀드리지만 지금 상황이 이서경 님을 내무 대장신으로 요구하고 있어요. 때를 맞춰 이서경 님이 오신 건 우리 영역의 복이라 생각합니다."

이서경을 똑바로 보면서 호소하는 나라신의 말에 이서경은 고개를 숙였다. 현재 상황은 길거리 어디에나 설치되어 있는 홀로그램을 통해 나오는 소식을 들어 알고 있었다. 우여곡절 끝에 한반도가 통일되어 신들이 남북을 자유롭게 드나들고 있었으나 완전히 다른 체제하에 살았던 신들의 융합은 매끄럽지 않았다. 물질적으로 풍요로운 남측의 신과 항상 죽지 않을 정도만 가지고 아등바등 살던 북측 신들과의 차이는 경제적인 면에서도, 정신적인 면에서도 엄청났다.

문화의 이질감은 더 심했다. 같은 말인데도 쓰는 방식이 조금씩 달라져 있어서 언어의 통일도 시급했다. 북쪽의 거리마다 대형 홀로그램을 설치하고, 뉴스, 드라마, 예능 방송을 남한 표준말로 제작된 것을 내보냈다. 여기저기서 남쪽 신들이 북쪽 출신 신들을 얕잡아 보는 언어와 행위로 인해 시비가 그치질 않았다. 북쪽과 남쪽의 경제적 차이를 좁히는 게 가장 큰 관건이었고 그러다 보니 개발 사업이 북쪽으로 몰리면서 남쪽의 물자가 북쪽으로 계속 흘러 들어갔다. 북쪽에 공장이 세워지고 물자가 들어가면서 남쪽으로 내려오는 신들의 수도 줄어들고 있었지만, 엄청나게 격차가 큰 경제가 문제였다. 이것은 남측의 기득권 세력들이 우려했던 일이기도 했다.

무영이 이서경에게 속삭였다.

"이런 일을 처리하는 데 능숙하시니까 금방 자리 잡을 수 있게 하실 거예요. 영역이 편해야 의원님도 편하실걸요?"

이서경이 한숨을 쉬며 자포자기한 듯 내뱉었다.

"일복이 나를 따라다니는군요."

"이 의원님은 경력이라도 있으시지요. 우리는 초짜라 배우면서 일하다 보니 여간 조심스러운 게 아니에요. 외교라는 게 굉장히 예민한 부분이기도 하고요."

서금화가 엄살을 부리자 나라신이 웃었다.

"그래서 두 분께 맡긴 겁니다. 워낙 욕심 많은 큰 영역들에게 둘러싸여 있어서 상대적으로 작아 보이는데요, 우리 영역 절대 작지 않습니다. 특히나 여러분처럼 우수한 신들이 많이 배출되는 이 영역이야말로 앞으로 신계를 이끌어갈 큰 재목을 품은, 큰 영역이 될 거라고 생각합니다. 저는 여러분을 만나서 정말 기쁘고 든든해요. 잘 부탁드립니다."

나라신의 말에 맡은 분야는 다르지만 각자 막중한 책임감을 느끼고 있었다.

"일하다가 어느 날 갑자기 '정화의 숲'에서 나온 사신을 보면 황당하겠어요."

윤검군의 말에 나라신이 대답했다.

"저도 언제든 '정화의 숲'에서 부르면 가야 해요. 이승에서 누구나 죽는 것처럼 저승도 이승으로 가기 위해 머무는 곳이니 필연적으로 '정화의 숲'은 가야지요. 가는 날까지 이 영역을 위해 애써 주시고 그 결과는 이승에서 확인하시면 됩니다."

"저승에서 일한 결과를 이승에서 확인하라고요?"

서금화의 반문에 나라신이 고개를 끄덕였다.

"지금도 신계에서 내로라하는 영역이 되어 있지만 여러분들처럼 열심히 해 주는 신들이 많아서 앞으로 더 발전할 것 같습니다. 이제 아무도 우리 영역을 넘보지 못할 거요."

"다른 영역의 신들은 일 안 하나요?"

이서경이 묻자 나라신이 웃었다.

"글쎄요. 대부분 일하기보다 멍하니 떠돌다가 이승으로 내려가는 경우가 많지요. 아마 대부분이 그렇다고 보시면 될 겁니다. 그런 영역들 보면 이승에 거의 발전이 없어요."

"그럼, 우리만 이렇게 일하는 건가요?"

이서경이 다시 질문하자 나라신이 고개를 가볍게 흔들었다.

"그건 아니에요. 대부분의 신들이 그렇다는 거지요. 그나마 좀 산다 하는 영역의 신들은 신계에서도 일해요. 일을 안 해도 되니까 안 하는 신들이 많다 뿐이지요."

"그럼, 우리도 일을 안 하면……."

윤검군이 말을 하다 뒤를 흐리자 나라신이 손을 들었다.

"어, 그만. 그런 말씀은 하지 마세요. 아까 말했잖아요. 여기서 일한 결과를 이승에 내려가면 확인할 수 있다고요. 이곳에서 놀면 다른 영역과 비슷하게 됩니다. 그럼, 강대국에 둘러싸인 우리 영역은 또 괴롭힘을 당해요. 그러고 싶습니까?"

"아니요."

모두 합창하듯이 우렁차게 대답했다.

"자! 답은 여러분이 다 알고 계시니 더 이상 얘기하지 않겠습니다. 어차피 해야 할 거 즐겁게 일합시다."

이렇게 이서경도 한국 관리신의 한 자리를 차지하게 되었다. 이서경은 윤검군에게서 그동안 신계에서 있었던 일들을 들었다. 그중에서 무영에게 있었던 일들을 자세하게 들었고 무영의 빛에 대한 능력과 앞날에 대한 기대를 한 몸에 받고 있다는 걸 알고 크게 놀라워했다. 대외적으로 한국의 내무 대장신이 바뀌었다는 소식이 홀로그램을 통해 공표되었다.

무영, 한국 나라신이 되다

비밀의 방으로 한동안 들어오지 않던 정보들이 다시 들어오기 시작했다. 내용들이 모두 심각한 것들이라 나라신이 일부러 정보를 알려 주기 위해 홀로그램을 열어 둔 것 같았다.

'안 보내 줘도 되는데…….'

국방부에 소속된 무영의 정보부에는 시시각각 대량의 정보들이 밀려들어 그것들을 보고 정리하느라 정신없는 날들을 보내고 있었다. 특히나 중국과 파키스탄에서 발생한 엄청난 빛응축 폭탄의 피해가 시시각각 들어오는 터라 걱정을 한가득 안고 바라보고 있었다.

'너무 많이 죽었네. 우리 영역도 자연재해에 안전지대가 아닌데……. 이건 또 뭐야?'

새로 들어온 홀로그램에는 중동지역에서 발생한 이스라엘과 미르왕 신자들 영역 간 소규모 충돌이 담겨 있었다.

'이 지역은 바람 잘 날이 없어. 태양왕과 미르왕이 나서서 평화를 중재하지 않는 한 이 전쟁은 끝나지 않을 거야.'

새로 뜬 짧은 홀로그램에 눈이 갔다.

'국방 대장신 정화의 숲으로 감.'

'아! 이승으로 가시겠네.'

간단한 내용의 홀로그램이 또 떴다.

'성진 스님이 나오셨어요.'

정신없는 와중에 서금화가 '천 개의 방'을 나온 성진과 함께 다른 비밀의 방으로 무영을 찾아왔다. 성진은 일반 신과 다름없는 모습이었지만 이승 때보다 좀 마른 듯했다. 무영은 진심으로 그를 반겼다.

"빛이 이승보다 엄청나게 더 밝아졌군요. 세상에."

"예! 이 빛 때문에 전 고생이 많습니다. 밖에 돌아다니지도 못하고요."

"얘기 들었어요. 그럴 만하군요. 이승의 빛과 저승의 빛은 또 다르군요."

갑자기 성진은 자신을 돌아보더니 몸을 웅크렸다.

"서금화 님보다 제가 빛이 없습니다. 전 아예 일반 신이에요."

'천 개의 방'을 거치고 가장 무거운 자살 죄에 대한 벌을 받으면서 성진에게 있던 빛은 거의 소멸되었다. 성진은 그에 부끄러움을 느끼고 있었다. 무영이 성진을 보면서 말했다.

"아이고, 스님! 말씀드렸지요. 저 이 빛 때문에 죽을 고비를 몇 번이나 넘겼어요. 저 때문에 죽은 신도 있고요. 스님! 평범한 게 가장 좋은 겁니다."

성진이 한숨을 쉬었다.

"있는 입장과 없는 입장이 이렇게 다르군요. 저도 빛이 있을 땐 이렇지 않았습니다."

서금화가 성진의 눈치를 살폈다.

"스님, 김 부장님 질투하는 건가요?"

성진이 인상을 찡그렸다.

"질투가 맞소. 나 질투하고 있어요. 제기랄. 평범이 좋은 건 아무 능력이 없는 신들의 자기 합리화요. 무능력의 합리화라고요."

"스님, 신경이 날카로워지신 것 같습니다."

서금화의 말을 무영이 말렸다.

"아니에요. 스님은 도력이 사라진 게 화가 난 겁니다. 저에게 질투하는 게 아니고요. 맞죠, 스님?"

성진이 허망한 표정으로 무영을 쳐다봤다.

"그 소리가 그 소리지요. 내가 불쌍해 보이지요?"

"아뇨. 요즘 저에게 그렇게 말하는 신이 없어서 그렇게 당당하게 말씀하시니까 오히려 좋은데요. 편하게 대해 주시는 것 같아서요."

"무영 도사는 원래 특별했어요. 지금은 더 특별하구요. 감히 내가 질투조차 할 수 없는 아득한 곳까지 올라가 있잖소."

서금화가 무영을 바라보며 조용히 고개를 끄덕였다.

"같이 수도했던 신으로서 감동적이면서도 조금 자격지심이 느껴집니다. 그래서 질투가 나는 건 어쩔 수 없어요."

성진은 허탈하게 웃었다.

"얼른 이승에 내려가서 온 힘을 다해 수도해야겠어요. 예전의 희미한 빛이라도 찾을 수 있게요. 이 의원님은 잘 계시지요?"

"그럼요. 공무로 너무 바빠서 정신없을 거예요."

"윤 이사님은요?"

"아, 윤 이사님은 지금…… 오셨습니다."

서금화가 말하는 중에 윤검군이 문에서 나타났다.

"아이고, 나 빼고 성진 스님 만나고 계셨군요. 김 부장님도. 안녕하세요? 오랜만이요. 반가워요. 스님!"

"아이고, 윤 이사님! 이곳에서 보다니요. 이승에서 봤어야 반갑지요."

성진과 윤검군이 악수를 하며 반가워했다.

"난 이곳이든 저곳이든 다 반갑군요. 스님이 제일 늦게까지 계셨어요."

"난 아무래도 바로 '정화의 숲'에 다시 가야겠어요."

성진의 말에 서금화가 말렸다.

"아니, 이제 막 '천 개의 방'을 나오셨는데 바로 가시다니요. 어차피 때가 되면 사신들이 데리러 올 건데요."

"아니요. 난 처음부터 다시 시작해야 돼요. 무영 도사를 보니까 수도를 해야겠다는 마음이 확 불타올라요."

윤검군이 웃었다.

"이승에 내려가면 다 잊어서 전생이 전혀 기억나지 않을걸요. 나를 보세요, 나를. 사명당 시절, 그다음 생부터 기억하지 못했어요. 인간의 생에서는 현실을 좇는 삶을 살다가 내가 누군지 잊고 살았지요. 그나마 이번 생에서는 서 선생을 만나서 뒤늦게 수도를 하고 내가 누군지 기억해 낸 정도였지요. 세상에 나가서 경쟁하며 공부하고 사랑하고 결혼하고 애 낳고 키우며 살다 보면 내가 여기에 왜 있는지 그런 거 생각할 겨를이 없거든요. 물론 전생의 흔적이 아기 때 기억으로 희미하게 나겠지만 그때를 지나면 전혀 기억이 안 나요. 그러니 서두르지 마세요. 이승은 지금 혼란한 시기예요."

서금화가 윤검군의 말을 받았다.

"맞아요. 지금 여기저기서 전쟁이 터져서 마치 3차 신들의 전쟁이 터질 것 같은 분위기이고 이승도 마찬가지예요. 무기는 살상력이 극대화됐고, 이해타산이 맞는 영역끼리 자신들의 이익을 극대화하기 위해 대립하고 있어요. 그 와중에 치명적인 질병이 창궐하고 있고요."

서금화가 현재 상황을 설명하자 성진이 무영을 쳐다봤다.

"아, 예! 저도 그냥 흐름에 맡기는 게 좋다고 생각해요. 이승은 어차피 다시 내려갈 거니까요."

무영의 대답에 성진은 고개를 저었다.

"이곳에서는 시간만 축낼 뿐, 수도를 할 수 없잖아요. 안 그런가요, 무영 도사?"

"맞습니다. 이곳에서 수도는 의미가 없는 게 몸에 기가 저장되지 않아요. 우리는 혼만 있고 몸집이 없는 허깨비니까요. 그러나 이곳에서도 '정화의 숲'에 가기 전까지의 삶이 있어요. 그러니 이곳의 삶을 사는 것도 과정이라고 생각하시면 안 될까요?"

서금화가 빙그레 웃었다.

"무영 도사의 말대로 하세요. 우리 모두 관리신으로 일하고 있으니 바빠서 스님과 놀아 주지 않는다고 훌쩍 '정화의 숲'으로 가지 마시고요. 이 의원님도 만나 보셔야 하잖아요."

"아! 이 의원님! 이 의원님도 관리신이라면서요?"

성진의 질문에 서금화가 대답했다.

"네. 무영 도사와 이 의원님이 같이 계신 곳에 나라신이 나타나는 바람에 그렇게 됐죠. 이승이든 저승이든 일복은 타고나셨어요. 관리로써 더 이상의 적임자가 없을 정도로 탄탄한 경력이 이곳에서도 빛나는 중이니까요."

윤검군이 장난스럽게 히죽 웃었다.

"어째 김 부장이라는 호칭보다 무영 도사가 잘 어울리는 것 같지 않아요? 그냥 무영 도사라고 부릅시다. 우리끼리 있을 땐."

서금화와 성진이 무영을 쳐다보았다.

"지금까지도 그렇게 부르셨어요."

무영이 활짝 웃으며 대답했다.

성진이 윤검군을 보며 물었다.

"뭐 좋은 일이라도 있어요? 이곳에서의 생활이 만족스러우신가 봐요?"

"아! 그럼요. 자나 깨나 기도하던 것이 이루어졌거든요."

"뭔가요?"

서금화가 얼굴 가득 미소를 머금고 활기차게 말했다.

"제가 대신 대답해 드릴게요. 드디어 통일이 됐거든요. 지난 생에 그렇게 고대하던 통일이 이루어져서 매우 기뻐요."

무영도 한 마디 보탰다.

"이건 기뻐할 일은 아니지만, 윤 이사님이 전전생에 일본으로부터 우리 영역을 지키느라 힘쓰셨는데 일본이 지금 매우 위태로워요. 언제 빛의 바다로 사라질지 모를 정도로 기단이 출렁이고 있죠. 화산은 거의 매일 폭발하고 있고요. 자연재해가 하루도 끊이질 않고 있어서 화산으로부터 쏟아지는 빛과 열기를 피해 일본 신들이 한국으로 많이 넘어오고 있는 상황입니다."

"아! 그랬어요? 이승의 인구가 꽤 많았을 텐데……."

"그렇죠. 일본에서 피란 온 신들 때문에 안 그래도 바쁜 이서경 님이 더 바쁘신 거예요."

무영이 대신 대답하자 윤검군이 뒤이어 말했다.

"언젠가 벌 받게 될 영역이었어요. 지은 죄가 그 영역 전체를 덮고도 남을 정도예요. 내가 이승에 있을 때 일본에 갔었잖아요. 가는 곳마다 피가 배어 있더라고요. 그 땅을 피로 적시는 것도 모자라 우리 땅까지 와서 수많은 사람들을 죽이고 피로 물들여 놨으니 그 죄가 어디 가겠어요. 그 땅은 핏물을 빼기 위해서라도 빛의 바다에 좀 잠겨 있어야 합니다."

"그래도 남의 어려움을 좋아하는 건 구도자의 자세는 아닌 것 같군요."

성진이 정색을 하자 윤검군이 웃었다.

"구도하는 자세는 이제 무영 도사에게 물으시오. 나는 더 이상 무영 도사 앞에서 구도자를 운운하지 않을 거요."

성진이 무영을 힐끗 보더니 곧바로 수긍했다.

"그 말씀이 맞는 것 같습니다요."

서금화가 웃으며 손을 흔들었다.

"우리도 '천 개의 방'에서 이승에서 지은 죄에 대해 벌을 받았잖아요. 그건 개인이 지은 죄였지만 일본은 집단으로 벌을 받는 거예요. 자, 자! 그딴 얘기 집어치우고. 다 같이 모이니까 정말 좋군요. 오늘 같은 날은 먹고 놀아야 하는데 이서경 님이 안 계시니까…… 어떻게 할까요?"

"먹는 것까지는 괜찮은데…… 어떻게 논다는 건지 몰라도 노는 건 좀 그렇지 않을까요? 바깥은 아수라장 전쟁통이고, 또 내가 놀아 본 적이 없어서요."

"저도요."

윤검군이 작은 소리로 말하자 성진도 동조했다.

"말씀으로는 서 선생이 꽤 놀아 본 듯 말씀하시는데, 놀아 봤어요?"

"아뇨."

1초의 망설임도 없이 나오는 서금화의 대답에 모두 폭소를 터트렸다.

"에구~ 그럼 그렇지. 어쩐지 안 어울리게 말씀하시더라. 하하하."

"어쨌든 다 모이니까 참 좋네요. 정말 잘 됐어요."

"조만간 이 의원님까지 다 같이 모여서 다시 봅시다."

다시 한 번 성진을 향해 무영과 윤검군이 밝게 웃었다.

무영은 한국이 대낮일 때 딸기나 오디 같은 껍질이 없는 과일의 향기를 흡입했고, 여름에는 잘 익은 과일의 꼭지를 통해 향기를 먹었다. 해가 이동하는 경로를 따라 같이 이동하면서 그 영역 고유의 과일과 사람들이 점심으로 차린 육류의 향까지 대담하게 먹게 되었다. 이젠 굳이 형이 자신의 상을 차릴 때까지 기다리지 않았다. 언제든지 배가 고프면 해가 중천에 떠 있는 곳을 찾아가면 되는 것이다. 대낮에 나가 여러 가지 힘을 실험해 보니 예전보다 힘이 더 생겼는지 수십 톤에 달하는 무게도 이동시킬 능력이 되었다.

'하, 이러다 산도 옮기겠는걸.'

우쭐해하면서 비밀 공간에서 다음에 실험할 것을 궁리하면서 홀로그램을 켰다. 무영이 팔을 뻗어 홀로그램에 손을 대자 소리가 들렸다. 기단 밑에서 쿵쿵거리는 소리가 들렸는데 이는 불의 고리라 불리는 태평양 조산대를 따라 광범위하게 들리고 있었다.

'큰일이다. 이건 어디 한 군데의 문제가 아니야.'

빛의 뭉치가 기단 밑에서 몰려다니며 내는 소리가 선명하게 들려왔다. 열 속에 빛이 갇혀서 기단 밑에서 움직이는 소리는 소름 끼치도록 무섭게 들렸다. 일반 신들은 들을 수 없는 소리였지만 무영에게는 들렸다. 차라리 안 들리면 좋겠다는 생각이 들면서 신계가 이렇게 되고 있는 원인을 생각해 보았다.

지금까지 주어진 환경을 당연하게 생각하면서 아무렇게나 파헤치고, 깊숙이 구멍 뚫고, 속을 긁어내고, 퍼 올리고, 아무거나 파묻고, 자연을 훼손하는 것을 일삼은 대가였다. 일은 여기서 끝나지 않고 있었다. 북극과 남극에 있던 냉각된 기단이 빠른 속도로 녹으면서 빛의 바다 수면이 높아지고 있었다. 이미 낮은 섬들은 서서히 잠기고 있었고 이미 잠긴 영역도 있었다. 앞으로 더 많은 영역의 섬들이 빛의 바다로 사라지게 될 판이었다.

'신계의 정화 작업일까?'

무영은 한숨을 내쉬었다.

'인간계에서 엄청난 인명이 죽어서 신계로 오겠구나. 신계가 미어터지겠어.'

누구도 피해 갈 수 없는 엄청난 앞날을 예감하며 홀로그램에서 손을 떼었다. 이때 홀로그램이 하나 떴다.

'즉시 나라신에게 올 것.'

'비밀 공간에서 나오라니…… 혹시 대낮에 나가 돌아다닌 걸 나라신이 알았나? 그런 것 같다. 아! 그럼 또 잔소리를 듣겠구나.'

무영이 머리를 흔들며 한바탕 잔소리를 들을 각오로 나갔다.

나라신의 앞에는 각 부의 대장신들과 이서경, 서금화, 윤검군도 있었다. 나라신의 양옆에는 '정화의 숲'에서 나온 사신이 붙어 있었다. 나라신이 '정화의 숲'으로 갈 시간이 온 것이다.

무영의 등장에 무영을 처음 본 신들이 탄성을 질렀다.

"오! 홀로그램으로 떠돌던 신이다. 소문이 사실이었군요."

"어?! 뭐야. 우리 영역에 저런 신이 있었어요?"

"우와! 엄청나다."

"세상에……! 어떻게 저렇게 빛이 날 수 있지?"

"잘생겼는데 빛이 나니까 더 멋있게 보여요. 피부도 투명해 보이고 신비롭고 아름다워요."

대장신들 중에는 머리에 은은하게 빛이 나는 신들도 있었지만, 워낙 무영의 빛이 강해서 주변을 압도하였다. 어떤 신은 눈이 부신 지 두 팔로 얼굴을 가렸다. 무영의 오랜 친구인 세 명의 신만이 편안한 표정으로 미소 지으며 지켜보고 있었다.

무영이 온 것을 확인한 나라신이 입을 열었다.

"여러분, 오늘 나는 '정화의 숲'으로 갑니다. 여러분이 이 통일된 영역을 잘 이끌어 주실 것이라 믿고요. 내 뒤를 이을 후임을 발표하기 위해 여러분들을 불렀습니다. 다 오셨지요?"

이미 알고 있는 대장신들이 일제히 대답했다.

"예!"

사신이 나라신의 옆구리를 툭툭 쳤다. 빨리 끝내라는 뜻이었다.

"내 뒤를 이을 후임은 국방부 소속 정보부장인 김무영 신으로 합니다. 김무영 신을 중심으로 뭉쳐서 이 영역을 주변국으로부터 잘 지켜내고 신계에서 최고로 번영되고 영광된 영역이 되게 만들어 주십시오. 여러분, 잘 부탁드립니다."

"예!"

대장신들이 한목소리로 대답했다.

인사를 마친 나라신이 허리에 두르고 있던 신표를 풀었다. 신표에서 '끼긱~악!' 하는 기괴한 소리가 났다. 모두가 긴장하며 나라신의 허리띠를 주목했다. 허리띠가 살아 움직이는 것처럼 조금 꿈틀거렸다.

"김무영 부장은 내 앞으로 오시오."

무영이 나라신 앞으로 갔다. 무영의 빛에 노출된 신표의 문양이 선명하게 보였다. 가운데 태극 문양을 중심으로 좌측에 삼족오가, 우측에는 네 개의 둥근 원이 큰 원 안에 작은 원이 차례로 들어가서 위에서 아래로 줄이 있고 줄을 경계로 색깔이 지그재그로 어긋나 있었다. 주변으로 팔괘가 있었는데 이는 조선 왕가의 문양이었다. 태극 문양은 지금과 달라도 태극의 기본적인 생김새는 같았다. 삼족오는 지극히 단순한 그림으로 알아볼 수 있을 정도였다.

나라신의 손에 들려진 신표가 무영에게 향했다. 모두가 숨을 죽이고 무영의 움직임을 주시하고 있었다. 아무리 몸에 빛이 난다고 해도 신표가 거부하면 나라신이 될 수 없다. 그러면 이곳에 있는 다른 신에게 신표가 옮겨 가야 할 것이다. 조심스럽게 신표를 받아 든 무영이 나라신에게 정중하게 인사하고 신표를 내려다봤다. 신표가 무영의 빛에 반응하는 건지 움직이면서 소리를 냈다.

"끼이익~!"

"어서 허리에 두르시오."

나라신이 무영에게 재촉했다.

"아, 예! 허리띠가 움직여서요. 살아 있는 것 같아요."

"살아 있는 거 맞아요. 우리 영역의 삼대 수호신인 걸요. 김 부장의 신력과 수호신의 신력이 더해지면 어떤 힘이 나올지 궁금하군요. 아쉽게도 난 그 모습을 볼 수 없겠지만요."

"삼대 수호신이요?"

나라신이 대답 대신 표정과 손으로 허리띠를 찰 것을 종용했다.

"치우천, 이도, 박순돌이요."

"끼이~끼이-."

계속 기괴한 소리를 내며 움직이는 허리띠를 무영이 서둘러 허리에 둘렀다. 신표가 기괴한 소리를 더 크게 내며 무영의 허리에서 심하게 꿀렁거렸다. 몇 차례 몸에 붙었다가 떨어지며 무영의 상태를 간 보는 듯하더니 이내 허리에 착 감겨들었다. 여러 개의 힘이 몸속을 치고 들어오는 느낌에 무영이 한순간 몸서리를 쳤다. 발끝에서 머리끝까지 불덩어리 같은 뜨거운 기운이 치고 올라왔다가 온몸을 휘젓고 다니기 시작했다. 수도를 하면서 웬만한 고통에 견딜 만큼 단련되었다고 생각했는데 몸을 태울 것 같은 불덩어리가 몸 안을 돌아다니는 건 처음 겪는 고통이라 무영은 고통에 신음을 내뱉었다.

그러잖아도 빛나는 무영의 빛이 일순간 확 퍼졌다. 주위에 있던 신들이 놀라서 벽 밖으로 튀어 나갔다가 다시 얼굴만 쏙 내밀고 무영을 주시했다. 나라신과 사신만이 벽 끝에 붙어서 지켜보고 있었다.

"엄청나다."

"천왕은 비교가 안 될 정도로 훨씬 더 빛난다. 어떻게 된 거야?"

"허, 이러다 우리까지 빛에 소멸되겠어."

사신들도, 나라신도 중얼거리며 두 팔을 들어 얼굴로 쏟아지는 빛을 가리고 눈만 빼꼼히 내놓았다. 의지와 상관없이 퍼져나간 빛에 무영도 놀랐지만, 다행히 공격이나 파괴의 힘은 들어 있지 않은 빛이었다. 어리둥절하면서도 몸의 기운을 이겨 내기 위해 안간힘을 쓰는 중에도 허리띠의 움직임에 신경을 곤두세웠다.

'이런 걸 어떻게 차고 다닌담.'

무영의 생각을 읽기나 한 듯이 나라신이 손으로 얼굴을 가린 채 말했다.

"나한테보다 더 심하게 몸부림치는 것 같군요. 그때만 지나면 괜찮아요."

나라신의 말처럼 심하게 요동치던 허리띠의 움직임이 조금씩 잦아들고 있었다. 몸 안을 휘젓고 다니던 뜨거운 기운이 점차 줄어들며 가운데 태극 문양의 둥근 원에서 한 줄기 연기가 피어올랐다. 연기가 계속 나오더니 점차 형상을 갖추어 갔다. 형체가 뚜렷해지며 신의 형체를 갖추자 무영은 그가 누군지 단번에 알 수 있었다.

TV에서조차 본 적 없는 원시적인 차림이 고대 인물임을 말해 주고 있었다. 구리 투구를 쓰고 얼굴이 온통 수염투성이인 데다 가죽을 얼기설기 붙여서 두른 의복이 아주 먼 옛날 복장이었다.

"치우천!"

"그렇다. 나는 치우천이다. 그릇이 큰 것 같아 꽤나 긁어댔는데 잘도 버텼구나."

무영이 벌컥 화를 냈다.

"뭐야? 잔뜩 힘들게 하고 나와서, 한다는 소리가 겨우 빈정대는 거냐?"

"기특해서 그렇다. 어느 정도 그릇이 큰 거 같아서 말이다. 하긴 내가 그 정도는 돼야지."

치우천은 무영이 화를 내든 말든 신경 쓰는 것 같지 않았다. 그도 그럴 것이 치우천의 목소리는 워낙 걸걸하면서 우렁찼고 그에 비해 무영의 소리는 평범했기 때문이다.

"그게 무슨 소리냐?"

"너의 아득한 전생에 내가 있었다는 말이다."

"뭐? 나의 전생이 뭐라고?"

무영이 놀라서 다시 물었다.

"가까운 전생만 보여서 모르는구나. 수만 년 전의 내가 지금의 너다."

"말도 안 된다. 혼줄은 하나의 생명에 하나밖에 없다. 네가 나라면 혼줄이 같이 붙어 있다는 얘기냐?"

"신표의 신은 혼줄이 없다. 능력만 신표에 남고 혼은 윤회하지."

"그래? 그건 몰랐네. 그래서, 나에게 싸움을 즐기는 속성이 있었나?…… 그게 너의 영향 때문이었나?"

치우천이 낄낄대고 웃었다.

"그랬을 거다. 내가 싸움만큼은 지고는 못 사는 성미라 다 때려잡아 버렸지. 너도 다른 건 몰라도 일단 싸우면 끝장을 봐야 할걸?"

"너 때문이었구나. 내가 신들의 죽음에도 죄책감을 느끼지 않았던 것이."

"싸울 땐 최선을 다해야 한다. 상대가 살아 있으면 내가 죽는다."

"예전 나라신에게도 이랬나? 몸을 헤집는 거, 신고식처럼?"

"이전 나라신들은 다 약해 빠져서 내가 이렇게 후벼댔다면 견디지 못했을 것이다. 이번 나라신은 정말 잘 골랐군. 내가 마음껏 힘을 써도 잘 버틸 뿐만 아니라 오히려 엄청 강한 힘을 가지고 있어……. 돌고 돌아서 내 힘을 마주하다니. 어!"

치우천이 말을 하다 갑자기 멈췄다. 무영의 위아래를 몇 번 훑어보더니 두 팔을 번쩍 들었다.

"햐~아! 이럴 수가…… 어린애잖아. 어린애가 이런 힘을 가졌다고? 말도 안 돼. 이건 지금껏 내가 봤던 힘 중에서 단연코 제일 뛰어나다. 근데 계집애처럼 이쁘네. 사내 맞냐?"

"사내 맞다."

무영은 화내는 걸 포기했다.

"사내가 계집처럼 하얀 피부에 호리호리한 몸에……."

그러면서 무영의 주위를 한 바퀴 돌았다.

"사내라면 두툼한 허리라야 힘을 쓸 수 있는데 이렇게 한 줌밖에 안 되는 허리로 힘을 쓸 수 있겠나? 곱상하게 생겨서 힘하고는 거리가 멀게 생겼는데…… 희한하다. 빛이 이렇게 환하게 빛나고 엄청 강한 기운이 있으니 말이다.”

“그걸 잘 생겼다고 하는 거야. 내가 잘생김의 표본이거든. 나의 힘은 온몸에서 나와. 허리가 굵다고 힘이 좋다는 건 나온 배를 스스로 위로하는 말처럼 들리는군. 기(氣)는 배에서 나오는 것이 아니라 온몸에서 나온다.”

“호오, 그래? 나랑 몸싸움 한번 해볼래? 한 방이면 날아가겠는걸.”

“원시적이군. 나는 그런 거 안 해. 그래도 기로 하는 건 뭐든 이길 수 있다.”

“그래? 자신감이 넘치는구나. 하긴 이 정도 빛이면 그럴 만도 하다. 내가 지금까지 본 빛 중에서 가장 빛나는구나. 대견하다, 대견해.”

치우천이 검붉은 얼굴에 하얀 이를 드러내고 웃자 섬뜩한 기운이 감도는 묘한 분위기였다.

“하~! 웃는 게 더 끔찍하다.”

무영의 말에 치우천이 웃음기를 싹 거뒀다.

“흠, 흠. 내가 웃을 일이 없었지. 만 년 동안. 그래서 웃는 법을 몰라. 근데 오늘은 기분이 좋아서 웃었으면 좋겠는데…… 그렇게 내 모습이 안 좋은가?”

“응, 꼭 사냥할 먹잇감을 덮치기 전에 이빨을 드러내고 으르렁거리는 맹수 같아.”

무영의 말에 치우천의 표정이 풀죽은 아이처럼 되어 버렸다. 무영이 싱긋 웃으며 치우천의 어깨를 다독거렸다.

“평생을 전쟁터에서 살았으니 그 얼굴이 당연할 거야. 그 표정으로 적들을 제압했었을 테니까 말이지. 얼굴에 자부심을 가져, 치우천.”

"내 얼굴이 못생겼다는 건 아니지?"

치우천이 고개를 들고 물었다.

"응? 응! 아니야. 남자답게 눈에 확 띄게 생겼어. 내가 말하는 건 분위기야, 분위기가 전쟁터에 최적화되었다는 거지."

치우천의 아기 같은 모습에 속으로 웃음을 참으며 열심히 칭찬거리를 찾았다. 화등잔 같은 눈과 우뚝 솟은 코, 숯덩이 같은 눈썹을 빼면 투구와 시커먼 수염에 가려져 입조차 보이지 않아서 말하고 웃을 때만 입이 보였다. 그러니 전체적인 얼굴의 윤곽은 아예 보이지도 않았다.

치우천이 무영을 빤히 바라보다가 질문했다.

"근데 넌 왜 얼굴에 털이 하나도 없냐? 애기냐? 다시 한 번 묻는데 진짜 남자 맞냐?"

"수염을 다 밀어서 그래. 현재 인간 세상에서는 수염이 많으면 위생상 안 좋다고 다 밀거든. 자라면 밀고 자라면 밀고 해서 이렇게 깨끗하게 하고 다니지."

"수염은 남자의 상징인데 밀어 버린다고? 위생은 모르겠고 수염 때문에 병들어 죽는 사람은 못 봤다. 나이 먹으면 머리도 수염도 하얘져서 나이도 가늠이 되고 존경도 받는데 그걸 없애 버리면 뭐로 나이를 가늠하지?"

"그래서 얼굴의 주름이 더 잘 보여. 피부색과 피부가 처진 걸로 나이를 대충 알 수 있지."

"그럴 수도 있겠다. 하지만 털이 없으면 위엄이 없어 보인다. 너는 꼭 여자같이 보인다."

"여자 아니라고 했지. 잘생긴 거란 말이다."

"흥, 수염 없는 사내가 사내랄 수 있는가? 그냥 애기지."

치우천이 무영의 얼굴을 빤히 보며 코웃음 쳤다. 무영이 문득 무슨 생각이 들었는지 허리띠 밑으로 손을 넣어 무늬가 잘 보이게 살짝 들어 올렸다. 가운데 무늬는 형상만 있고 양옆은 무늬와 무늬를 채운 살집이 있었다.

"너는 아까 내 몸을 휘젓고 다녔다고 했다. 나를 시험해 보기 위함이냐, 아니면 너의 힘을 과시하기 위함이냐?"

"그야 물론 둘 다지. 시시한 놈은 조금만 움직여도 풀썩 자빠지는데 넌 그렇지 않더라. 그래서 더 힘껏 움직여 봤지. 그런데도 견뎌 내더라. 대견하게도 말이다. 하긴 이 정도 빛의 소유자라면 그럴 만도 하지."

"그 전의 나라신이 그렇게 힘이 없지 않았을 텐데……."

"저 나라신 말고 그 전의 나라신은 형편없었다."

치우천이 구석에 사신들과 함께 있던 나라신을 가리켰다.

"그 전의 나라신?"

"그래. 얼마나 형편없었는지……. 흠, 그 전의 나라신이 형편없었던 건 말이야. 지금 상황과 같았어. 사신들이 나라신을 데리러 왔는데 말이야. 그 나라신이 자신이 그렇게 빨리 '정화의 숲'에 갈 줄 몰랐나 봐. 후임자를 정하지도 못한 채 사신이 들이닥친 거지. 당시 그 나라신 주위에는 일반 신밖에 없었거든. 그 자리에 있던 일반 신들에게 차례로 신표를 두르게 했는데 여덟 명 중에 딱 한 명만 신표를 두를 수 있었지. 아무래도 거기 있던 신들 모두 평범한 신들이어서 마지막에 어쩔 수 없이 하게 되었던 거야. 나라신이 우리를 쓸 줄 알아야 우리도 우리 기량을 펼칠 수 있는 거다. 나라신이 개뿔 무지렁이면 우리도 저곳에서 잠이나 자고 있어야 한단 말이야. 아주 따분한 일이지.”

“우리? 우리라면…… 여기 양쪽 문양의 신들을 일컫는 것인가?”

“그렇다. 그분들도 매우 훌륭하신 분들이고 능력자이시다.”

“그런 능력 있는 신들이, 아무리 일반 신이 나라신이었다 해도 일본에게 지배받도록 방치했어야 했는가?”

“우리는 신표에 머무는 신들이다. 이 영역의 나라신을 보좌하는 역할을 하지만 나라신이 우리를 어떻게 쓸지 모르거나 우리를 다룰 힘이 없으면 무용지물이 된다. 힘이 있어서 우리를 제대로 부릴 수 있으면 아마 배달국이 신계를 지배했을 것이다.”

“지금은 배달국이 아니라 한국이야. 대한민국을 줄여서 한국이라고 부른다.”

“음, 들었다. 한국! 내가 살던 곳은 배달국이었다.”

“이 두 신까지 셋이 신표의 수호신이란 말이지. 넌 나에게 어떤 힘을 줄 거니?”

“네 말처럼 난 전쟁을 많이 했다. 그러니 용감하고 나름 전쟁에 이기기 위해 많이 노력했다. 내 편의 피해를 최소한으로 줄이기 위한 노력이었는데 그게 늘 이기는 결과를 가져왔지. 난 너에게 용감하게 싸우는 데 필요한 힘과 지혜를 주겠다. 뭐, 보니까 지금까지도 알아서 잘 싸워 왔더라.”

무영이 씨-익 웃었다.

“듣던 중 반가운 소리네. 하도 덤비는 놈들이 많아서 늘 긴장하고 있어야 했거든. 나에게 든든한 버팀목이 되어 줘. 아직 겪어 본 적 없어서 모르겠지만 말이야.”

"넌 얼굴도 하얗고 어려서 싸움은 전혀 못 할 거 같은데…… 덤비는 놈들이 많았다면서 용케 잘 살아남았구나. 그 빛의 힘인가?"

"그래. 죽지 않기 위해 필사적으로 노력했더니 살아서 여기까지 올 수 있었어. 너를 만나 내 힘이 강해지면 이 영역을 지키는 데 안정적이겠지. 아까처럼 내 몸속에서 날뛰어 당황하게 하지 말고 내 힘을 배가시키는 데 도움이 되어 줘. 앞으로 잘 부탁한다."

"힘이 있는 것 같아 시험해 본 것이었다. 필요치 않으면 행동하지 않는다. 넌 어려도 여러 생에 걸쳐 도를 이루어 힘을 가졌구나. 그 힘을 영역을 위해 쓴다고 했으니 나도 힘껏 돕겠다. 잊지 마라. 지금 이 영역은 우리 배달국의 극히 일부일 뿐이다. 내가 전쟁을 하고 말 타고 달리던 곳은 이런 작은 영역이 아니었단 말이다."

"중국 한복판이었고 러시아도 일부 포함되어 있었지."

"그렇다. 난 너의 빛을 보면서 내가 과거에 말 타고 달리던 그 영역까지 수복해 줄 수도 있겠다는 기대가 생겼다. 해 줄 수 있겠느냐?"

"나더러 전쟁을 하라고?"

"뭘 하든 중원 한복판의 과거 내 영역을 되찾아 달란 말이다."

"기회가 된다면 당연히 그렇게 하겠다. 하지만 일부러 전쟁을 일으키는 건 많은 신들의 희생이 따를 것이니 전쟁을 통한 영역 수복은 하지 않을 것이다."

"지금 무기도 엄청 좋던데…… 겁쟁이냐?"

"우리만 무기가 좋은 게 아니라 다른 영역도 무기가 좋다. 다른 영역의 신들 머리는 폼으로 달고 다니는 줄 알아?"

"안다, 알아. 기회가 되면 놓치지 말고 내 영역까지 다 되찾아 다오. 힘 있는 나라신일 때 이런 부탁을 하지 언제 하겠느냐. 예전의 나라신들에게는 부탁 따위 한 적 없다. 별로 맘에 든 나라신도 없었으니 말이다. 전 나라신은 그나마 괜찮았고 너는 어차피 나이니 나의 바람을 이루어 줄 수 있을 것 같아 말하는 것이다. 반드시 기억해라. 저 중원은 배달국, 나와 너의 영역이다. 되찾아 다오. 반드시."

"알았어. 기억하마."

무영이 빙그레 웃으며 손을 흔들자 치우천이 다시 흐물거리며 연기로 변하여 가운데 원 안으로 들어갔다. 그리고 양옆에서 다시 하얀 연기가 피어오르며 두 명의 신이 나타났다. 복장이 그 신의 신분을 말해 주고 있어 무영은 나라신에게서 들은 내용에 따라 그들을 구별할 수 있었다.

"이도! 박순돌!"

"오랜만에 이름을 들어 보는구나. 누구도 감히 내 이름을 부르지 못했는데 거침없이 부르는구나, 김무영!"

"상호 존중의 의미로 이름을 부르는 거지. 위아래 구별 없이 평등한 조건으로 대하잔 얘기야."

무영의 모습을 유심히 바라보던 이도가 갑자기 팔을 내밀어 무영의 빛으로 손을 쑥 넣었다.

"뭐 하는 거야? 이도!"

"하! 빛이 강해서 놀라서 그러느니라. 아까 치우천이 난리를 치길래 저게 미쳤나 싶었는데 이유가 있었구나. 나도 좀 센 기운이다 싶긴 했다만 눈으로 직접 보니 굉장하구나. 왕신의 기운이 도는구나."

"그런 소리 마라. 그런 소문 때문에 여러 번 공격 당했다. 지금 살아 있는 것도 굉장히 운이 좋은 거지.”

“빛 때문에 공격을 여러 번 당했구나. 원래 큰 나무는 비도 바람도 많이 맞는다. 태풍에 가지가 꺾이고, 쌓인 눈의 무게에 꺾이면서 자란다. 견뎌야 할 풍파가 많다는 것이다. 견뎌 내야 한 치 더 성장할 수 있으니 모든 건 성장통이라 생각하여라.”

“신하들에게 그렇게 훈시했겠군. 수염이 품위 있구나. 미남이고.”

이도가 싱글벙글 웃었다.

“나야 조선 제일의 미남 아니겠느냐. 머리는 더 비상했느니라.”

이도가 신이 나서 자기 자랑을 시작했다. 무영이 아는 책 속의 이도와는 딴판이었다.

“지금도 이렇게 잘생겼는데 소싯적에는 오죽 했겠느냐. 왕자 시절에 나에게 오겠다는 규수가 줄을 섰는데 말이다. 하나같이 다 어여뻤느니라. 그런데 정말 어여쁘다고 소문이 자자한 지방 호족의 규수가 있었는데 이상하게 그 규수는 줄을 안 서더란 말이지. 해서 내가 찾아가 길에서 우연히 마주친 척하고 그 규수를 보았더랬다. 정말 아리따운 용모에 품위가 흐르더라. 내가 바람둥이는 아니다만 아직 왕권이 탄탄한 때가 아니라서 지방 호족들을 끌어안기 위해 왕자들과 혼인을 장려하던 시기였단다. 어찌 되었겠느냐?”

“결혼했겠지, 뭐.”

“그래, 그 규수 처음에는 본 척도 안 하더니만 결국 인물을 알아보더라.”

“후궁을 많이 두었단 얘긴 들었지만 별로 그런 얘긴 흥미 없는데…….”

"난 어떤 문제점이 보이면 그걸 꼭 이루어야 직성이 풀린다. 나 혼자 안 되면 다른 이의 도움을 받아서라도 반드시 했지."

"집착남이었네."

"집착, 응! 하고자 하는 일에는 집착과 고집이 있었지. 누가 말리든 해야 했으니까."

"그 집착과 고집이 후세에 매우 많은 영향을 끼쳤지. 모든 이들이 문자를 알고 소통하게 하여 순식간에 국력을 신장시키는 데 지대한 영향을 주었으니까. 하여튼 한글은 이리 보나 저리 보나 불세출의 걸작이야. 참 잘했어."

"정말 내가 만든 글로 모든 백성이 소통을 한단 말이냐? 하하하……. 너에게 칭찬을 듣고자 글을 만든 건 아니다만, 그로 인해 백성들이 모두 문자를 알고 소통했다니 기분은 매우 좋구나. 역시 수많은 밤을 새워서 고민하고 고생한 보람이 있었다."

"문맹률이 전 세계적으로 우리 영역이 제일 적다. 거의 모든 국민이 글을 읽고 쓸 줄 알지. 내가 한문을 쓸 때마다 느끼는 건데 한문은 알아도 자주 쓰지 않으면 자꾸 잊게 된다. 마음의 표현을 천 가지가 있으면 천 가지 글자로 쓰고 만 가지가 있으면 만 가지 글자로 표현해야 하니 여간 복잡한 게 아니야. 머리가 나쁘거나 배울 기회가 적은 이들에게 한문은 닿을 수 없는 뜬구름에 불과하다. 하지만 한글은 소리가 나는 대로 다 적고 표현할 수 있으니 세상 편한 글자야. 정말 잘 만들었어. 한글 해례본에도 나와 있지만 백성을 불쌍히 여겨 만들었다고 서두부터 썼으니 그 뜻도 매우 훌륭하다고 생각한다."

무영은 진심으로 이도의 최대 업적인 한글 창제를 칭찬했다.

"그러냐! 나의 고뇌가 값진 결실을 보았구나. 기쁘기 한량없도다."

"우리 영역 신들만 아니라 지금은 다른 영역의 신들도 한글을 많이 배우고 있다. 한글은 우리 영역의 신들을 위해 당신이 만들었지만, 세상의 지식을 풍요롭게 하는 도구로 널리 퍼지고 있다. 우리 영역을 홍보하는 데도 큰 역할을 하고 있지. 정말 대단한 일을 한 거야. 이도!"

"그래. 내가 그런 신이니라. 한글을 만들 때가 제일 힘들었지. 엄청 머리를 써야 했으니까……. 그럼에도 사대부들은 기존의 한문을 버리는 건 상국에 대한 도리가 아니라고 반포도 반대했었다. 사사건건 반대만 하는 사대부가 진절머리 날 때도 있었다. 기득권을 지키기 위한 얄팍한 속셈이었지. 하지만 노비도 상민도 다 내 백성이니라. 그들이 양반에게 억울한 일을 당해도 하소연할 방법이 없었다. 죽을 정도로 힘들고 억울한 일로 발고해도 잘못 작성된 서류를 읽을 수가 없으니 글을 못 읽어 억울한 일을 많이 당하더라. 그것이 너무 가슴 아파 누구나 한나절이면 배울 수 있고, 읽고 쓸 수 있는 글자를 만든 것이다. 지금 어디서나 한글을 배운다고 했느냐?"

"그렇다. 정말 인간계 어느 곳이나 한글을 쉽게 찾아볼 수 있고 우리말을 배우려고 사람들이 몰려다닌다. 심지어 자기 글자가 없는 지역에서는 한글을 배워 자신들의 언어를 적는 곳도 있다. 배우기가 쉬워서 남녀노소 누구나 금방 배워 써먹을 수 있기 때문이지."

이도가 웃었다.

"난 내 백성들이 쉽게 배워 글을 못 읽어 억울한 일이 없게 하기 위함이었느니라. 누구나 글로도 의사소통이 원활하게 되면 좀 더 살기 좋은 세상이 오지 않겠나 생각했었지. 그대로 된 것 같구나."

"그렇다. 이도! 훌륭한 생각을 했고 훌륭한 발명을 했고 널리 세상을 이롭게 했구나. 역시 신표의 수호신이 될 만한 자격이 있다."

이도가 무영을 빤히 쳐다보다가 물었다.

"내 치적을 치하해 주는 것도 좋다만 한 가지 물어보자. 너는 어린 것 같긴 한데 수염이 안 날 정도로 어린 것 같지는 않구나. 수염을 자른 것이냐, 안 난 것이냐?"

"자른 것이다. 지금 세상에선 청년이든 어른이든 노인이든 다 자른다. 위생상 좋지 않고 깔끔해 보이면서 젊어 보이기 때문이지."

"위생상 안 좋다고? 수염이 없으면 내시 같아 보이지 않느냐?"

"지금 세상은 왕도 없고 내시도 없다. 누구나 의견을 낼 수 있고 나라를 다스리는 왕도 국민들이 투표해서 뽑거든."

"투표로 뽑아…… 일을 잘 못하면?"

"잘하는 사람으로 갈아 치우지. 비리가 있어도 갈아 치우고."

"그거 좋구나. 나라가 발전할 수밖에 없겠구나. 그래서 우리 영역이 엄청나게 발전한 거구나. 이런 인재가 나라신으로 오고 말이다. 오늘은 기분 좋은 날이다."

"이도, 당신은 나에게 어떤 힘을 줄 것인가?"

"아! 그래! 지금까지 말했던 게 다 내 자랑같이 들렸겠지? 난 내 머리가 좋다고 얘기하고 있었다."

"알아, 알아. 다 알고 있었다고. 그러니까 넌 나에게 지혜를 주겠다는 거냐?"

"그렇다. 너 정도의 빛을 가진 신이라면 내 지혜가 더해져서 우리 영역이 더욱 발전할 수 있겠다는 확신이 들었다. 너처럼 빛나는 신을 처음 본 것 같아서 하는 말이니라. 너는 정말 가늠할 수 없는 굉장한 기운이 느껴지는구나."

무영이 잠시 말없이 이도를 보았다. 이도 역시 마주 보다가 다시 입을 열었다.

"내가 원하는 대로 우리 영역이 매우 발전해서 기쁘다. 너도 알다시피 과거에 우리 영역이 주변 영역으로부터 침략을 자주 당했었다. 영역의 힘이 약해서 얕잡아 보인 탓이다. 나는 나의 백성이 다치는 것도 죽는 것도 보고 싶지 않았다. 나라신이 된다면 이 영역의 신들을 모두 어여쁘게 봐 다오. 상서로운 빛이 강한 것으로 보아 일을 매우 잘할 것으로 기대한다만 신도, 사람도 힘이 있으면 자만하고 폭군이 되는 경우가 있느니라. 위에 앉은 자의 자만은 자멸로 가는 지름길이라 특별히 당부하는 것이다."

"내가 잘못하면 너희가 나를 혼내기도 하는가?"

무영의 질문에 이도와 박순돌이 서로 쳐다보았다. 그러다가 피식 웃더니 이도가 말했다.

"그런 건 없지만 우리의 신임을 잃으면 도움을 받지 못할 것이다."

"그럼 잘 보여야 하겠네."

"영역의 신들을 잘 돌보는 게 우리에게 잘 보이는 것이다. 아까 말한 것처럼 모두 잘살게 하고 외부의 침입이 없게 부디 이 영역을 신계에서 으뜸가는 영역으로 만들어 다오."

"내 힘이 닿는 데까지 노력해 볼게."

"김무영! 네가 나라신으로 있는 지금부터가 이 영역의 부흥기가 될 것 같구나. 난 벌써 기쁘다. 너를 처음 봤을 때부터 이 영역에 엄청난 기회가 오고 있다는 걸 알았다. 너와 우리 셋이면 최강의 조합이다. 이 기회를 잘 살려 주기 바란다."

"그런 것 같다. 영역 밖의 정세가 싸움판이라 쉽지 않겠지만 어떻게든 잘 이끌어 가야지."

"아까 치우천이 마지막에 한 말을 잊지 마라."

"응?"

"한때 요동이 우리 강역이었고 치우천이 누비던 영역이었다. 그 영역을 후대로 가며 이 반도 안으로 밀려서 좁혀 왔단 말이다. 나는 백성들이 피를 흘리는 것을 원치 않았기 때문에 좁아도 안정된 것을 원했다. 하지만 그것은 그 당시의 상황이 계속된 피비린내 나는 전쟁에서 잠시 숨을 고르고자 했던 것인데 그것이 실수였다. 한반도로 강역이 좁아지자 중원에 남겨진 우리 백성도 중국에 복속되어 그들의 군사가 되더라. 그 군사들을 앞세워 우리 영역으로 쳐들어와서 백성들을 죽이고 온갖 무례한 요구를 하고 참담한 짓을 저질러도 이미 영역이 좁아지고 백성이 적으니 어쩔 수가 없더구나. 넌 그러한 실수를 하지 마라. 영역은 넓어야 하고 그래야 백성의 수도 늘어난다. 한반도로 강역을 좁히니 이 영역의 백성들이 주위의 영역과 멀리까지 이주하여 우리 신족이 신계 곳곳으로 퍼져 나갔다. 우리 신족이 다 모이면 이 반도 안에서 그들을 다 수용하지 못한다. 우리 강역을 수복해야 한다. 그래서 밖으로 나간 우리 신족을 다 불러들이고 온전한 영역으로 거듭날 수 있어야 한다. 너라면 충분히 할 수 있다. 김무영 나라신!"

무영이 굳은 표정으로 이도의 당부를 경청했다.

"중국과 일본의 침략을 받아 이를 부득부득 갈았던 나라신들이 하나둘이 아니었다. 하지만 그들은 억울해하고 분노했어도 현실을 타개할 능력이 없었다. 능력이 없으면 분노할 자격도 없다. 이제 너를 보니 모든 시련이 지난 것 같아서 부탁하는 것이니라."

이도가 진심을 담아 말하자 무영도 진지하게 대답했다.

"나야말로 잘 부탁한다. 이도, 너의 지혜와 지식으로 내가 이 영역을 지키도록 도와다오."

"그러마."

이도가 기분 좋게 웃으며 한발 물러서더니 연기로 변해 동그라미 안으로 들어갔다.

"하…… 정말 그동안 쌓인 게 많았나 보다. 엄청 말들이 많군."

이도의 말이 귀에 맴도는 걸 느끼며 덩그러니 남아 있는 박순돌을 보았다. 박순돌이 정중하게 허리부터 머리를 숙여 절하자 무영도 가볍게 머리를 숙여 맞절했다.

이마가 넓고 오똑한 콧날 양쪽 눈매가 아래로 처져 있어 저절로 선한 인상을 풍겼다. 박순돌의 전생, 전전생을, 그 너머의 생이 한눈에 보였다.

인간 세상에 살면서 수많은 사람들과 부대끼며 살다 보면 척을 짓지 않고 살기란 매우 어려운 일이다. 아무리 착한 심성을 가졌어도 자신이 모르는 사이에 상대방에게 마음의 상처를 주는 경우가 흔하게 있기 때문이다. 상황을 배려한 따뜻한 말도 상대에 따라선 비수로 꽂히는 일도 있고, 사랑하는 마음으로 아낌없이 베풀어도 고깝게 받아들이고 비틀어서 바라보는 이들이 있고, 하다못해 생긴 것까지도 잘생겼다, 못생겼다, 기분 나쁘게 생겼다며 트집을 잡는 이도 있기 때문이었다. 그래서 수많은 사람들의 마음속에 허물을 짓지 않고 살기란 도를 이루는 것보다 수백 배는 어려울 수밖에 없는 일이었다.

박순돌에게 그런 척진 일이 거의 보이지 않자 무영은 당황스럽기도 하고 놀라웠다.

"박순돌, 그대는 참으로 아름다운 신선이구나. 덕(德)의 완전체라 할 수 있겠다. 아무리 도를 닦아도 척을 지지 않고 사는 건 있을 수 없는 일인데 어찌 그 어려운 일을 해내었을까?…… 한 번의 생에도 힘든 것을 반복된 생에서도 척을 지지 않다니, 경이롭구나. 비법이라도 있는가?"

"모나지 않았을 뿐입니다. 언제나 신분이 낮았기 때문에 양반들에게 꾸지람을 듣지 않고 다치지 않으려고 몸을 사렸습죠. 윗전에 순종하고, 공손하게 최선을 다했굽쇼. 같은 상민에게는 사랑하고 애달픈 마음이었거든요. 아끼고, 배려하고, 양보하면서 살다 보니 좋게 봐주었습니다요. 소인이 잘나서 그런 건 결코 아니었습죠."

무영이 입을 떡 벌렸다.

"앞서 치우천, 이도는 누가 봐도 훌륭했다. 그러나 그대는 세상에 이름 석 자 전혀 알려지지 않은 숨은 영웅, 선인 중의 선인이오. 이는 도를 이루려는 욕심을 가진 이들보다 더 힘든 과정을 겪은 것이오. 모든 생을 살면서 화가 나는 것도 수없이 참고, 조롱당하는 수모까지 참고, 모든 것을 잃었을 때도 그저 하늘 한 번 보고 슬픔을 삼켰군요."

박순돌이 작은 미소를 띠며 말했다.

"화가 난 적이 없습니다. 상대방이 가엾게 여겨졌기 때문이었습죠. 그들이 소인에게 그렇게 하는 건 다 이유가 있어서 그러는 것이었고 그걸 아는 소인으로선 화를 낼 필요가 없었습죠."

"그대는 이미 도통을 한 상태에서 세상에 나왔던 신이구려. 그렇다면 어째서 더 큰 꿈을 꾸지 않았을까? 과거 우리 영역에는 일본, 중국으로부터 여러 번 침략을 당해 고난을 겪었소. 나도 할 말은 없지만 그걸 그저 보고만 있었단 말인가? 이렇게 도력이 높은데 말이요."

"그건 소인이 감당할 일이 아니었습죠. 소인은 내리 상민이었습니다요."

"전쟁이 났을 때는…… 그대만 피했나요?"

"송구하게 생각하고 있굽쇼. 일가를 인솔하여 깊은 산중으로 피신하여 은신했습죠. 다시 말씀드리지만, 소인은 그저 상민이었고 하루벌어 입에 풀칠하는 처지였습니다요. 그러니 이런 쇤네의 말을 누가 귀담아듣겠습니까요. 헛소리한다고 매질 당할 게 뻔해서 아예 말도 꺼내지 않았습죠."

"그러니까 앞날을 내다보는 예지력이 있었군요."

"네."

"몇 생에 걸쳐서 꾸준히 예지력이 있었단 말이네요, 그렇죠?"

"네. 어렸을 때부터 보였는데 아는 척하면 위험이 닥치는 걸 본능적으로 알았습죠. 신분은 낮은데 아는 척해 봐야 돌아오는 게 뭐가 있겠습니까요. 소인 주제 파악을 한 겁죠."

무영이 미소를 지으며 고개를 끄덕였다.

"매우 현명하시오. 얼마나 도력이 높았으면 어렸을 때부터 알아서 처신했을까? 박순돌, 그대는 덕(德)의 표본이군요."

"과찬이십니다요. 새로운 나라신께서는 제가 본 신들 중 최고십니다. 지금껏 본 적 없는 엄청난 빛으로 주위를 밝게 하시니 나라신의 영향을 받아 이 영역에 대단한 발전이 있을 겁니다요."

"나로 인해 이 영역이 발전한다면 매우 기쁜 일이네요. 그렇게 되길 바라요. 전생에 이 영역에 빚진 것이 있어서 그것도 갚을 겸 반드시 그렇게 되었으면 좋겠어요."

"앞의 대단하신 두 신이 말씀하신 것처럼 저도 나라신을 믿습니다요. 반드시 그렇게 됩죠. 신계에 우뚝 설 대단한 영역이 됩니다요. 대한민국이요."

"그렇습니까?"

"그렇습니다."

"신계에서 인간계의 미래는 볼 수 있지만 신계에서 신들의 미래는 볼 수 없어요. 그걸 어떻게 알지요? 모든 생에 걸쳐 예지력을 지녔던 것처럼 이곳의 일도 볼 수 있는 건가요?"

박순돌은 고개를 숙이고 대답하지 않았다.

"맞군요. 그럼 내가 오늘 이곳에 올 것도 알고 있었나요?"

"네, 나라신!"

무영은 깊은 숨을 들이쉬었다.

"좀 당황스럽군요. 그대 같은 신을 신계에서 처음 봐서요. 어쩌면 그 정도의 능력이면 '정화의 숲'에서 이승으로 내려갈 때 좋은 집안으로 골라서 갈 수 있었지 않았나요?"

"그건 소인의 능력 밖의 일입죠. 능력 밖의 일을 했다간 천벌을 받습니다요."

"방법이 있긴 하군요. 그렇죠?"

274

무영이 다그치자 박순돌은 고개를 옆으로 돌렸다.

무영은 그 모습까지 박순돌이 좋았다. 세상에 이렇게 때 묻지 않은 신은 처음 보았다. 얼마 살지 않고 신계로 들어온 자신도 '천 개의 방'을 꽤나 드나들며 벌을 받는데 박순돌은 그조차 없을 것 같았다.

"혹시 이승에 몇 번 다녀왔는지 물어도 될까요?"

박순돌이 고개를 다시 앞으로 돌리고 대답했다.

"쉰네는 다른 신들처럼 수십, 수백 번씩 다녀오지 않았습니다요. 마지막으로 다녀온 것이 고려 때였습죠. 딱 다섯 번 이승에 다녀오고 바로 신표의 수호신으로 부름을 받았습니다요. 소인이 왔을 때 치우천만이 있었굽쇼, 이후에 이도라는 신이 치우천 오른쪽에 자리 잡게 되었습죠. 그래서 지금의 신표가 완성된 겁니다요. 두 분은 왕 출신으로 지금도 윤회하고 있지만 소인은 이 신표에만 있었습니다요."

"예! 그랬군요."

"나라신께서는 말씀을 낮춰주십쇼. 듣기가 영 불편합니다요."

"아니요, 나도 이대로가 좋소이다."

"앞의 두 신은 왕 출신이굽쇼, 소인은 이름 없는 상민 출신이라 나라신의 말투가 버겁습니다요."

"이곳은 신분의 차이가 없는 신계요. 하물며 박순돌 신은 이 영역 신표의 수호신이요. 나보다 박순돌 신부터 말투를 고쳐야겠어요."

"……"

무영은 박순돌을 가운데 두고 한 바퀴 천천히 돌아보았다.

"정말 놀랍군요. 지금 내 빛에 묻혀서 그런 것 같은데 신의 빛 또한 굉장히 빛나는군요. 그렇죠?"

"나라신의 빛에 비하면 아무것도 아닙니다요."

"아니요, 나는 이승을 수십 번도 넘게 다녀온 신이요. 이승에 내려갈 때마다 도를 닦고 닦아서 이 정도까지 온 거요. 신이 보기엔 어떤가요, 내 빛이?"

"신이 어찌 감히 나라신의 빛을 말씀드릴 수 있습니까요. 그런 질문은 거두어 주십시오."

"신은 내게 마음의 평안을 가져다주는군요. 그 빛의 힘은 포근하고 인자한 엄마의 미소 같은 빛이요. 어떠한 해로움도 없는 자비로운 빛이요."

"고맙습니다요. 나라신!"

"앞의 두 신도 각각 매우 훌륭한 신이었지만 신은 이승보다는 신계에서 더 빛나는 신이요. 하실 일도 신계가 더 많은 것 같고요."

"소인은 겨우 다섯 번 이승에 다녀왔을 뿐입니다요. 두 번은 여자의 몸으로, 세 번은 남자의 몸으로 다녀왔습죠. 상민이었으나 두 번은 마을과 떨어져 있는 산속에서 살다가 왔기 때문에 속세의 사람들과는 간혹 보기만 했습죠. 그게 소인에게는 죄를 덜 지은 이유가 될 겁니다요. 한 번은 마을에서 살았굽쇼."

"마을에서 살았으면 사람들에게 더 척질 기회가 많았을 텐데……."

"사람들은 쇤네가 앞날을 예지하고 상대방의 생각을 읽고 있다는 것을 몰랐습죠. 쇤네가 아는 척을 하지 않았으니까요. 아는 척을 했다간 바로 척을 짓게 되니까요."

"그렇구려. 그대를 조롱하고 무시했던 이들은 지네들이 잘난 줄 알았을 것이요. 몰상식하고 파렴치한 행동이었음을 알았다면 그나마 죄의 무게가 덜어질 텐데…… 어리석은 사람들의 있는 척, 잘난 척은 기본적인 생리 현상과 같지요. 속세에 살면서 온갖 유혹을 받으며 도를 이루기란 사막에서 작은 바늘 하나 찾는 것과 같아요. 그대는 모든 신선 중의 으뜸이요. 그 능력을 드러내지 않고 이처럼 찬란한 신이 되었으니 내가 부끄러울 정도요. 내 속을 다 꿰뚫어 보고 계시지요?"

이승에서 자신이 도를 닦았던 행적이 무색해진 무영이 자신을 가리켰다.

박순돌이 조용히 무영을 응시하다 고개를 저었다.

"매우 훌륭한 나라신이 되실 겁니다요. 이 영역을 나라신의 빛으로 가득 채워 나라신의 으뜸이 되실 거굽쇼."

박순돌은 무영에게 허리를 깊숙이 굽혀 절을 했다. 무영도 고개를 숙여 존경을 표했다.

"이 빛은 나의 빛과 신의 빛이 더해져 이렇게 커진 것이요. 정말 감동이요."

무영이 두 팔을 올리고 주변을 가득 채우고 있는 빛을 보았다.

"미력하나마 나라신을 성심껏 보필하겠습니다요."

"고맙소."

박순돌이 흐물거리더니 이내 삼족오의 눈 안으로 빨려 들어갔다. 순간 커졌던 빛은 점차 크기가 작아지고 있었다. 하지만 빛에 놀란 신들은 선뜻 안으로 들어서지 못하고 여전히 이마와 눈만 내밀고 상황을 지켜보았다.

"철컥!"

수호신 셋이 다 자기 자리로 들어가자 허리띠가 잠기는 소리와 함께 일렁이던 빛이 무영의 몸 주위를 소용돌이치다 잦아들고 이내 원래의 빛으로 돌아갔다. 세 개의 수호신이 한 번 깜박이고 각자의 색으로 자리 잡았다.

"와~아!"

눈만 내밀고 안을 지켜보던 신들이 일제히 안으로 들어와 함성을 내질렀다. 신표가 무영을 완벽하게 받아들인 것이다. 무영은 손을 펴 보았다. 신표의 힘이 더해져서인지 힘이 넘쳐나는 것 같았다. 무영은 그제야 비로소 깨달았다. 신계에 들어오자마자 신관이 했던 말을.

'나라신이 될 때까지 살아남아라.'

한국 나라신의 신표의 힘은 쓰는 신에 따라 엄청난 힘을 가진 영물이었고 수호신이었다. 수호신이 약하면 영역의 나라신이라도 일반 신과 다름없었다. 하지만 이미 각 왕신들이 견제할 만큼 빛의 위력을 가지고 신계에 들어온 김무영이었다.

놀란 무영이 뭐라고 말을 꺼내기도 전에 국방 대장신 선봉준이 무영의 앞으로 나와 머리를 숙였다. 뒤이어 이서경과 다른 부서의 대장신들도 줄줄이 무영의 앞으로 나와 머리를 숙이며 경의를 표했다. 무영이 얼떨결에 인사를 받으며 나라신이 있었던 곳을 보니 이미 그와 사신들은 사라지고 없었다.

開壁 2下

초판 1쇄 인쇄 2024년 09월 06일
초판 1쇄 발행 2024년 09월 12일
지은이 박모은

펴낸이 김양수
책임편집 이정은
교정교열 연유나

펴낸곳 도서출판 맑은샘
출판등록 제2012-000035
주소 경기도 고양시 일산서구 중앙로 1456 서현프라자 604호
전화 031) 906-5006
팩스 031) 906-5079
홈페이지 www.booksam.kr
블로그 http://blog.naver.com/okbook1234
페이스북 facebook.com/booksam.kr
이메일 okbook1234@naver.com

ISBN 979-11-5778-663-3 (04800)
　　　　979-11-5778-650-3 (SET)

맑은샘, 휴앤스토리 브랜드와 함께하는 출판사입니다.